法医追凶

最后一个名字

the last one
name

戴西/著

台海出版社

图书在版编目（CIP）数据

法医追凶. 最后一个名字 / 戴西著. –– 北京：台
海出版社，2021.11

ISBN 978-7-5168-3159-5

Ⅰ. ①法⋯ Ⅱ. ①戴⋯ Ⅲ. ①推理小说－中国－当代
Ⅳ. ①I247.5

中国版本图书馆 CIP 数据核字 (2021) 第 199782 号

法医追凶. 最后一个名字

著　　者：戴　西

出 版 人：蔡　旭　　　　　　　　封面设计：末末美书
责任编辑：赵旭雯　高惠娟

出版发行：台海出版社
地　　址：北京市东城区景山东街 20 号　　邮政编码：100009
电　　话：010-64041652（发行，邮购）
传　　真：010-84045799（总编室）
网　　址：www.taimeng.org.cn/thcbs/default.htm
E-mail：thcbs@126.com

经　　销：全国各地新华书店
印　　刷：三河市嘉科万达彩色印刷有限公司
本书如有破损、缺页、装订错误，请与本社联系调换

开　　本：710 毫米 × 1000 毫米　　　1/16
字　　数：280 千字　　　　　　　印　　张：20.5
版　　次：2021 年 11 月第 1 版　　印　　次：2022 年 1 月第 1 次印刷
书　　号：ISBN 978-7-5168-3159-5

定　　价：49.80 元

目 录

故事一　袭警谋杀案

人的一生中都会有一个终生难忘的第一次。

楔　子

下雪了。

他踮起脚尖放下厚厚的窗帘，仔细地遮挡住所有能够透露出光线的缝隙。

淡黄色的灯光下，房间里静悄悄的。一张床，一个书柜，书桌旁的靠背椅上挂着的是他的帆布书包。

屋子里很暖和，甚至感觉有些闷热，但是它却在不停地发抖。

它的情况并不是很好，已经在铺着厚毛毯的纸板箱里躺了差不多三天了，仍然不吃不喝，一点起色都没有。对此，他能做的就是尽量不去触碰它的身体，因为还没有到时候，它就必须活着。

发现它的地方是院子里的篱笆墙后面，那里几乎没有人会去，长满了齐膝深的杂草，还有很多垃圾。它狼狈不堪地躲在里面已经有好些日子了，因为重病而变得非常虚弱。

它的病来自肺部，所以时不时会微弱地咳嗽和喘息，更多的时间是在沉沉醉睡中度过的，但是只要醒过来，它就会晃晃尾巴向靠近自己的人类表示谢意。

尽管他什么都不给它吃，饥肠辘辘的它还是会那么做。

它是一只听话的流浪狗，依稀能看出它的毛本来是白色的。

它随时都可能死去。

渐渐地，它已经感觉不到饥饿了，意识也变得模糊起来，只有缩成一团的小小身躯在不断地上下起伏着，幅度不大，那是它在呼吸，节奏越来越急促。尽管如此，它却依旧努力抬起头，晃着秃尾巴，想再好好看看这个救了自己的少年，因为它知道自己活不久了。

它却没有能够看清楚那个少年，而是被眼前那道逼人的寒光晃得头晕，这是它一辈子中最后的记忆。

"噗——"

位置恰到好处，手起刀落，小小的脑袋便滚落在了一旁，剩下的四肢无力地抽搐着，伴随着脖颈处汩汩而出的鲜血，它很快便不再动弹。一股浓烈的铁锈味弥漫开来。

他用手背擦了擦溅到嘴角的血，然后左手抓起血淋淋的狗头就着灯光细细观赏，由于亢奋，他双眼放光，浑身止不住地颤抖。

原来自己手中的刀可以打磨得这么快!

雪后初晴的早晨，寒意袭人，空荡的小区里静悄悄的。

7点刚过，非常准时，住在对门三楼的女孩便穿着粉红色的面包服背着书包慢吞吞地开门走下楼，向不远处的小区自行车库走去。每天这个时候离开家去上学已经成了她上初中以后的固定规律。

今天是她的生日。

天还没亮的时候，他就把自己精心包装好的礼物小心翼翼地挂在了车库中那辆粉红色的自行车把手上。本来是准备挑粉红色的包装纸的，因为这是她最喜欢的颜色，但是狗血迅猛渗透的效果是他没有预料到的，所以，最终他还是选择了和鲜血一样的深红色包装纸。

做好这一切后，他就躲在车库废弃的杂物间里，坐在冰凉的水泥地板上。他舍不得离开，因为他想亲眼看一看自己心爱的女孩收到这份特殊礼物时的激动场面。

哪怕只是用耳朵去听。为了这一刻，他曾经设想了无数种可能。

脚步声逐渐接近，在冬日安静的早晨听起来显得格外清晰，而他的心也在随之跳动，节奏几乎融为一体。他太激动了，干脆不再去刻意掩饰自己嘴角不自觉的笑容。

开锁的声音，挪动车子的声音，感觉过去的每一秒都是那么缓慢，让他等得心焦，也惴惴不安。终于，沉重的金属撞击声停止了，接着便是撕开纸盒的声音。

时间并没有被凝固，惨叫声是在九秒钟后陡然响起的，这比他想象的要迟了几秒，看来她是被吓蒙了吧。

车库里瞬间变得热闹多了，惊恐的号哭声伴随着车辆倾倒重重撞击水泥地面的声音接二连三响起，坐在杂物间水泥地上的他无声地笑了。

最终，女孩跌跌撞撞地跑出了自行车库，撕心裂肺的号哭声逐渐远去。

他又感到无聊了。

耳畔再次恢复平静后没多久，他便站起身推开杂物间的门，抬头的那一刻，他愣住了——自己的面前竟然站着一个人，那是他的同学阿明，戴着滑雪帽，穿着厚厚的羽绒服，书包斜挎在肩头，愤怒的目光像锥子一般地紧盯着他，就像是在看一个恶心的怪物。

"阿明，你在等我去上学吗？"他笑嘻嘻地问道。

话音未落，一拳狠狠地砸在了他的鼻梁骨上，猝不及防。血，瞬间汹涌而出。

"你这混蛋！"

阿明丢掉书包，猛地扑了上来……

第一章　特殊的伤疤

（现在）

深秋了，早晨的气温已经开始接近个位数，空气中明显感觉到了丝丝凉意，梧桐树的落叶铺满了狭窄的林荫道，抬头看去，天空碧蓝，阳光也变得不再像夏天那么刺眼。

正要走进公安局大院的时候，章桐的耳畔传来一个陌生男人的声音："请问，你是章桐章法医吗？"

眼前的年轻人听口音就不是本市人，身材高大，皮肤略显黝黑，上身穿着皱巴巴的灰色夹克衫，脚上是一双沾满了灰尘的旅游鞋，旁边地上放着一只灰色旅行袋，空空荡荡的。

"是我，你是哪位？找我有什么事吗？"章桐问。

"我是双龙峪分局的民警，我叫方明，我想请你帮我一个忙。"说着，方明掏出了自己的工作证件。

"双龙峪？"章桐对这个地名感到有些陌生。

方明有些尴尬，他清了清嗓子："章法医，我们那儿的位置比较偏，属于安平乡下的一个小县城，坐火车一个半小时就能到，对了，我们那儿翻过山就是长桥市。"

章桐这才恍然大悟："我懂了，那个地方，上次听童队他们在会议上提到过。"

"对，对，对，"方明激动地连连点头，"那次是抓一个在逃犯，我也去现场支援了。"

"那你这次是来安平玩的？"章桐伸手指了指地上的小行李袋。

方明有些哭笑不得，他赶紧摆手摇头："章法医，别误会，我来是想请你帮忙调查一个案子。"

"案子？走正常程序上报就可以。"章桐更不明白了，"而且我是法医，只提供证据不查案。"

"不，不，不，章法医，你听我说，"方明脸上的笑容消失了，目光中竟然有了些许恳求，"这个案子很特别，也只有你才能够帮我了。"

"安平市各单位的法医有很多个，为什么是我？"

方明没有直接回答这个问题，他从钱包里摸出了一张相片递给章桐，相片中是两位年轻的女警察。

章桐很惊讶："你怎么会有这张相片？"

"收拾遗物的时候，在她的床头柜里发现的。"方明的嗓音有些沙哑，"我打听了一下你的单位，然后就直接找过来了。章法医，对不起，打扰你了。"

片刻沉默过后，章桐惊愕地看着方明，声音不自觉地抬高："遗物？她出事了？"

方明默默地伸手从夹克衫内衬口袋里抽出一个牛皮纸信封，递给章桐："这是她的尸体相片。"

办公室里安静得可怕。章桐探身接过信封，撕开，然后在办公桌上倒出里面装着的所有相片。

虽然都是已经被定格的影像画面，她的心却随之一沉。相片中的尸体面目全非，但是章桐一眼就认出了其中一张上小腹部那长约 10 厘米的三角形疤痕。

记忆中那是个特殊的命案现场，远离城市的一个偏远山村，自己是当值法医，因为没彻底清场，潜藏的凶手突然发动致命的袭击，如果不是王亚楠替自己挡了一刀，那后果就不堪设想了。当时因为来不及等 120 赶到，生死关头章桐便只能临时用自己工具箱中的探针来替她清创并缝合小腹部的伤口止血，这才留下了这么一个特殊的疤痕。

"完了完了，这伤疤这么丑，没有男人会娶我了。"王亚楠恢复后在医院镜子里看着自己小腹部的疤痕，愁眉苦脸地抱怨。

"能活着就不错了，再说哪里丑了，多别致的勋章啊！"

毕竟一起工作了五年，往事历历在目，她的泪水顺着眼角滚落下来。

"方明，和我说说这个案子吧。"章桐脸上有抚不去的悲伤，"王亚楠警官是怎么死的？"

"好的。"方明的眼神逐渐黯淡了下去，"事儿挺复杂的，我就从最初那一次开始说起吧。14年前，大年三十的晚上，城关有一个大型演出，双龙峪分局全员在岗值班，负责演出的治安工作。那时候，我还在警校，现场缺乏人手，所以我们也就被临时抽调去了现场执勤。

"由于现场处理经验不足，我跟着一个当地的老民警工作。老民警人不错，大家都叫他龙叔，他虽然才50多岁，但是头发全白了。换班休息的时候我们聊天，他跟我提起了他的孙女儿，说好久都没见过她了，怪想她的。

"我们两人一个组，要巡逻十次，每次二十分钟，中间休息五分钟，那五分钟时间过得飞快。有时候连喝杯茶的工夫都没有。"说到这儿，方明苦笑，

"不过我很兴奋，毕竟这是离开校园的第一次外出执勤，看什么都是新奇的。当时演出会场人很多，也很拥挤。

"接近午夜零点时会有一个特殊的节目，章法医，不知道你有没有听说过'彩色赛跑'，就是主办方喷洒彩色的玉米粉，现场会比较杂乱，玉米粉是易燃物，密度高，一旦有明火就会出事故。所以，虽然我们事先对主办方三令五申，那天晚上的现场却还是出了事，八个人因为烧伤而被送医院急救。我也被领导调往了医院负责跟进。一直忙到凌晨5点多才回单位集合，也就是那时候我才知道龙叔失踪了。"

章桐一皱眉："失踪？"

方明点点头："是的，失踪，直到半个月后的元宵节，我们才在郊外的金马湖里发现了龙叔的尸体。"

"是不是意外失足导致的坠湖溺水身亡？"

"不，他杀！"方明严肃地说道。

"死因是什么？"章桐的心一紧。

"颅脑外伤，但是分局的法医发现他颅内的大脑没了！"方明抬头看着章桐，面如死灰，缓缓说道，"而且，龙叔只是死亡警察名单中的第一个。"

章桐惊呆了："难道说还有第二个？"

"每隔几年就有一个，死因不同，并且每个警察的身上丢失的器官都不同！"方明颤抖着嘴唇说道，"教导员是第七个。"

"她身上丢了什么？"章桐上身前倾，急切地追问道。

"右手，"方明指了指桌上的尸体相片，"她的右手，没了。"

窒息的感觉瞬间席卷了全身，许久，章桐才终于冷静了下来，她皱眉看着方明，沉声问道："告诉我，她到底是怎么死的？"

第二章　刺激的实验

李晓伟接到章桐的电话赶到公安局的时候正好是中午，他伸手掀开食堂厚厚的塑料门帘，一眼就看见独自坐在窗边吃午饭的章桐，便快步走了过去。

这个时候来食堂里吃饭的人不少，有些拥挤，环境也很嘈杂。

"我要去双龙峪一段时间，不是出公差，具体什么时候回来，我还没办法确定。"章桐放下了手中的汤勺。

"我正好有假，可以陪你去呀。"李晓伟笑眯眯地说道。

章桐抬头看了他一眼："我不是去旅游。"

"我能帮你拎包，"李晓伟点点头，"而且我知道怎么对付野猪。"

双龙峪背靠大山，所以经常会有野猪在城关周边出没。

章桐呆了呆："好吧，既然你这么肯定，你应该知道我为什么突然要去双龙峪了吧？"

"我知道。"李晓伟脸上的笑容逐渐消失了，"双龙峪的案子是由省里直接过问负责的，遗憾的是因为久侦未破，去年开始就成了我们系里悬案组的一个研究课题，我虽然没有直接参与，但是听说过。我想你突然要去那地方，八成应该是和这个案子有关，可我又很奇怪你们单位对它并没有直接管辖权，怎么会……"

章桐从裤兜里摸出钱包，取出里面那张合影递给李晓伟，平静地说道："这张相片是九年前照的，那是我参加的第一个专案组，组里就两个女警察，她叫王亚楠，在刑侦大队工作，我和她一起共事过五年。四年前她工作调动去了双龙峪，做了双龙峪分局的教导员，一直到去世。所以，我向张局提出要去双龙峪看看，因为没有管辖权，我就只能以私人的名义先过去。"想了想，她接着说道，"我就是不想让亚楠的事儿成为一桩悬案。"

"你为什么不走正常程序？"李晓伟问。

章桐知道自己没办法在李晓伟面前隐瞒任何事情，便干脆说出了方明今天来找过自己："双龙峪是个小地方，这案子真要能破的话，就不会死那么多人了。"

李晓伟若有所思地点点头："我陪你去。"

章桐没再拒绝。

凌晨4点，夜色很浓，喧嚣的街道逐渐变得冷清。

相亲失败了，她今天喝了很多的闷酒，直到酒吧快打烊的时候，她才摇摇晃晃地推门走了出来。

停下脚步，环顾四周，她琢磨着自己如果不开车的话到底该如何回家。家在城关的另一头，好几十公里的路，走回去那是不可能的。

夜风吹过，她脚下不稳便是一个踉跄，脑子虽然感觉清醒了一些，但这也只是暂时的，双龙峪的酒本身就是以度数高而出名，她根本不胜酒力，硬撑的后果便是天旋地转。

就在她双膝一软又一个趔趄差点摔倒的时候，一双有力的手从背后揽住了她的腰，随之响起的是那个男人的声音，低沉而又温柔："乖，别闹了，我送你回家！"

听到这话，她本能地浑身一哆嗦，刚准备回头，却发觉自己根本就没有办法挣脱那双铁钳般的手的禁锢。

"不，你到底想干什么？你走开，听到没有，快放开我！"她浑身无力，却又做着徒劳的挣扎。

男人不容分说便把她带向了那辆灰色的轿车，这是她自己的车。不止如此，他还熟练地从她的随身挎包里摸出车钥匙打开了车门。

他怎么会知道这是她的车？

强烈的不安瞬间从心中升起，她紧张了起来，酒也醒了一半："停下，快停下，你到底想干什么？"

"我送你回家呀。"男人裹挟着她钻进了车里，调整了一下座位的高低档，甚至还体贴地帮她整理好了衣服，"你喝得太多了，不能开车。"

是吗？他怎么突然变得好像与先前判若两人？

月光下，他用手捧起她的脸，仔细端详，手指轻轻地抚摸过她被冻得有些冰凉发木的脸颊。她看不清楚他的眼睛，只觉得眼前朦朦胧胧的，就像隔着一层薄纱。而他的手也是冷的。

倦意袭来，她突然感觉自己的认知和方向感出现了很严重的问题，明明是自己熟悉的车，为什么车内的一切都不在原来的位置上了？车头的玩偶，车内的纸巾盒，甚至包括驾驶座在内，副驾驶座什么时候和驾驶座调换了位置？

一连串的疑问让她脑袋更蒙了。

他钻进车里坐好后，关上车门，绑上安全带，确认无误了，笑眯眯地对她说："你喝得太多了，好好睡一觉吧，我送你回家。"

她艰难地点点头，便闭上了双眼，因为她实在是太困了，上了三天三夜的班，又喝了那么多酒，她现在只想睡觉，所以很快便靠在后仰的车座上陷入了昏睡。

夜色更浓，车轮下的窄路就像一条蛇一样蜿蜒曲折。双龙峪并不是大城市，没有那么多宽敞平坦的柏油马路。很快，灰色小车便躲开了所有的监控探头，匀速开出城关，远处就是盘旋的山间公路。

而她睡得很沉很沉。

半个多小时后，天边泛起了鱼肚白，随着迷雾逐渐散去，一位正在盘山公路 25 号弯道上做着清扫工作的环卫工人惊恐地看着一辆失控的灰色小车向自己疯狂地冲了过来，而他根本就没有机会去躲避。

嘭——

时间凝固在相撞的那一刻。

可怜的环卫工人被硬生生撞飞，尖叫声尚未停止，灰色的小车借势冲向了不远处的弯道防护水泥墩。先是车头，接着是由于惯性横过来的车身、车尾。

驾驶室内，她毫无防护的躯体一下撞碎了车前挡风玻璃，直直地冲了出去，速度快到都没有给她清醒过来发出惨叫的机会，颅骨就狠狠地撞在了冰冷的水泥防护墩上。"扑哧——"一声，颅骨撞裂，鲜血飞溅，落地后没多久，她便停止了呼吸。

而车内副驾驶座位上的他却好好的，只是猛烈的三次撞击让他的五脏六腑都好像要冲出胸膛一般，令他暂时无法呼吸。现在时间还早，不会有人那么快就发现这里的惨剧。他大口喘着气，空气中浓烈的血腥味让他几乎作呕。几分钟后，他眨了眨眼睛，难受的感觉终于消失了。这时候，他才确信自己是真的安全了。

他快速松开安全带，小心翼翼地钻出被撞成一堆废铁的车子，其间尽量不留下任何痕迹。在走之前，他来到不远处水泥防护墩旁，蹲了下来，仔细看着躺在血泊中的她，尤其是她那逐渐黯淡下去的眼神，确认她是否已经死亡，结果毋庸置疑。

面对眼前发生的一切，激动之余，他竟然笑出了声。整整三天时间里不断来回地演算模拟，他知道自己只要走错一小步，那么后果就是两人一起死，如今看来他是幸运的，也是聪明的，因为他活了下来，而且四肢健全、毫发无损。

他脸上露出了僵硬的微笑。

临走时，他弯下腰，拔出随身带来的锋利的匕首，从那具依旧带着温热的躯体上割下了一点东西，小心翼翼地放进随身带着的小塑料袋里，包好，揣进兜里，这才站起身向不远处的草丛走去。

很快，他的背影就消失在了早晨寒冷的阳光中。

走出火车车厢的那一刻，章桐猛地打了个寒战，她裹紧了脖子上的围巾，迎接这刺骨寒风。

身后跟着下车的李晓伟有点晕车，整个人灰头土脸的，精神也不好。

章桐皱眉看着他："我叫你别来的。"

听了这话，李晓伟瞬间春风扑面、精神抖擞，笑嘻嘻地说道："没事儿，等下补充点碳水化合物，很快就能入乡随俗了。"

章桐轻轻叹了口气。

两人一前一后地向出站口处走去。

来到出站口，章桐停下脚步四处张望，见一辆警车停在出站口的左面。车旁，一位年轻的小警察急切地注视着出站口闸门的方向，手里高举着一张纸，上面用粗水笔写着五个大字——安平章法医。

章桐淡淡一笑："有人来接我们了。"

"你们好，我是马云涛，双龙峪分局的，叫我小马就可以了。"年轻警察热情地自我介绍，"您一定是章法医吧！欢迎来到双龙峪。"

车开动后章桐便问道："小马，方明警官现在在哪里？我记得他说过今天会来接我的。"

小马脸上的神情有些凝重："方哥被借调回现场了。今天凌晨又发生命案，现在我们这里人手严重不足。"

章桐提高了声调："难道又有警察被害？"

小马点点头："今天早晨5点还差5分的时候，巡检的环卫工人主管报的案，本以为只是一起普通的醉酒车祸事故，因为还撞死了一个环卫工，但是交警赶到现场时才发现，死者是交警指挥中心的事故处理调度员。"

他转而叹了口气："章法医，方哥说了你们的来意，最近这疯子搞得大家人心惶惶的。对了，我们马上会经过现场，要我停一下吗？"

章桐摇摇头，目光注视着窗外："不，还是直接带我们去局里等吧。"

警车缓缓通过现场，章桐一眼就看到了警用隔离带另一端倒卧在水泥墩旁的女尸，目光中不禁闪过一丝阴影。

"小马，王教导员对你们好吗？"章桐随口问道。

"非常好。她是刑侦出身，我们这边很多案子都是她来了以后才破了的。"小马咬了咬嘴唇，"王教导员就像姐姐一样，我们都不会忘了她的。"

听了这话，章桐和李晓伟下意识地互相看了一眼，李晓伟默默点头。在来的路上，章桐就曾经向他提到过王亚楠是个心思缜密的警察，并且她有一个习惯，那就是自己身边不能有积案，只要有空，她就会想尽一切办法解决。现在章桐从小马的话中更是印证了这一点。那么，她去世之前就很有可能去碰发生在双龙峪当地的系列杀警案，会不会就此招来凶手的报复那就不得而知了。

"王姐还是个跆拳道高手呢，真没想到。"小马似乎是想活跃一下车内的气氛，他抬头看了看后视镜中的章桐，"她在这儿工作的几年时间里，一连拿了分局两届的格斗冠军，尤其是她的那招手刀，非常厉害。"

"手刀？"章桐不由得一怔，"我只知道她是黑带级别，她很小的时候就开始练跆拳道了，还参加过省里的运动会，但手刀是什么？"她转头看向身边坐着的李晓伟。

"以手为刀，这是空手道和跆拳道里面都有的一种格斗招数，发源于我们中国的气功。"李晓伟回答，"我见过厉害的那种，砖头都能给你劈断了。"

章桐脸色变了，她突然问小马："王教导员出手刀的时候用的是哪只手？"

"右手。"

李晓伟注意到章桐神情的异样："你想到什么了？"

"方明跟我说起过，亚楠丢失的就是右手，齐手腕切去了。"章桐把脸转向了窗外，"看来这个疯子所拿走的东西都是被害人生前最看重的东西。"

李晓伟没有再说话。

阳光消失了，警车缓缓地匀速开进隧道，两旁淡黄色的照明灯光依次在车里投下了一连串一闪而过的诡异阴影。

双龙峪分局位于县城东面，是 20 世纪建成的，带有明显的俄式风格，红色的砖瓦墙，低矮的门楼，大院里还有一片高大的胡杨林。下车后走进分局大厅的一刹那，眼前的光线便猛地一暗。

放下行李后，两人被直接带到了负责刑侦事务的副局长办公室。

房间在二楼，并不大，也就 10 平方米多一点，木质地板依稀还看得出原先的颜色，陈设非常简单，一个书柜，一张办公桌，外加一圈硬木椅子。房间唯一的点缀就是墙上那张放大的集体照。

方明此刻正站在副局长身旁，两人低头商量着什么。一看是章桐和李晓伟进来了，方明脸上顿时露出了如释重负的微笑："章法医，你们总算来了。这是我们赵副局长。这就是我跟您说的章法医，这位是……"

"我是章法医的朋友，安平警官学院犯罪心理学系的讲师李晓伟。"李晓伟拿出了自己的工作证件。

赵副局长点头，面露歉意地伸手指了指自己面前的两张空着的椅子："条件不好，你们大城市来的，多担待吧！"

大家坐下后，章桐便注意到房间里除了自己和李晓伟以外，就只有方明和赵局两个人："你们单位的法医呢？我能见见我的同行吗？"

方明面露难色："章法医，很对不起，我们局里目前暂时没有正式的法医，还在等待支援，原来的法医因为压力过大，前两天辞职了。"

"原来是这样啊。"章桐点点头，"赵副局长，方警官，因为等待管辖权申请的流程耗费的时间太长，这次我和李老师就是以休假的方式过来的，我们不直接参与案子的办理，只是提些建议和意见，你们看可以吗？"

听了这话，赵副局长感激地点点头："当然可以了，而且在你们来之前，你们单位领导也给我来了电话，总之放心吧，有任何需要尽管开口。虽然这边的工作条件比较差，但是我们仍然会全力配合你们的工作。"说到这儿，他轻轻叹了口气，"遇害的都是我们的兄弟，我们的压力实在太大了。不可否认，以前是我们忽视了这个案子的重要性，并没有并案处理，失去了第一时间抓住这个混蛋的宝贵机会。现在，不瞒你们说，局里很多人都有意向辞职了，我也并不怪他们，因为大家都是人，都上有老下有小的，一旦有个什么不测，确实心里过意不去，所以我不会阻拦。但是章法医，你放心，我不会走，刑警队的兄弟们也不会走。客套话就不多说了，总之拜托你们了。"

章桐点点头。

赵副局长脸上露出了难得的笑容："以后刑警队那边，就方明协助你们。剩下的人不多了，还要保证双龙峪的治安，大家肩上的担子都很重，我们尽力而为吧。"

章桐看了看方明："那我们就从今天早上的那具女尸开始。尸体运回来了吗？"

方明回答："回来了，就在解剖室，两具尸体都在。"

章桐站起身，向门外走了两步，突然停下脚步把李晓伟拽到一边："你就不用跟着我了，我们分工。"

李晓伟心领神会地点点头："好的，随时电话联系。"接着，他转身对赵副局长说道，"赵局，我接下来想和你们局里每个警察进行一次谈话，不知道你能否给我一份在职和已经辞职的人员花名册？"

赵副局长一愣，随即明白了李晓伟的用意，便爽快地点点头，拉开抽屉翻找了一会儿后，把一个黄色公文夹递给他，诚恳地说道："那就拜托李老师了。"

第三章　第八个

双龙峪分局的法医解剖室既狭窄又闷热，房间里充斥着消毒水和腐败空气的味道，俨然就是一个不通风的储藏室。

"你们法医辞职才三天？"章桐问，"我怎么感觉就像是走了一个世纪。"

方明点点头，脸上露出了尴尬的笑容："没办法，条件实在是太差了。"

"不过能在这种环境下工作，也实在是难为他了。"章桐轻轻叹了口气，弯腰从随身带来的工具箱里拿出一件一次性分体解剖服麻利地穿上。

"章法医，你把单位工具都带来了？"方明伸手指了指打开的铝合金工具箱。箱子有些陈旧，除了一次性耗材以外，解剖工具显然也已经使用过很多年，就连刀柄上的花纹都快被磨平了。

"不，这箱子里的东西以前是属于我父亲的，这次来双龙峪，我不能动用单位里的公用物品，那是违反工作程序的。"今天早上临上车的时候，章桐除了必备的行李以外别的都没带，唯独带上了父亲章鹏曾经使用过的这个银灰色的铝合金小工具箱，夹层里还有他的名字和曾经使用过的警号。当年父亲去世后，单位便把这个小工具箱和里面剩余的耗材一并转赠给了她留作纪念。

"你今天就是帮我做记录，不用动手，我说什么你做什么，明白吗？"章桐戴上了口罩，然后小心翼翼地把头发塞进了帽子里，确保没有露在外面。

方明点点头："好的，章法医。"

房间里只有一张解剖台，章桐示意方明先帮她把那具被撞身亡的环卫工尸体搬了上来，尸检过程非常顺利，死因也与车祸高速撞击所导致的失血性休克合并创伤性休克相吻合。

但是当第二具女尸搬上来的时候，章桐注意到方明的神情有些异样，站着发呆，好几次都根本不知道自己需要做什么。

"怎么了？"章桐的心微微一动，"你认识她？"

方明也不隐瞒，声音沙哑，眼眶有些发红："她是我警校同学的妹妹，就像我的亲妹妹一样，毕业后被分配到交警队了，叫李敏，才22岁。真对不起，章法医，我有些失态了，刚才在现场的时候，我就认出她来了。"

章桐呆了呆，轻轻叹了口气："你休息下吧，下面的事儿我自己来做。"

方明感激地看了她一眼："谢谢你，章法医，我出去抽根烟，我就在外面，不会走远，有问题随时叫我。"说着，他便脱下解剖服，缓步走出了解剖室。

章桐按下了录音键开始口述："2020年11月7日，时间上午9点13分，地点双龙峪分局解剖室，现在开始2号女死者的尸检……"

章桐的声音在贴满瓷砖的解剖室里轻声回荡着，伴随着解剖刀拿起放下接触搪瓷托盘时所发出的清脆撞击声。突然，她停了下来，皱眉问道："方明，你同学的妹妹是不是患有哮喘？"

"哮喘？"方明应声推门走了进来，满脸的疑惑，"没听说过，章法医，小敏的身体一向很好的，在学校的时候各项体能考试成绩都是女生中数一数二的。每年的体检报告她都会拿给我看，上面也没有见到什么医生的特殊备注。"

章桐一声不吭地摘下手套丢进垃圾桶里，然后伸手关了录音机。

"章法医，小敏她的死因，她……她到底出了什么事？"方明焦急地看着章桐。

"我需要做个毒化检验，她的咽喉部位组织结构处有不正常的肿大，支气管水肿，扁桃体二度肥大，心脏左冠状管壁明显增厚，并且伴有斑状血块，"说到这儿，她略微思考了下，"我以前见过与这种状况非常类似的案例，但是现在这起还不好说，必须得等毒化报告出来。但我现在可以说一下我的怀疑，仅仅作为一个参考，最终结果还要看检测结果。那就是她在死前两个小时内饮用了酒精和麦角副酸二乙酰的混合物。酒精浓度现在已经没有办法具体检验出来了，但是LSD残留可以查出来。"

方明问："LSD是什么？"

"迷幻剂，这种药物会使服用者血压不正常升高，心跳加速、浑身发软、头晕、恶心、呕吐，最后症状虽然会消失，但是会对心脏冠状管壁产生很大的损伤。而这种迷幻剂还有一个特点，就是一旦和含酒精的饮品一起服用的话，如果服用者本身有过敏史，那么她的气管和咽喉部位就会产生不正常的肿大。这些症状现在在死者身上都体现出来了。

"唯一感到欣慰的是，致命的过敏症状发生之前，她就已经死了。她的死因是多器官严重挫裂伤合并脏器出血，外加颅脑重度撞击导致的开放性失血休克死亡，死亡发生得太快，她没受多大痛苦。但是导致车祸的原因如果只是以简单的酒后驾驶来定论的话，那是不正确的。对了，你们这里有可以做这方面检验的单位吗？"

"有的，省城实验室离这儿只有100多千米，我开车快一点的话能在下午3点前赶到。"方明回答。

章桐点点头，她重新换了副手套戴上，掀开死者身上盖着的白布，然后用手指撩拨开她的头发，指着左边那个血肉模糊的伤口说道："她的左耳朵没了，从创面来看应该是被一把锋利的刀具给齐根部割去的。"

方明脸色一变："能确定吗？"

"可以。而且从伤口边缘来看，应该是死亡状态发生的同时。只是很奇怪，为什么要割掉她左边的耳朵？"章桐轻轻盖上了白布。

方明的声音有些颤抖："因为她是交警队专门处理事故勘查的电话调度员。"

这是第八个。

李晓伟习惯在听取别人谈话时做一些相关的笔记，只要是自己认为值得记录下来的，他都会不厌其烦地把它们逐一写在纸上，哪怕看上去只是一些胡乱堆砌起来的词语。

上午名单上的最后一个人离开办公室后，他看着笔记本，低头陷入了沉思。八个案子，矛头都无一例外地指向了警察，难道说这八个警察之间有着特殊的联系？不然的话，为什么单独对这一特殊人群下手呢？

在过去的七年时间里，每个警察的生活都是按部就班的，没有什么特殊的地方。是因为什么让凶手偏偏选中了他们呢？

"还不去吃饭吗？"章桐的声音在门口响了起来，她已经脱去了工作外套，身着黑色的高领毛衣和蓝色牛仔裤，脚上穿着棕色小羊皮靴，胸口挂着临时工作牌。

李晓伟微微一笑，抓起那本特殊的笔记本揣进兜里，这才放心地关门离开。

双龙峪分局的饮食习惯和安平略有不同，馒头、饼子代替了米饭，两菜一汤以辣味居多，这可苦了章桐，她皱眉看着自己面前的两盘菜，半天没吱声，也没动筷子。

李晓伟乐了："你不会不吃辣吧？"

章桐点点头："唉，只能入乡随俗了。上午你那边问得怎么样？有没有什么特别的情况？"

"没有，除了情绪有些不稳定外，我还真看不出哪里有什么不对。警察也是人嘛，心里有点小想法也是情理之中的。我的看法是凶手单独挑中这个职业的人，肯定有原因。你想，双龙峪虽然是个小地方，各警种的警察加起来也有好几百人，为什么要在这么大的时间跨度上挑中这些警察呢？几年一个，特定的职业范围。你知道一般的凶手最不愿意去碰的就是你们警察了。因为针对这个职业所产生的犯罪成本远远超过针对一个普通百姓的，除非凶手追求个人成就感。所以，我认为这么干的人，自身性格上肯定极度偏执。

"连环杀人凶手分为两种，一种是有目的地进行杀人，目标为某些特定事件所涉及的人。我记得三年前长桥曾经发生过一起特殊的杀人案，凶手费尽心机地把所有在论坛上骂过他的人逐一找了出来，然后杀死，他所设定的杀人计划非常巧妙，如果不是出于凶手本人的自负和极度自恋的心理，当地警方根本就没有机会抓住他，把他绳之以法。这个案子是我导师协助破的。"李晓伟接着用手指沾了茶水在桌上画了个圈，"总之，只要找到这个圈，我们就能找到破案的突破口。"

"那第二种呢？"章桐知道事情不会这么简单。

"第二种？就是漫无目标地以杀人为乐，这种人最可怕，抓住他的难度也最高。因为他的杀人目标可以是各种职业的从业人员，也可以是某种特定职业或者类型的人，就像我们这起案子中的警察。甚至于只要他觉得你正好走进他的计划，他就有可能杀了你，就像猎物掉进陷阱一样那么随意。怎么说呢，这种人，有很大一部分在小时候曾经有过虐杀小动物的经历。

"从心理学的角度来看，有些病例正因为小时候对小动物的残酷虐杀，满足了自己感官上的一时刺激，在得不到正确的疏导和治疗的情况下，会形成无情型变态人格，不过很快他们就不会只满足于虐杀小动物了，会迅速上升为在自己同类身上实施相同的行为，并且有过之而无不及。我们所面对的这个凶手目前来看还不是典型的反社会型人格障碍，因为他并不冲动，他所实施的每一次行动都是有明确计划的，所面对的人群也是特定的，所以说，这家伙是介于第一种和第二种可能之间，但更偏向于第二种。"

章桐长叹一声："那么，我们目前最主要的就是找出八个死者之间的特殊联系。"

"没错，"李晓伟用力地点点头，"而且要快，因为他还会再下手。"

人的一生中都会有一个终生难忘的第一次。

记忆深处的那晚，夜深了，雾气飘满长街，昏黄的路灯若隐若现。

他站在街角等了很久，她终于出来了，摇摇晃晃，心满意足，也醉得更厉害了。他在阴影中看到有好几次她都不得不扶着墙慢慢地向前移动，只要一不留神就会跌坐在水泥地面上。没有人来接她！他心中暗自窃喜。不错的机会，他紧走几步和她并排，这个时候，街上已经没有什么人了，就连灰溜溜的流浪狗也消失得无影无踪。

他想开口，却舌头打结，支支吾吾半天没说出一个字。

还好她发觉了，歪着头笑眯眯地看着他："小老弟，想干啥？给姐姐我买杯酒，我什么都答应你！"

他用力点点头，顺手朝身后黑漆漆的小弄堂一指。她先是一愣，随即又一次哈哈大笑了起来，然后弯腰凝视着他的眼睛，阵阵酒味扑面而来，让他几欲作呕。但是他一点都没有表露出来，相反，只是晃了晃手中的50元钱。

"少了点儿。"她微微皱眉，目光在钞票和他俊朗的侧脸之间转悠了几圈之后，终于点头了，"十分钟！只能十分钟！"

他点点头，笑得很天真。

十分钟还差五秒的时候，他就一个人晃晃悠悠地走出了小弄堂，浑身上下都是血，但是他很满足，也一点都不担心自己会被人发现。因为双龙峪深秋的凌晨是没有多少人会愿意在外面待着的。

回到家的时候，小区里也是死一般的寂静。开门进屋，他没有发出一点声音。不过他不用担心什么，因为那个讨厌的小男人又来了，如今正在母亲的床上搂着母亲，鼾声阵阵睡得正香。其实即使他们醒着的话也不会太在意他，他本来在别人的眼中就一直是个可有可无的人，包括在自己母亲的眼里。

紧闭自己卧室的房门，他打开写字台上的台灯，然后盘腿坐在靠床的地板上，开始认真地仔细检视塑料袋中那两团根本就分辨不清楚本来面貌的肉块，他小心翼翼地打开塑料袋，然后用两根手指夹着肉块慢慢地拿了起来，在淡黄色的灯光下，皮肤本来的粉红和鲜血的殷红混杂在一起，隐约散发出诡异的光芒。

他兴奋极了，他试图压抑内心的狂喜，但一连串的深呼吸也不足以让他彻底平静下来。

第一次杀人的感觉让他惊喜万分。相比之下，刚才自己所做的一切早就随同那条没有光线的小弄堂在他的脑海中消失得无影无踪了，甚至天亮后当他经过案发现场的时候，都没有再朝那个方向看上一眼。

以前晚上回到家，还没进家门，就听见了母亲震耳欲聋的怒吼声——又去杀猫杀狗了，再这样下去的话就别上学了，送你去菜市场当杀猪的算了，还不用在家白吃白喝！

对此，他根本就没有放在心上，哪怕在多年以后的今天。

此刻，他站在街上，呆呆地看着对面商厦门口一男一女的背影，女的年纪已经不小了，穿着华丽的羊绒风衣，烫着头发，而勾着她臂弯的男人岁数至少年轻了一半，夸张的韩式发型被染成了时下最流行的"奶奶灰"，浓重的香水味似乎隔着半条街都能闻到，而那紧紧包着臀部的牛仔裤更是让他无法直视。

他深知他们根本就不是母子，因为自己才是那个该死的老女人的倒霉儿子！

看着那两人几乎不分彼此的亲昵背影，他面无表情。已经很多年了，他早就已经学会了波澜不惊地去面对自己身边所发生的一切。

一辆高大的水泥罐车开过，扬起了漫天的沙尘，街道两旁的人们纷纷掩住口鼻四散躲避。很快，沙尘消失，他也消失得无影无踪。中年贵妇有些神色慌张地从商场里走了出来，若有所思地左顾右盼。而那个年轻男人也紧随其后，满是诧异："张姐，你丢了什么东西了吗？"

中年贵妇的目光中闪过一丝惊慌，随即又变得极为镇静，神情从容不迫："没有，我只是刚才进商场的时候好像看见一个老熟人罢了。"

"那现在呢？"年轻男人笑着追问，"我们还去做SPA吗？"

"那是当然了，走吧！"中年贵妇轻轻一笑，拥着年轻男人转身走回了商场。似乎刚才在二楼拐弯处无意中透过窗户看到的那个犹如鬼魅般的影子，就从未在这个世界上出现过一般。

"啪。"一堆厚厚的卷宗被扔在了桌面上，堆起来足有半米高。

"你真打算在今天把这些卷宗都看完？"章桐有些不可思议。这是20年来所有凶杀案的卷宗资料，因为没有像安平那样经过电脑处理，所以当李晓伟提出要查看所有的卷宗后，档案室的管理员一脸的震惊，不过他还是乖乖地拉来了一堆手写卷宗资料。

"你得庆幸这里民风淳朴，凶案不多，我的章大法医啊！"李晓伟嘀嘀咕咕，变戏法一样从桌子底下挪出了一张舒服的圈椅，塞到办公桌旁后，这才坐下来，夸张地伸了个懒腰，"不过你放心吧，我今天肯定都把它们给吃了。"

章桐眼光变得尖锐："其实你说得也对，时间不等人。我那边还有一些尸检报告需要查看一下。"说着，她转身走出了这间堆满杂物的小房间。

回到解剖室隔壁的法医办公室，刚坐下，门口便传来了敲门声。

"章法医，我们找到一具还没有被火化的尸体。"方明急匆匆地说道。

"死亡时间？"章桐问。

方明回答："半年前，生前是我们治安大队的一个民警。"

"算入死亡名单中了吗？"

方明老实回答："没有，当时被认为是车祸，之所以拖这么久是因为死者家属和肇事方在打官司。"

"他丢了什么？"

"我问过火葬场整理遗体的工作人员，说是少了一片肺叶。"方明打开工作笔记，"死者当晚10点骑电动车从单位下班回家，路上和一辆大卡车撞了，人当场死亡，司机逃逸，交警部门接警后联系车主，却遭到否认，说车辆被偷，自己案发当晚并没有开车。不止如此，监控等一切手段也无法证实车主撒谎，动机方面也排除了车主的嫌疑，所以最终这起车祸就以交通事故定性了。"

"肺叶？"章桐不解地重复了一遍。

方明点点头："具体为什么我不知道，遗体整理师说事后联系了交警队的法医，对方说现场仔细搜索过好几遍，确认没有遗漏。"

"重大车祸中确实会有死者体内器官被挤压出身体的先例，但是单单一片肺叶就有些怪异了。"章桐想了想，问，"那他是袭警案的第几个？"

方明摇摇头："按照时间来算，他应该是第五个。"

"别的呢？都火化了？"

"不，还有两具，其中第六号死者死于意外火灾，虽然没有发现明显部位的缺少，但是王教导员要求保留，说是有疑点需要核实，我们就把他算了进去。至于第七号……就是王教导员，是我坚持保留的，她唯一的亲人是她母亲，老人家年纪大了，身体也不好，所以我们领导联系了当地街道社区，商量下来准备先瞒着，等案子破了以后再另行通知。"

"谢谢你，有心了。"章桐轻声说道，"我这就过去处理。"

尽管已经是冬季，太阳依旧高照当空，对于少雨的双龙峪来说，冬季只是意味着寒冷和更多的风沙。

中午还没有到，柏油路上就已经笼罩着层层烟雾，交通拥堵，车辆排成看不到头的长龙，一辆白色依维柯斜靠在路边，后半截车身被撞得稀巴烂，破碎的零件和挡风玻璃散了一地，车头却奇迹般的完好无损。而车身下的汽油痕迹混杂着隔壁牛肉面馆下水道里蔓延出来的污水，把马路边缘染得五彩斑斓。

他站在路边已经十多分钟了，双眼紧紧地盯着双龙峪分局的红砖大楼，手里的手机一遍遍地重复着拨号，终于，电话接通了。

"你在哪儿？"电话那头的声音充满了焦虑。

"我很好，放心吧。"他淡淡地说道。

"快回家吧，你妈妈很担心你。好几次都特地到我家来问你的情况。"

他听了，却扑哧一笑，声音中充满了嘲讽："别管她。我今天打电话给你就是想请你帮个忙……"

第四章　有人没说实话

冷不丁一阵刺痛迅速从右手食指上蔓延开来，章桐倒吸一口冷气，她赶紧丢下解剖刀，摘下手套丢到工作台上便转身冲到了水池边，一边冲洗手指，一边仔细查看起了伤势，还好有惊无险。

李晓伟正好来到门口，发觉异样："怎么啦，出什么事了？"

"我刚才检查他的左下肢的时候，被刺了一下。"章桐指了指解剖床上的尸体。

"皮肤有没有破？"

"没有。"章桐如实回答，"别担心，我处理好了。"

不同于以往的乳胶手套，出事的这副是厚胶皮做的，长达肘部，在右手食指上可以很清晰地看到一个锯齿状的破口，李晓伟脸上的神情顿时凝重了起来。

"我戴了两副手套，没事。"说着，她又拿出一副新的戴上。

"尸体上怎么会有针？"李晓伟问。

章桐俯下身去，仔细查看着尸体的左下肢部位，半天没吱声，随后手一抬："给我一把镊子。"因为尸体已经严重收缩成焦炭状，所以如果不仔细查看的话，很容易忽视里面的东西。

　　时间在缓慢移动。终于，她用力拔出了一个长条状并且有些扭曲变形发黑的异物，仔细看了看，然后转身放在了托盘上，发出了轻轻的碰撞声。

　　"这是什么？"李晓伟脑子里一片空白。

　　"针筒，"看他还是不太明白，章桐便又补充道，"应该是一次性注射器。因为尸体被火烧变形，所以这个注射器顺着腹股沟滑入了他的生殖器部位，并且神奇地卡在三角区域，从而被保护了起来。说实话，这个情况在以前我确实没见到过。虽然通常尸僵消失后，尸体会恢复柔软状态，但是因为尸体被火烧过，焦炭化实在太严重，水分蒸发，无法做全面的尸表清理。尸体表面还有一些因为过火而融化和皮肤产生粘连的衣物碎片，生殖器所在位置又极其特殊，注射器就被夹在了里面，针头朝上。我想刚才我之所以会被扎到，是因为我的右手在检查尸体的这个位置时，没有意识到里面还有东西，所以就看走眼了，唉。

　　"这种注射器是塑料材质，如果不是死者身体保护了它的话，一场大火早就已经把它烧化了，也就不会有任何证据留下。这么看来，冥冥之中或许也是巧合吧。"她把注射器放进样本瓶子，准备等一下送去检验。

　　李晓伟感到有些不满："为什么前任法医没有检查出来？"

　　章桐没有吱声。

　　"你有没有考虑过这是有意插入的针筒而不是偶然滑落的呢？"李晓伟突然追问道。

　　听了这话，章桐不由得愣住了："虽然有点阴谋论的调调，但是照你这么说的话也不无道理。有人知道我们会对尸体进行检验，所以在杀死死者后，故意把针筒放在这个特殊的位置，知道大火即使焚烧了尸体的表面，但是因为尸体的自我保护，这个特殊位置不一定会被波及，而只有一种人才会去检查尸体的这个部位，那就是法医。"

李晓伟点点头："前面那个法医辞职了，但是你不一样。"

目光看向样本瓶中的针筒，章桐脸色变了。

"你应该还记得X光扫描的操作步骤吧？"她问道。

"那是当然。"李晓伟有点糊涂。

"帮我个忙，对他扫描一下，我担心这具尸体里面还有别的什么意想不到的东西。"

"他们是在哪儿发现的这个死者？"

"警察单身宿舍楼道，我刚才看记录了，当时烧了一栋楼，事后清理火场时就发现了他。死因被定为火灾事故，所以没有经过正式尸检。"说着，章桐回头看了看解剖室最里面的小库房，空间绝对不会超过 2 平方米，并且被塞了个严严实实，"而且是亚楠要求保留下来不火化的。"

"你看什么？"

章桐微微皱眉："我想我们应该能够找到做X光所需的设备和相关的防护服，毕竟这里是分局单位。"

李晓伟环顾了一下整个房间，面露苦笑。

半个多小时后，结果出来了。

"几个？"李晓伟打开屋里的大灯，看见章桐紧锁双眉看着X光机屏幕出神。

"包括我刚才拿出来的一个在内，共有7个，针管长 10 厘米，直径 1 厘米，都是法医惯用针管，分别在左肩膀、右肩膀、左下肢和右下肢的部位，确实很难看得出来。"

"这么大的针筒可以植到身体里吗？"李晓伟满脸问号。

"千万不要低估医学与人体结构之间的无限可能。"章桐肯定地回答。

她伸手指了指托盘上那个已经被取出的针筒，"除了这个以外，其余的6个都是被小心翼翼地植入皮肤软组织内的，火灾过后，死者全身皮肤组织遭到破坏，针尖就开始裸露，很容易扎到别人。我想和我一样被扎到的人并不少，因为只要搬动死者，人被扎到的可能性就非常大。"

李晓伟点点头："没错，这混蛋植入的位置都是别人搬动尸体时所必须接触的位置。"

"还好我的手指没有被扎破，有惊无险。这样吧，你去刑警队帮我打听一下，最好找到以前曾经接触过尸体的人，问他们是否有同样被扎到的经历，如果有的话，感觉是什么样的，有没有就医。然后我们在局长办公室碰面。"章桐站起身，把尸体又推回了冷库。

她有考虑过是否要接着进行王亚楠尸体的复勘，但是很快便打消了这个念头，用力拉上了冷库的大门。

自己还没有做好足够的心理准备，再缓缓吧。

可惜的是，他没有什么人可以诉说，因为绝对不会有人相信，把整个双龙峪分局搅得天翻地覆的犯罪天才竟然就是他。

夜晚在街面上行走，他会和往常一样把卫衣帽子戴在头上，这样一来，经过自己身边的人就不会再想着多看他一眼。他希望别人不记得他长什么样，能把他当成个影子最好。

"你怎么不去死呢？生了你真是倒了八辈子的霉……"

耳畔冷不丁刮过的一句话让他犹如遭雷击一般停下了脚步，浑身僵硬，心也提到了嗓子眼。这是身体对记忆本能的反应。

可是他等来的却是渐渐远去的女人的责骂声和孩子发泄般的哭泣声。

一阵夜风迎面吹来，他晃了晃脑袋，嘴角露出一丝苦笑。看来，无论怎么掩饰，一个人最脆弱的地方是永远都不可能真正隐藏的。

他又开始孤独地在街上徘徊，就在那个时候，他看到了她。

双龙峪的月光是很美的，美到明亮的月光下几乎没有任何可以用来藏身的地方。绕过石浦子街，他又一次来到了这条熟悉的岔道上。停下脚步站在同样的月光下，看着同样的位置，他微微皱眉，记忆中的一幕再次浮现在了自己的脑海中。

那天，也是这个时候，他遇到了她。

她丢了钥匙，弯着腰趴在地上四处寻找，嘴里嘀嘀咕咕。

犹豫了很久，他终于上前："需要我帮忙吗？"

她听到了，只是微微一愣，随即点头默许。后来，钥匙没有找到，但是他有幸认识了她，他绝对不会告诉她，钥匙其实就在他的手心里握着，他早就找到了，只不过他不会再给她了而已，因为还不是时候。

这是第一个让他真正感受到心动的女人，他曾经幻想自己从此后能够和她默默相守。

那段日子里，他小心翼翼地经营着这段骗来的感情，甚至一度萌发了再也不杀人的念头。

去年下第一场雪的时候，他鼓足勇气在她的家门口等她，结果却换来了愤怒的一巴掌。"你居然跟踪我！"

听了这话，他感到说不出的委屈，还差点流出了眼泪。是的，她说得没错，虽然认识和交往了一段时间，但是她非常谨慎，并且从来都不让他送她回家。

她劈头盖脸地对他怒吼，用他最熟悉的女人的模样："滚，你要是敢再跟着我的话，你试试看！"

他的心在寒风中渐渐地变冷，果然啊，这个世界上的女人，骨子里都是一模一样的。离开的时候，他随手把钥匙丢进了附近的垃圾桶。

他没有杀她，此后也没有在她的生活中出现过，两人就好像从未相识，只是在偶尔经过这个特殊的岔道口时，他会想起那个单纯的背影罢了。

不为什么。

双龙峪的夕阳犹如鲜血般殷红，照射在分局的红砖外墙上，远远看去，就好像着了火一般。

章桐坐在局长办公室的窗口旁，全神贯注听着方明汇报情况，时不时地偷偷看着天边的晚霞，出神地思考着什么。

"第一个死者，龙叔，干了一辈子刑警，破案上百起，因为身体的原因快退休了，却在新年前的最后一天神秘消失，被发现的时候，他已经死了，死因是钝器数次击打头部导致重度颅脑损伤死亡。"

双龙峪的郊外，河流浩浩荡荡，船只来往众多，人工堤坝随处可见，曾经不止一次发现过溺水者的头部被螺旋桨在水下打掉一半的案例，但龙叔的情况不一样。章桐仔细读过尸检报告，知道发现尸体时，死者气管和肺部还有少量泥沙，不排除入水时还活着，也有可能是被打晕入水，而且颅骨的创面与螺旋桨造成的受力面完全不同，至于说脑子的话，也曾经有人提出说是被鱼虾吞噬，毕竟尸体在水里浸泡了一段时间，但是她注意到尸检记录上颅骨解剖又显示脑组织虽然有腐败迹象，但是断面整齐，并没有被啃噬的痕迹。

可惜的是当时的法医在死因结论中提到——不排除失足落水晕厥，最后在水下受到钝器打击导致重度颅脑损伤死亡。结合当时特殊的河流环境，所以案子一直没有明确的定性方向。这一拖就是十多年。现在尸体早就已经被火化，一切都太晚了。看着批语上王亚楠的签名以及高度怀疑要求彻查的内容，章桐的心情陷入了难言的苦涩。方明跟自己说起过这一系列案件之所以现在被并案重视，很大程度上是因为王亚楠，只是谁都不会想到她会成为其

35

中之一。

"接下来的第二个死者是一个监狱警察，死因是酒后异物堵塞气管引起机械性窒息死亡。据说死者在当晚下班后去亲戚家喝喜酒，回家后因为家属上夜班，于是就一个人在家睡觉，第二天早上被老婆发现的时候，身体已经僵硬了。

"尸检报告上说，死者舌头堵在喉咙里，导致机械性窒息死亡。我们之所以决定把有关他的死亡事件暂时列入系列杀人案，因为死者生前是警察。"

"舌头是齐根断的对吗？"

"是的。"

"那法医有查看过舌头边缘创面的痕迹吗？"章桐问。

"有，他拿出来看过，断裂面参差不齐，不是很平整。"

"尸体有没有明显的搏斗痕迹？比如说十指的指甲缝隙有没有查看过，尸检时应该有这道工序。"

"没有，尸检报告很简单。当时死者很平静，就像睡着了一样，脸上没有什么特殊表情，我想窒息应该是在深度睡眠时产生的吧。"方明回答。

听到这儿，章桐双眉紧锁："我认为法医判断的死因是正确的。舌头产生离断伤的原因分两种，一种是绝对不可能由自己造成的齐根离断，这种必须借助外力；另一种是伤者在丧失意识的前提下可以自己做到，但是断裂面会有大部分残余。我曾经处理过一个案子，有个醉鬼晚上喝多了，死在街上，被人发现后就送到我那里，死因是呕吐物阻塞气管导致机械性窒息，我在他的口腔和胃内容物中发现了部分断舌，判定为他在死前因神志不清造成，而那一刻，他的痛感神经并没有受到损害，因为我在死者的十指指甲缝隙内发现了皮肤残留物，经鉴定，和他脖子上的抓痕相吻合。所以说，因为剧烈疼痛，他曾经试图把那半块舌头抠出来，但是因为饮酒过量，浑身无力，再加上咽喉部位舌头上的伤口大量出血，所以，他死亡前就保持着那种抓挠自己脖子的姿势。"

说着，她回头看了看身边坐着的李晓伟："除非深度昏迷，疼痛一般都会暂时让人清醒，刚才所讲到的2号死者，我虽然没有看到尸体，但是从方明警官的描述情况来看，舌头的离断伤是在死后发生的，所以，我赞成他杀结论。"

这话一出，房间里顿时一片寂静。

夜深了，他一个人坐在飘窗上，丝毫没有睡意。此刻，他正全神贯注地画着一张素描。白色的十六开素描本就架在他的腿上，他低着头，目光温柔而又专注，素描虽然还没有完全成型，但是可以看得出他是非常用心地在画画。在他左手边不到50厘米的距离处是个1.5米宽、2米深的热带鱼鱼缸，水声潺潺，鱼儿欢快地游来游去。

在双龙峪这种地方养热带鱼是非常少见的，再加上他本来生活就很低调，所以就更没有多少人知道他养这种鱼了。在内心深处，他早就已经把它们当作自己唯一的伙伴。

大约三年前，一个偶然的机会，他路过了双龙峪最大的花鸟市场，本来只是无心地逛一逛打发时间，回家的时候，他却小心翼翼地带回了这只并不小的鱼缸，还为此特地雇了一辆三轮车推着回家，因为无论什么车子都放不进去，鱼缸实在是太大了。

一个多月后，他又一次从物流中心神神秘秘地带回了一个密封的大铁箱，上面贴满了防水渗漏的保护条。他把箱子搬进了自己的房间，然后打开箱子，忙碌了整个下午。直到最终坐下来时，窗外已经是华灯初上。他就像现在这样，在淡黄色的灯光下细细打量着鱼缸，这时候他更加确信，自己深深为之着迷的，其实就是鱼缸中这些可爱的鱼。

对这些特殊的鱼，他有一种相见恨晚的感觉。

如果不算尾鳍的话，这种鱼的单个个体绝对不会超过 30 厘米，颈部短，但是下颌骨十分坚硬，有倒刺，牙齿呈现出锐利的三角形，上下互相交错排列，身体是卵圆形，通体是灰绿色，背部则是深墨绿色，而腹部是引人注目的鲜红。这种鱼虽然并不大，但是个性非常凶猛，当它咬住自己的猎物的时候，是绝对不会松口的，同时身体疯狂扭曲，直到把一块肉活生生地从猎物的身上咬下来才算罢休。

一条鱼尚且如此凶狠，一群鱼觅食时候的场面，那就更为壮观了。而观赏它们进食的过程是他每天最享受的。偷偷摸摸的卖家曾经非常慎重地提醒过他喂食时千万要小心，尤其是自己的手，绝对不能够放到水下，哪怕贴近水面都是危险的，因为这帮魔鬼随时都能让他的手变成带着肉渣的白骨。

就像此刻他身旁的鱼缸里，水花翻滚，短短几分钟时间，一条身材硕大约有十斤重的鲶鱼拼命挣扎，在这群魔鬼之间左冲右突，丝毫不顾自己的身体早就已经被啃食得干干净净。或者说，求生的强烈欲望让它根本就没有时间意识到自己已经被吃得只剩下了一个脑袋。

而这，只不过是它们的一顿晚餐而已。

可别小瞧了这群漂亮的小魔鬼，它们其实是非常聪明的，捕食时会先攻击猎物的尾巴和眼睛，因为一旦眼睛受到了攻击，那么猎物再庞大的身躯都会瞬间失去抵抗能力，而在死亡的威胁面前，失去抵抗能力就等于接受死亡。

这种鱼叫食人鲳，不过更多人记住的是它的另一个名字——食人鱼。

手机发出了微信提示的叮咚声，他放下素描画，拿起手机，开始专注地看着微信屏幕上的信息，脸上渐渐地露出了微笑。好吧，又开始了！自己等的就是这个。

放下手机，他深吸一口气，跳下飘窗，径直来到玄关附近的冰箱旁，打开，取出了一个红色的塑料袋，然后慢吞吞地走到鱼缸旁。塑料袋里的东西早就已经化了，所以袋子表面显得湿湿的。

或许是看到了主人前来，小鱼们开始躁动不安，在鱼缸里来回不停地快速游动着，眼睛里闪烁着兴奋与凶狠的光芒。这是它们进食前的例行热身运动。他知道，刚才的那条大鲶鱼对于这帮小魔鬼来说是远远不够的，现在这个嘛，就当作夜宵吧。

他开始有条不紊地把袋子里的东西一样样丢进鱼缸，水花翻滚，鱼儿们上蹿下跳拍打着尾鳍几近疯狂。很快，袋子快要空了的时候，水面便恢复了平静，只有几根灰白色三五厘米长的小骨头在水里漂漂荡荡的，逐渐沉到了水底。他懒得去打扫，刚要准备把袋子随手丢到垃圾桶里，突然摸到了什么，脸上随即露出了深深的歉意："你看你看，还有呢，别心急啊！这就给你们，全都给你们！"

话音未落，一块灰白色的肉块便被丢进了鱼缸，半圆形的，不难分辨出那是人的耳朵。只是短短的一瞬间，那本来已经逐渐透明的鱼缸里又泛起了一小股浑浊的浪花，在鱼群散去的刹那消失得无影无踪。

捕猎是一种乐趣，而喂食则是一种满足。他痴迷地看着这些疯狂的食人鱼，开始憧憬那即将到来的又一次捕食。

推开门，房间虽然狭小，却很精致，与王亚楠一贯的风格很相配。淡紫色的窗帘，一张懒人沙发，瑜伽垫靠窗而放，一个小小的竹制书柜，上面挂着的花布是圣诞节的时候亚楠和章桐一起上街买的，亚楠坚持说是蜡染的，章桐看她那么喜欢，也就不忍心戳穿那个小贩的把戏。

现在想来，真是物是人非。

章桐不由得轻轻一声叹息。

方明放下行李，回头一脸歉意地看着章桐："章法医，你确定要住在这里吗？房间还没来得及收拾。"

"不用了，就这样挺好的。谢谢你，方明。"

"章法医，王姐其他的私人物品还在这个房间的衣柜里，我们因为工作太忙了，人手又不够，所以没及时清理。"方明指了指衣柜的方向。

"那就交给我吧，"章桐微微一笑，"今天已经很晚了，谢谢你特地送我过来。"

送走方明后，章桐轻轻关上房门，耳边立刻变得安静了下来。这里虽然是分局的宿舍，离红楼并不远，就在一个大院里，但也并不是每个房间都住着人。李晓伟被临时安排住在隔壁，两人约好第二天早上一起去吃早饭。

累了一整天了，章桐觉得浑身筋骨酸疼得厉害，她索性蹬掉鞋子，然后盘膝坐在亚楠的床上，环顾房间四周，许久，她终于重重地倒在了床上。床铺发出了异样的吱嘎声。章桐心中不由得一紧，立刻翻身坐起，略微停顿几秒钟，然后果断地又一次脸朝天重重地倒在床上，没错，那个声音让她屏住了呼吸。

她迅速从床上爬了下来，然后利索地挪开床上的被褥，打开随身带着的强光小手电开始在床板上一寸寸搜寻。很快，一个颜色与众不同的卡在缝隙间的木块吸引住了她的目光，章桐伸出右手使劲地开始掰那木块。

"咚咚咚……"墙壁上发出了有节奏的敲打声，正在看书做笔记的李晓伟愣了一下，他先是侧耳倾听，抬头看了看墙壁，突然意识到这是隔壁章桐的房间里传来的声音，来不及多想，他立刻丢下笔，打开门，走廊里静悄悄的。他随手掩上了门，快步来到章桐的房门前，刚想伸手敲，门就打开了，紧接着章桐伸手一把把他拖了进去。

房门在身后关上，李晓伟有些尴尬："你想干吗？"

章桐瞅了他一眼："别瞎想。"

"那你……"李晓伟更是一头雾水。

"我需要你陪我去解剖室。"章桐神情凝重地做着准备，"有些事情我没有助手的话，做不了。"

"现在？凌晨两点半？"

"你怕死人？"章桐有些诧异。

"不不不，我才不怕。"李晓伟赶紧摆手，"只是奇怪你为什么现在要去解剖室？"

章桐迟疑了一下，把自己的手机解锁后，划开屏幕相册，然后把手机递给李晓伟："你仔细看看吧，这是王亚楠在出事前一个月在沙月节上照的。"

相片中的王亚楠身穿一条米黄色短袖长裙，面容虽然有些消弱和憔悴，但是可以看得出笑得很开心。

"你是从哪里弄到的这张相片？"李晓伟一脸狐疑地看着章桐。

"准确来说是手机储存卡，"章桐回头瞥了一眼床铺，眼神凄然，"我们认识五年了，知道她有一个习惯，那就是在自己床铺下的木板上藏东西，藏只属于她自己才能知道的秘密。她一个人来双龙峪这么久了，这张手机储存卡里拍了很多她的相片……我想，她之所以把手机储存卡藏在那儿，应该也有她自己的用意。

"我比谁都了解亚楠的为人。你仔细看看，这张相片上背后的横幅日期，还有，你看看她的腰身和腹部。"

李晓伟茫然地看着手机上的相片，半晌，他脸色变了："她怀孕了？"

章桐点点头："至少有两个月了，因为她比较瘦，所以很容易看出来。"

这时候，李晓伟才意识到了情况的严重性，因为王亚楠怀孕的消息包括她最亲近的方明在内，都没有人跟自己和章桐说起过，而且根据记录，王亚楠死后，也没有人出来承认自己是她体内孩子的父亲。大家似乎对这件事都绝口不提。

"我担心亚楠的死会不会和这个孩子有关，所以我必须去解剖室，而且要快。"章桐惴惴不安地说道，"看来我们周围有人没有说实话。"

第五章　一尸两命

无论两人生前曾经多么熟悉，死后仍然会变得很陌生。

第一眼看见王亚楠的脸，章桐竟然会认不出来。不只是好几年没有见到的缘故，更主要的是王亚楠变得憔悴了许多，虽然已经用水冲洗干净了，但是脸色依旧发青。

复勘工作相对比较简单。尸体是做过尸检的，所以章桐所要做的事情就是对比尸检报告，按照标准尸检程序再进行一遍，尸表检查完结后，拆开 Y 形缝合线，然后做体内相应的复查，胸腔内的所有器官都已经打包后重新被塞了回去，逐一再次拿出称重和检验更需要检验者时刻保持冷静的头脑。

凌晨的解剖室里安静得都能听到自己的呼吸声，章桐全身心地投入工作中去。她相信自己肯定会找到王亚楠要告诉她的"真相"。所以自己必须抛开一切杂念，冷静面对问题。

"尸检报告上写的死者的死因是溺水，是吗？"章桐头也不抬地问道。

李晓伟点头："是的，发现她的时候，就在游泳池里，那天因为天气很热，游泳的人很多，水也并不很深，所以当时没有人意识到发生事故。而死者是站在游泳池的排水口附近的，发现的时候，她身体向下俯卧，右手卡在水槽里，拔出来的时候，右手被切断了，是典型的离断伤。所以尸检报告上的结论是意外事故，但是上面打了个小问号。"

"后来清理排水口的时候有没有发现断肢？"

李晓伟摇摇头："上面没有备注说找到残肢。"

章桐抬头看着他："不可能就这么消失得无影无踪的。"

李晓伟没有吱声。

锋利的解剖刀继续向下割去，因为是游泳池溺水身亡，所以并没有做进一步的解剖，子宫当然也就没有动。

"我以前接触过一个案子，游泳池溺水身亡，是个7岁的女孩，死因是腿部抽筋跌落游泳池，加上她本身有先天性的心脏病，没有得到及时救治，在大约仅1米深的游泳池里被活活淹死了。当时的情况和亚楠在泳池里的情况差不多，被发现时，死者也是卡在了出水口附近，因为孩子体形瘦小，而出水口的保护网又正好松脱了，结果导致孩子下半身被活活卡在里面，最后我费了好大的劲才把她完整地拽了出来。各个地方的游泳池入水口和出水口都不是统一标准的，但是像亚楠这样的离断伤，确实没有听说过。"章桐看着那空空的断掌根部，长叹一声。

"确定是锐器切断的吗？"李晓伟问。

章桐点点头："没错，断掌伤口周围非常齐整。我只知道出水口那边有个阀门，平常不出水的时候会关闭，阀门是不锈钢的，会不会是正好卡在阀门里了？案发时，正好是泳池对游客开放的时候，那个阀门为什么会打开再关上？如果是在那个时候打开的话，那股水的吸引力是非常可怕的。"

"难道说真的是一场事故？"李晓伟紧锁双眉。

"亚楠的身体素质非常好，反应也很灵敏，即使怀孕了，我想她的反应速度也不会下降到那种程度，你说对不对？"章桐一边说着，一边伸手在工作台托盘里换了一把钩状探针，然后对打开的腹腔进行处理。

房间里的气氛突然变得有些紧张。

"她的子宫壁变软，宫颈变厚，并且子宫整体有增大迹象。可以看出她确实怀孕了，并且时间在8~12周之间，胚胎也已经开始发育。"说着，章桐小心翼翼地把胚胎放到旁边的托盘里，"胎儿长约 40 毫米，体重在 10 克左右，眼皮开始黏合在一起，手脚清晰可见，肘部可以弯曲，可以很明显观察到胎儿的心脏……"话音未落，泪水无声地顺着脸颊滑落下来。

"怎么了？"

章桐摇摇头，没有说话。

早晨，一缕金色的阳光慢慢地穿过云层，照射在双龙峪警局的红楼上，从上到下，逐渐笼罩了整座大楼。深秋的双龙峪虽然冷得刺骨，但是空气清新，章桐突然明白了王亚楠会这么愿意待在双龙峪的另外一个重要原因。

她更喜欢自由自在，而这里有着安平从未有过的碧蓝的天空，相比之下安平的冬季总是灰蒙蒙的。

"你说什么？王姐怀孕了？"不出章桐所料，方明的脸上露出了惊讶的神情。

"她最近半年有男朋友吗？正在相处的男朋友？"章桐问。

方明皱眉想了想，果断摇摇头："没有，她一直都是一个人，住的也是单人宿舍。"

一边的李晓伟突然问道："那她最后处理的一起案子是哪个，你还记得吗？"

"是一起很小的虐杀流浪狗流浪猫的事件，发生在北西区，那里是老居民区的聚集地，所以治安本身就不是很好。时间是四个多月前了吧，一直都没有结果，本来这案子不属于我们刑警队处理，但是因为一方面在老百姓中影响实在太坏，另一方面，派出所那里也一直毫无头绪，甚至有些焦头烂额。"

李晓伟双眉一挑："影响太坏？"

方明无奈地点点头："是的，虐杀小动物的手段确实残忍了点，我们接下了这个案子进行调查，希望能尽快抓住这个犯罪嫌疑人，只是事情的发展并没有那么顺利，而教导员还没处理完这个案子就出事了。"

"那天她为什么会去游泳？"李晓伟问。

"天太热了，下班后我们大家都去了，顺便放松一下。游泳馆离我们分局不远，季度票还便宜，平时大家就经常去。"

"和我说说那个系列案件吧，方明。"李晓伟轻声说道。

"好吧，教导员是五年前来到我们单位工作的。她来了没多久就注意到这一系列所谓的'意外事故'，但是因为当时没有直接证据能够证实每一个出事的警察都是被同一个凶手所杀，所以，尽管在领导会议上王教导员多次提到这个问题，却没有最终正式并案。但教导员从未放弃过这个念头，"说到这儿，方明不由得长叹一声，目光凄然，"她对我说的那句话我至今都记得很清楚——意外多了，就不再是意外。

"后来教导员就开始私下调查和搜集这一系列案件的证据，从龙叔的案子开始。但是你们也知道，在我们双龙峪这个地方，很多资源都是比较落后的，包括路面监控，也因为经费的问题只是在主干道装了几个，再想继续装就没钱了。前面警察出事后，因为当时被定性为意外，所以大多连尸体都没有保留，再加上这里的风俗习惯，更不会做深度的尸检工作。对此，教导员的工作难度可想而知，她只要一有时间就在外面跑，尽一切力量收集证据。后来我们宿舍发生了火灾，现场发现了那具焚毁严重的尸体，教导员坚决要求保留下来，说以后总会有办法查明原因。只是我怎么也没有想到，这事过去没几个月，她就出事了。我之所以私下去安平找章法医，那是因为我是刑警队的专案内勤，教导员跟我数次交流过这个系列案件的相关情况和案件特征，她不止一次提到过章法医，说要是你在身边就好了，案子或许早就能并案了，因此在她出事后，尽管分局领导最初反对我来找章法医，而我也挺担心章法医因为程序问题而拒绝，现在看来一切问题都迎刃而解了。我不相信命运，但是我相信教导员的判断。"方明看着章桐若有所思地说道。

方明走后，也到了吃午饭的时间，李晓伟关了办公室的灯，两人便一起出门准备向食堂走去。经过拐弯处的飘窗台时，一个人影突然闪了出来，是个年轻的姑娘，估摸年龄在二十三四岁，看胸口的工作牌是110接警台的。

姑娘一脸的紧张，不容分说就把章桐和李晓伟带进了一间空着的房间，房间里堆满了杂物。"你们是外地来的警察？"

李晓伟和章桐面面相觑，然后点点头，伸手一指自己胸口的临时工作牌："是的，请问你是？"

"刚才无意中经过你们办公室的时候，我听到了你们和方明的对话，我想我知道王教导员怀孕的事。"年轻姑娘皱眉说道，"我是110那边的接线员，我叫郑洁。有一天晚上正好我值班，我接到了王教导员的电话。"

章桐立刻绷紧了神经："电话？她报警了？"

"是的。"郑洁点点头，"凌晨3点58分，电话是从北西区打来的，虽然是王教导员的手机，但是我们这边要求过手机必须定位，所以我很快就确定了她的具体位置。"

"继续说。"李晓伟神情凝重。北西区并不是王亚楠所住的宿舍所处的区域，而凌晨3点多没事还在街上晃悠的正常人也很少。章桐突然感觉到了一阵窒息。

"她说她被强奸了，"郑洁轻声说道，"需要帮助。"

"那后来呢？录音还在不在？"

郑洁点点头，皱眉回忆道："还在。我当时立刻通知人过去，队员去了现场后给我电话回复说——她说她喝醉了，说很抱歉，打错了。"

"不可能！她在撒谎！"章桐果断地否认，"那是什么时候发生的事？"

"三个多月前的 7 月 21 日，那天我值夜班。"

章桐脸色刷白：日子正好在范围之内。

李晓伟认真地看着那姑娘："小郑，你为什么会记得这么清楚？"

郑洁点点头："因为王教导员确实是在撒谎。一个多月后的早晨，我换班后刚进洗手间，就看见她吐得很厉害，我问她是不是病了，她说没有。我回想起那天凌晨接到的电话，就感到很奇怪，"说到这儿，姑娘面露尴尬的神情，"你们……你们可别说我八卦啊。"

听出了对方话音中的欲言又止，章桐便摇摇头，苦笑道："没人说你，放心吧，我们还要感谢你呢。我们相信你。"

郑洁的脸上这才露出了笑容："那就好。后来，我就刻意进了王教导员刚出来的那个小隔间，你们猜我在纸篓里看到了什么？"

章桐皱眉看着她："你不会是正好看到了验孕棒吧？"

"没错，两条线！对了，我留下了那段报警录音。我们这里的规定是报警录音一个月清理一次，但是我觉得王教导员这个事很奇怪，因为以前从来都没有警察报警说自己被强暴的事发生过。"郑洁掏出了手机，划拉了两下后递给章桐，"来，留个联系方式，我好把音频发给你们。"

郑洁走后，两人打开了录音。

（电脑报时 3 点 58 分）这里是 110 接警中心，请问你需要什么帮助？

我被强奸了。（喘息声，咳嗽声，电频干扰声）

女士，请重复一遍您的要求以及您的姓名和所在位置。

我……（喘息、咳嗽严重）我是王亚楠，警号 35871，我在北西区一座桥边，我被强奸了，你们快来人⋯⋯

（声音严肃）我这就派人过去，王教导员，请留在原地别动，我也会联系120急救车⋯⋯

录音很短，章桐皱眉看着李晓伟，目光中充满了愤怒。李晓伟微微摇头，伸出手指示意章桐继续听下去。章桐打开了第二个音频资料。

（电脑报时4点21分）这里是110接警中心，请问你需要什么帮助？

师姐，我是安志刚，警号35938，我现在就在北西区桥边，见到教导员了，但是她说没有被强奸，是她喝多了，错打了电话。

（短暂沉默）那她现在人呢？在哪里？

她自己打了辆出租走了，拒绝上医院，说没事，回去睡一觉就好。

好吧，你们回来吧，我做下记录。

录音结束。

章桐阴沉着脸看着李晓伟："亚楠在骗人，她从来都不会喝醉酒报假案的，我了解她的为人。肯定有什么事情发生了，所以才会让她突然打消了报警的念头。"

李晓伟点点头："走，我请你喝茶！"

双龙峪分局对面的小街上有一家茶馆，平时人不多，李晓伟和章桐两人一前一后走了进去。

"一壶普洱，要最好的。"李晓伟冲着茶馆的掌柜打了个手势，然后挑了个僻静的位置坐了下来。

章桐不解地左右看了看："你才来双龙峪没几天，怎么对这里这么熟？"

李晓伟笑了："我和你不一样，你在解剖室里一泡就是大半天，我呢，需要思考，自然就出来逛逛了，散散心嘛，你说对不对？"

说话之间，年轻的小掌柜笑眯眯地端来了一个托盘，一边给两人泡好茶，一边热情地说道："上好的普洱，李医生是我们这里的贵客，这壶我们小店奉送。"说着，他又陆续摆上了四个小碟，都是一些瓜子花生之类的通常吃食。

"贵客？"小掌柜走后，章桐更是糊涂了，忍不住追问道，"不对，你肯定有什么事情瞒着我。我们到这里才72小时，你怎么可能是贵客？而且居然是标价50元的普洱免费奉送？"

"好吧好吧。"在思维方式只遵循强逻辑原理的女人面前，李晓伟赶紧认输，他左右看了看，这才压低嗓门说道，"昨天晚上9点多，我在街上闲逛的时候，正好遇到这家店店主的妹妹想不开要自杀，搞得周围看热闹的都快赶上追明星拍电影了，结果呢，我就陪着她在桥栏杆上坐了一个多小时，然后她就没事儿人一样高高兴兴地回去了。"说着，他伸手指了指自己面前的普洱茶，一脸的无奈，"他硬要感激我，我也没办法拒绝的。"

"自杀？"

李晓伟点点头，慢悠悠地开始边喝茶边聊天："遇到渣男，被抛弃了，顺便被坑走了自己的私房钱，估计有一万多块吧，钱是小事，姑娘看重的是自己的感情。不过幸好她遇到了我。"说到这儿，他不由得看着章桐意味深长地嘿嘿一笑。

章桐没领他这个情："别扯远了，说正事儿。"

李晓伟长叹一声："好吧好吧，是这样的，我觉得有些话不太适合在那边说，所以拉你来这里。你难道没发觉不只是王亚楠的案子，还有别的警察的案子，这里面都有一个内在的联系吗？"

章桐脸上的笑容消失了，她知道李晓伟如果没有足够证据的话，是绝对不会下这样的判断的。"你的意思是说有人把警察的情况通知给了凶手？"

李晓伟点点头："没错。但是我不知道是谁，我也不想让那个家伙知道我们的下一步计划。"

"就连方明都不能信任吗？"章桐皱眉说道，"是他叫我们过来的，如果他不出现，我们也就错过了这些案子。"

"不！"李晓伟肯定地回答，"每个案子中都有他的影子，所以我想我们的调查最好独立展开，我又考虑到不想伤害大家的感情，所以，以后有什么情况，我们就在外面说。你同不同意？"

听了这话，章桐没有吱声，她觉得李晓伟的结论虽然带有一些明显的主观判断，但是换个角度想想，其实也是在情理之中的。更何况这是一个针对警察的系列大案，如果想揭开真相，就必须用非常的手段去处理。

"我赞成。"

李晓伟笑了："下一步，我们去北西区看看，找一下那里的街道办事处，和老太太们聊聊天。"说着，他看了一下手表，"我和她们约好了，晚上7点半在北西区人民广场见。"

"我不擅长和人聊天。"章桐尴尬地说道。

"你是法医，平时并不参与办案，但是这个案子很特殊，我相信你的朋友也很希望你参与其中呢。"李晓伟为章桐面前空了的茶杯又续上茶，然后优雅地做了个请的手势，"这茶不错的，相信我。"

章桐乖乖地端起了茶杯。

走出茶馆的时候，街面已经是华灯初上。两人招手上了一辆出租车。这是一辆"黑车"。

此刻坐在驾驶位上的他心中狂喜。这两个傻瓜还不知道自己搭上的是谁的车。

他知道和他们面对面是冒险，虽然脸上没有写着"我是杀手"这四个大字，但是他还是忍不住。茶馆中他来到了他们的身边，好像是天赐良机。双龙峪这么大的地方，是绝对不会有人发现他们出事的，即使真的出了事，又有什么人会真的在意？而等别人发现这两个远道而来的倒霉蛋失踪了的话，那已经是第二天了。

最后他却理智地打消了这个念头，觉得在茶馆店堂里出手的话，会很危险，自己也不容易全身而退。于是，他头也不回地径直走出了茶馆，来到自己的黑出租车旁，换上一个车牌，随手按上一个顶灯，然后就等在茶馆对面的死角。这个位置，只要是他们从茶馆里出来招手叫车，那么自己就会是第一个，而茶馆里的人根本看不到自己的存在。

计划向来都是天衣无缝的，所以他如愿载上了这两个大城市来的小警察。

地址是北西区的人民广场，他非常熟悉这个地方。路上两人倒是没有说话，心事重重地看着窗外的夜景。

路上所需的时间不超过一刻钟，要经过惠山隧道和十八弯，不会有红灯，所以离目的地并不是很远。

难道说自己要放弃这个下手的好机会？他心有不甘。正在这时，一辆警车闪着灯超过了他的出租车，紧接着在他前面不到 50 米的地方停下，他也就不得不靠边停了下来。警车上下来一个人朝后面的这辆出租车走来。章桐一眼就认出了他——方明。在检查过司机的驾驶证件后，方明对车后座上的章桐和李晓伟感到很意外："章法医、李老师，你们去哪儿？我带你们去吧。"也不好拒绝，章桐在付过车费以后，就跟李晓伟一起上了方明的车。

看着警车扬长而去，坐在黑出租车里的他一头雾水。事情变化得太快了，难道自己的身份被人识破了？抑或真的只是巧合？绝对不可能！不过还有下次，因为自己有的是时间。想到这儿，他又笑了，满怀希望。真是愚蠢的对手！

他深吸一口冬夜里清冽的空气，浑身是劲，便摇上车窗，该回家了。

想起家里那些漂亮的小魔鬼，他的脸上露出了得意的微笑。

王亚楠的死是打开所有凶杀案的唯一一把钥匙。

对这一点，章桐毫不怀疑。虽然目前为止连同亚楠在内一共死了八个警察，但是真正可以用来做比对的尸体只有三具，而这三具尸体都是明显有疑点的。

章桐开始怀念起安平那些各种检验所需要的仪器设备，因为在双龙峪什么都没有。

"别抱怨了，章法医。"下车后，看着章桐一脸愁容的样子，李晓伟忍不住嘀咕。

"你怎么知道我在抱怨？"章桐有点意外。

"好啦，都写在你脸上了，有眼睛的都看得到。这地方是落后了一点，但是有我的脑子再加上你的智慧，我相信我们最终会破了这个案子的！"李晓伟夸张地伸了个懒腰。

来往车辆的喇叭声此起彼伏，而不远处则传来了歌曲《小苹果》的旋律，喇叭显然已经有了一定的"年龄"，所以听上去明显高了三度音，节奏也变得让人无法忍受。但是跳舞的大爷大妈们乐此不疲，并且时刻保持着整齐的队形。

李晓伟冲着章桐招手示意，然后快步向广场舞的人群中走去，没过多久，他又出现了，只是身旁多了两位中年妇女。四人走进了广场边上的肯德基餐厅，找了个僻静处坐了下来。

一位身材微胖，身穿粉红色卫衣的中年妇女点点头："你就是李老师电话中提到的章医生？"章桐心里一动，抬头看了满脸堆笑的李晓伟一眼，显然说医生确实比法医要好得多。

"是的，张阿姨。我们这次来，就是想调查一下前段日子你们报的警，就是杀狗狗猫猫的案子。同时呢，也想知道一点有关这位警察的情况。"说着，李晓伟伸手从早就准备好的笔记本中拿出了一张王亚楠的相片，递给了坐在对面的两位大妈。

两人轮流看了相片后，其中个子比较高，身穿棕色卫衣的中年妇女神情凝重地说道："我们知道这位王警官后来出事了，据说是在泳池里出的意外，真的好可惜，她可是个不错的姑娘。"

另一位接过话头，长叹一声："这丫头挺上心的，三天两头朝我们街道办跑，还跟我们出去走访调查，对我们也是一口一个'阿姨'叫得很尊敬，她这么年轻就没了，真可惜，老天爷不长眼睛！"

"那后来这个案子怎么说？"章桐忍不住打断，"抓住那坏蛋了吗？"

被叫作张阿姨的中年妇女双手一摊，显得很无奈："不了了之了呗，这年头啊，杀个猫宰个狗的，在某些人眼睛里真的不算什么，但是你真要杀，关起门来做这些缺德事也就算了，你们说说看是不是这个道理？这大庭广众之下把猫剥了皮、剁了脑袋血淋淋地挂在树上，人来人往的小区里，警察同志你们说叫那些上学必须经过那里的孩子们如何去面对？他们的心理能承受得了吗？我看啊，我们大人都尚且不敢去看，更别提那些未成年的孩子了，这可是作孽啊！毛阿姨，我讲得在理，对不对？真是一点都不夸张。自从王警官出事后，就再也没有人那么上心地管过这事了。"

章桐忍不住追问道："两位阿姨，除了这种剥皮斩首示众的手法，你们还记得有别的什么方式没有？"

"有，多着呢，说出来简直让人头皮发麻！晚上听了都会做噩梦！我们大家凑钱在那里装了监控都没有用，没几天探头就被人用竹竿子打坏了。"张阿姨没好气地说道。

"这种情况最早是从什么时候开始的，两位阿姨对此还有印象吗？"李晓伟问。

"很早以前了，具体年份我记不太清了，反正是断断续续的。小区里经常会不定期地出现什么死猫死狗死麻雀的尸体，我是指那种非正常死亡的。

不过这年头，喜欢恶作剧的坏孩子多的是，家长都不愿意好好管教了。"毛阿姨小声嘀咕道。

张阿姨突然想到了什么，猛地用力一拍毛阿姨的肩膀："你还记得赵老师家的小君吗？"

"你是说住在小区东头的赵老师？"毛阿姨一脸茫然。

"那你说我们这北西区还有几个赵老师？更别提他的女儿疯了的那个，"张阿姨皱眉说道，"那才叫作孽！"

听了这话，李晓伟和章桐不由得面面相觑，随即皱眉问道："张阿姨，小君发生什么事了，能和我们说说吗？"

张阿姨一脸的同情："我记得那事发生在十多年前的冬天，具体哪一年我不记得了，反正小君那孩子正好14岁，上初三。多么乖巧懂事的一个小丫头，长得又漂亮，皮肤白白嫩嫩的，赵老师夫妇俩对她可是倾尽所有啊，结果呢，在她生日那天早上，不知道哪个孩子坏透了，送给她一个礼物，就挂在她的自行车上。打开一看，你们猜里面是什么？"

李晓伟有些不安："不会是动物的残尸吧？"

"没错，就是一个狗的脑袋！事后我去看了，哎呀，太血腥了！活生生把个孩子给吓出了间歇性精神障碍，半年不到就退学了。"张阿姨无奈地摇摇头，"后来安定医院来接她的时候，孩子那个哭啊，把我们旁人都给看哭了，小君那孩子太可怜了。"

"那查出来是谁干的了吗？"李晓伟问。

张阿姨摇摇头："怎么查？一个死狗的脑袋而已，血淋淋的，派出所的同志来过了，说大概率是熊孩子恶作剧，即使抓住也是教育一下还得放人，别的他们也做不了什么，反正又没闹出人命来，就叫我们社区多关心一下这事，后来街道组织大家逢年过节的搞个募捐箱捐点钱给赵老师他们夫妻俩安慰一下。警察同志，你们说这种事是不是太过分了，居然对一个孩子下手，真是畜生，长大了都不会好到哪里去！"

"是啊是啊，说到那个王警官，她听了也觉得很过分呢，为此还特地要求去了赵老师家，当然是由我们陪着去的。赵老师自从女儿出事了以后，就很少和外面人接触了，早早退休在家，一天到晚神经兮兮地就担心别人会害他们。真是作孽啊！"毛阿姨附和着点头，一脸的严肃。

李晓伟在笔记本上写下自己的手机号码和姓名，把纸撕下后对折了一下把它递给张阿姨："麻烦两位阿姨下次有机会再去的时候，帮我把这个联系方式给他，什么时候赵老师想谈谈，任何时候找我都可以，我的手机24小时开机的。对了，张阿姨，你们还记得小君那时候在学校里的同学吗？就是玩得挺好的女同学。"

张阿姨想了想，说："有，我女儿阿菊，现在在南大上学，去年刚考上的研究生。小君那孩子要是没出事的话，现在也应该学业有成了，当年她的成绩可是班里第一，年年都是，记得每次开家长会赵老师都是要上讲台做报告的……"

李晓伟注意到章桐的脸色有些不对，在向张阿姨要了她女儿的联系方式后，便赶紧找了个借口告辞，两人走出肯德基餐厅，沿着马路牙子向前慢慢走去。

在前面不远处有一座桥，来之前李晓伟查看过地图，上面显示是北西区唯一的一座桥。站在桥上，夜风瑟瑟，周围一片寂静，虽然和人民广场隔开了不到100米的距离，却仿佛是另外一个世界一般，格外冷清。

"这应该是亚楠报警的地方，对吗？"章桐问。

李晓伟点点头，他左右看了看，然后伸手一指："那边有监控，希望三个月以前的资料他们还有。"他一边说着，一边用手机拍下了那家单位所在的具体位置、门牌号以及名称，稍作整理后就合上了手机屏幕。

章桐忍不住问道："你在干吗？"

"我在找系里的同事帮我。他们能处理这个问题。"就在这时，手机发出了叮咚声，他低头一瞥，嘴角露出了笑意，"现在的监控基本上都是无线传输视频，会把资料储存在云端，我刚才把资料传给了他，他已经回复了，最迟明天早上8点前会把恢复的视频发到我手机上。"

　　章桐皱眉嘀咕了句："你这是非法的。"

　　李晓伟摇摇头："只是监控资料读取，或许程序上是有一点点小问题，但是性质上绝对是合法利用，我们只是节约了一点时间而已，谁叫双龙峪这个鬼地方设备这么落后呢。而且我同事只是提取那个特定时间段的影像，更何况这是公共场合，并不是私人空间，不会涉及侵犯个人隐私问题的，你就放宽心吧。"

　　章桐一脸的勉强："回分局吧，我还有事儿要处理。"

　　李晓伟招手拦了一辆出租。

第六章　证据链闭环

清晨的薄雾仍在胡杨林边的小路上徘徊，阳光透过高大的树冠，将斑驳的光影洒在红楼前光秃秃的草坪上。章桐用力推开法医办公室的玻璃窗，深吸一口气，感到心满意足。这里和自己在安平的办公室相比起来，至少能在房间里看见足够多的阳光，呼吸到新鲜的空气。她揉了揉发酸的眼睛，感到头沉沉的，这都是熬了一晚上没睡的结果。伸手关了桌上的台灯，屋里便恢复了白天的模样。而李晓伟则蜷缩在办公桌的另一头，两只长条板凳头尾一对接，就在上面睡着了。

"哎，快醒醒。"章桐轻轻推了推他，看李晓伟终于睁开了双眼，这才说道，"叫你昨晚回宿舍去睡，你偏不同意。"

"没事没事，在办公室里值班我就是这么睡的，习惯了。"李晓伟嘿嘿一笑，从长条板凳上坐了起来，伸了个懒腰，目光落在杂乱的办公桌上，"怎么样，找出什么了吗？"

章桐伸手一指办公桌上的几大摞文件："这是双龙峪地区今年一年之内

上报的虐杀小动物案件的所有资料，我仔细看过了，北西区的案子是一个人做的，切割虐杀手法相同，虽然我没有亲眼见到动物尸体，但是从上面的现场近距离相片来判断尸体表面的创口，确实是一个人所为，并且使用的是同一把刀具。"说着，她在纸上画了起来，"刀刃在 9~10 厘米，全长不会超过 20 厘米，刀刃的厚度不会超过 5 毫米，并且刀背上有交叉的锯齿状，可以临时用作割断绳索的锯子。这些特征都符合水手刀。但是水手刀到处都可以买到，并且价格低廉，所以这些证据就只能证明，这个北西区的虐杀动物案件是一个人所为。而且他杀死的狗随着时间的推移从小体型到中大体型逐渐发展……"

李晓伟问："你担心什么？"

"我担心这家伙的下一步目标就是人，因为他不会只满足于杀害小动物，从逐步发展的受害动物体型上来看，就有这样的趋势。"章桐轻声说道，"亚楠之所以盯上这个人应该和我们想的方向一样。"

李晓伟点点头，神情凝重："从心理学角度来讲，这家伙完全符合反社会型人格障碍的类型，因为他漠视生命并且以他人的痛苦为乐，说到这个，我也确实感到很担心，怕他发展下去会一发不可收拾。"正在这时，李晓伟的手机响了起来，他划开屏幕，看了没一会儿脸色就变了，神情有些不太自然。

"出什么事了？"

李晓伟没有回答，只是点击了一下屏幕，轻声说道："我发给你了，那段监控，你自己看吧。"

章桐拿起自己的手机，点开刚收到的视频，只有短短的不到五分钟的时长，她默不作声地看着，双眉紧锁，这是高清探头摄制的，所以影像非常清楚。蹲坐在桥边台阶上的就是王亚楠，可以看出当时她很痛苦也很虚弱，以至于不得不斜靠在桥栏杆上，打完电话后一动不动，十多秒钟后，一辆车在对面停了下来，可惜看不清楚车牌号，但是车上紧接着走下来的人的背影有些眼熟。

尤其是他的一个举动，更是让章桐的心一下被揪住了。那人走到王亚楠身边就双膝着地跪了下来，似乎在哀求什么，虽然听不到说话声，也看不到王亚楠的脸部表情，但是她双手抱住了头用力摇着，似乎是在果断拒绝什么，很快那人就匆匆回到车里驾车离去。只是前后脚的工夫，一辆巡逻车就在桥上停了下来。视频到此戛然而止。

李晓伟一直惴惴不安地关注着章桐的面部表情，见到她面如死灰，不由得长叹一声："看来你已经认出那个男人是谁了，对吗？"

"目前来看有两件事情很重要。第一，对王亚楠的尸体做再一次尸检，并且要严格保密，我还要重新勘验她被人发现的死亡现场，还有另外两具尸体，我也要做再次检验，我肯定遗漏了什么线索；第二，你立刻帮我把胎儿样本送到省里做 DNA 提取。"章桐果断地说道，"样本就在后面的冷冻库房。"

"可是，对方不会愿意提供 DNA，而且我们直接找他要的话，会打草惊蛇。"李晓伟有些担心。

章桐轻轻摇了摇头，冷冷地说道："我知道他的父亲还在，就住在北西区，可以找街道办的人协助做身体检查，一旦 Y 染色体匹配上的话，那他就是让亚楠怀孕的混蛋，光凭这一点，再加上亚楠的报警，就可以先指证他强奸！"

听了这话，李晓伟心中有了底："放心吧，我马上就去。"

"等等，我写个留言，你找我同学，她在省 DNA 研究中心，你到那儿后直接找她就行了。"章桐草草地在一张便签纸上写了一个号码、一个名字和几句话后，撕下塞给了李晓伟，"只要你说我的名字，她肯定会优先处理的。"

说完这句话后，章桐便心事重重地站起身，快步向门外走去。

他看上了那条狗，黑色的拉布拉多犬，最多不超过两岁，体型非常完美，毛发黑亮得就像一匹黑色的绸缎让人忍不住想伸手过去摸一下。而且它还很乖巧，规规矩矩地在主人的身旁走着，虽然拴着狗链子，但是形同虚设，因为明显可以看出这是一条训练有素的狗。但是主人显然是个新手，因为她手忙脚乱，根本就不知道该如何去命令手中这条听话的拉布拉多犬。

见此情景，他不由得暗暗摇头，真是可惜了。而他，却完全知道该如何让一条看似听话的狗迅速暴露出它急躁好奇的本性。年轻女孩实际上根本就牵不动这条体重约40千克重的公拉布拉多犬，与其说是人在遛狗，还不如说是狗在遛人来得更为恰当些。于是，他借用手中的报纸遮住了脸，等女孩走过他身边的同时，吹动手中的银色哨子，三短一长，果然，狗耳朵随之一动，停下了脚步，喘息声也变得粗了起来。他微微一笑，继续吹，只不过这一次的节奏变成了两短两长。他完全不用担心有人会听到狗哨声，其实就连他自己也无法听到。但是狗听到了就足矣。尤其是一条天性服从的狗。

黑色拉布拉多果然迅速做出了反应，猛地向路边的草丛里扑了过去，女孩一个踉跄追了几步后便被狗挣脱了绳索，并被惯性拽倒了，顺势一屁股坐在了泥地上，急得在原地大叫了起来："拖拖，拖拖，站住！你发什么神经啊！拖拖！你给我站住……"

而黑色拉布拉多犬早就已经不见了踪影。

只要是动物，总是有其本性使然的，无论你曾经付出过多么大的努力。看着年轻女孩急哭了的样子，他偷偷地笑了，站起身，开始慢吞吞地收拾起自己的鱼竿，今天要早点回家，因为家里有一个贵客正在等着自己。

因为激动，他的双手开始微微发颤，以至费了一番工夫才把鱼竿上的线收整齐。

当天下午，河边的林荫道上，年轻女孩呼唤黑色拉布拉多爱犬的声音由远至近，在她看来，与其四处盲目寻找，还不如就在它跑丢的地方等，或许，玩累了的拖拖会想到回来。她看见林荫道旁的河边上坐着一个钓鱼的人，戴着绿色风帽，穿着同样颜色的防风衣，神情专注地盯着河面上漂浮的鱼标，嘴里念念有词。印象中早上狗狗走失时，这个人也在同样的地方钓鱼。

年轻女孩犹豫片刻，便硬着头皮向他走了过来："请问，你见到一条黑色的拉布拉多犬了吗？有这么高。"她一边说着，一边比画了一下狗的大概高度。

她注意到那人右手边的工具箱里有一把沾血的水手刀，应该是用来杀鱼的吧，因为鱼桶里已经有了两条小鲢鱼。

钓鱼的人抬起头，顺手摘下了头上的风帽，一脸的惊讶："什么？狗？没看到。"

年轻女孩快哭了："求求你了，两岁的黑色拉布拉多，脖子上的绳子是深红色的，麻烦你再仔细想想，实在不行请一定帮我留意，谢谢你了！"

钓鱼的人却只是报以微笑："好吧，我看见了一定帮你把它逮住。"

"谢谢，谢谢，太感谢了。"女孩终于破涕为笑，转身继续四处寻找，准备离开。

"你左手边的小树林里好像有动物的叫声，当时我没有注意，我在听音乐，要不你去看看吧，不知道是不是你家丢失的狗。"钓鱼的人一脸的善良。

"真的？在哪个方向？"年轻女孩开心极了，虽然依旧泪眼蒙眬，却很明显没有那么伤心了。钓鱼的人顺手指了指那个不到 30 米远的小树林，因为刚好长在一片高大的胡杨林的缝隙中，所以显得有些不伦不类。

略微迟疑，或许是大白天的缘故，年轻女孩便硬着头皮向小树林走去。钓鱼的人继续回头耐心地盯着他的鱼竿和那似乎永远都漂浮在水面上的鱼标，嘴里开始喃喃自语了起来。

"十、九、八、七、六、五、四、三、二、一……"话音刚落，小树林里便传出了凄厉的惨叫声，一声又一声，夹杂着拖长了声调的号哭。

他咧嘴粲然一笑，就在这个时候，鱼标猛地往下一沉，他不由得哈哈大笑了起来，看来这条上钩的鱼儿并不小。

在他身后，年轻女孩跌跌撞撞地冲出了小树林，边跑边哭，经过钓鱼的人身边的时候，她呆呆地看了他一眼，奇怪他为什么会笑得这么开心。

因为只是一条两斤多重的鱼而已，但是在她身后的小树林中，可怜的拖拖被人活生生地给扒了皮，两眼也被掏空了，只留下了两个黑洞洞的窟窿，鲜血淋漓的尸体被挂在树杈上，随着风上下轻微晃动，犹如没有灵魂的躯壳在跳着死亡的舞蹈。

钓鱼的人慢吞吞地走进小树林中，他站在树杈下看着这可怕的一幕，却只是嘿嘿一笑："抱歉了，你的眼睛，是它们的美食！"

章桐喜欢骨头，因为无论经历了多么可怕的梦魇，骨头依然是最好也是最终的目击证人，并且骨头从来都不会说谎。

人体有206块骨头，从沉重的股骨到纤细的听骨，小到差不多一粒米大小，如果粗心的话，甚至于会遗漏在某个不起眼的角落里，让人大费周章地四处寻找。

从结构上来讲，骨骼是生物工程师的伟大杰作，因为它们巧夺天工，无论多么大的一块骨头，都有属于它自己的特殊使命。重新拼凑骨头虽然并不是一件非常简单的事，但是章桐最好的纪录是4分25秒。

要想知道这具焦尸的身上到底发生过什么，就必须彻底除去它身上的软组织。这费了章桐大半天的工夫去寻找所需要的工具。虽然说在条件简陋的双龙峪分局处处都受到限制，但是树挪死、人挪活，还好这里的法医已经辞职了，章桐尽管是个外来户，但至少说话还是很有分量的。

乒乒乓乓的锅灶堆了一堆，章桐换好衣服后，戴上手套、口罩，一边寻找清洗剂和碱性溶液，一边开始烧水，然后分离焦尸。没过多久，尸骨在沸水中所产生的怪异的腥臭味道开始逐渐弥漫整个楼道，走过的人无不纷纷掩鼻加快了脚步。

方明出现在门口，不由得目瞪口呆："章法医，你在干什么？"

章桐头也不抬："做你们之前的法医早就该做的事情。"

"这味道太难闻了，大概还有多久啊？章法医，楼道里到处都是。"方明愁眉苦脸地说道。

"还有四个小时吧，抱歉了，这房间里通风设备比较差，大家忍着点吧。你找我有什么事吗？"章桐抬头问道。

"这是化验报告，我给你放桌上了。"不等她回答，方明放下报告便捂着鼻子一溜小跑消失了。

见此情景，章桐摇摇头，脸上露出了苦笑。

高压蒸煮制取骨骼是一件非常费力的事情，并不是简单地把骨骼往水里一丢就了事，在漫长的等待之后，还要逐一清洗骨骼和剥离剩余干净的肌肉组织，以免尸骨腐烂。三个半小时过后，高压锅关火自然冷却，最后打开锅盖，章桐伸手拿过边上早就准备好的洗衣粉和小苏打混合液往里一倒，开始溶解依旧还附着在尸骨表面的油脂，这样的配方在条件比较差的双龙峪来说已经是很不错的了。

接下来就是分别取出所有的骨头，然后依次剔除骨头表面的肉并清洗，最后把它们逐一放在通风架子上。这里找不到专业的通风架，她就干脆搬来了办公室里的老式工业电风扇，经过改装后，俨然就是自制的通风架，感觉效果还不错。

除去软组织的痕迹后，这具在警察宿舍楼火场废墟中被发现的焦尸就彻底变成了一具干净的骨架。身高为172厘米左右，体形中等，40岁上下，右股骨和左肱骨有明显的旧伤，而身为一名警察，身上不带点伤是不太可能的。从痕迹来看，应该是车祸造成的，时间在十年以上。踝关节、膝关节都有明显的关节炎，颈椎骨和腰椎也有不堪重负的炎症，这是常年坐办公室的后遗症，死者生前最后从事的应该是办公室文书内勤工作。

章桐拿着放大镜继续仔细地查看下去。

舌骨有折断的痕迹，但是这并不能说明任何问题。因为火场的尸体在受到建筑材料重压后发生骨折也在情理之中。

检查到颅骨正面的时候，她突然眼前一亮，颅骨上的牙齿很明显地可以看出一条清晰的珐琅质，这是典型的玫瑰齿。一般来说窒息而亡的死者因牙龈血管破裂出血，齿颈部才会出现玫瑰色或者深棕色。难道说这个死者真的是死于窒息？回想起上次尸检的时候，死者的胸骨虽然因为房梁的重压而有塌陷的迹象，气管中是布满烟灰的，这证明死者最后确实是死于火场吸入有毒烟雾。此刻这玫瑰齿的出现就只有一个解释——死者虽然因为窒息失去知觉但是并没有死。

那么，究竟是什么原因造成的死者窒息呢？联想起死者身上一些要害部位所发现的针管，章桐的目光落在了工作台上的那本刚刚由方明送过来的化验报告。她放下手中的头骨，拿起化验报告翻看了起来，她知道这份报告能告诉自己，那几个被植入死者皮下组织的试管中的不明物质，究竟是什么东西。

"大量氨基酸、海藻和维生素？这怎么可能？难道是个恶作剧？"章桐无法相信自己的眼睛，可是检验报告上写得明明白白，除了这几样东西外，还有就是呋喃西林。怪不得即使被扎了，也没有人感觉有什么异样。她掏出手机拨通了李晓伟的电话，背景很嘈杂，显然对方正在车里。

"氨基酸、海藻、维生素、呋喃西林，这四样东西放在一起，你第一个念头是什么？"

"谁家的热带鱼病了？"李晓伟脱口而出。

"没错，呋喃西林虽然是消炎药，但是一般不给人用，是养鱼人的必备之物，尤其是那种热带鱼。而氨基酸、海藻、维生素这三样东西放在一起的话就是鱼饵，百分百能钓上鱼的东西。你是心理医生，怎么会对动物方面的知识有这么多的了解？"

李晓伟嘿嘿一笑："我没课的时候就爱看兽医杂志，就网上那种免费的杂志，别的都要钱。"

"对了，你到了吗？"

"马上就到，我很快就回来了，你放心吧。"

电话挂断，章桐认真地看着桌上的白骨，许久，不由得长叹一声。照这么来看，那个在他体内植入注射器的家伙就是一个爱养热带鱼的疯子，但是死者的窒息还是没有找到真正的答案，那个家伙究竟是怎么对死者下手的？

就在这时，颅骨侧面的一处阴影吸引了她的目光，这是一个典型的骨质缺损，长约2.5厘米，宽约3厘米，明显是由钝器粗糙面以切线方向作用于死者的颅骨表面，造成的表面骨质缺损，形成擦划痕迹。根据痕迹判断，凶器应该是一把长柄锥子。翻转至颅骨顶部，因为受到火烧，有一定的崩裂性骨折迹象，这和死者被发现时的焦尸状是完全配得上的，因为在高温的灼烤下，颅骨表面受热过度会产生这种类似于高坠的特殊情况。

章桐皱眉想了想，随即用骨锯从额骨上方开始往下锯，眼前的一幕让她顿时屏住了呼吸，顶骨骨缝之间有明显的出血痕迹，并且呈发散状向四周散开，几乎遍布整个颅骨内部，而伤口与火烧所引起的骨折混杂在一起，难怪自己最初尸检时会忽略。由此可以看出死者在不知情的状况下受到来自外力的打击，根据骨折着力点方向判断不是一下，而是很多下，再加上外力作用下扼住死者的颈部，舌骨骨折，导致死者晕厥。而这把火是在死者彻底失去反抗能力以后放的。当时凶手以为受害者已经死亡，所以放火掩盖自己的作案痕迹。

只是很可惜这一切线索都被忽视了。时间已经过去了大半年，火场也早就被清理干净，唯一的证据就是自己面前的这具骸骨。

继续看下去，死者的双向肋骨确实有明显的骨折痕迹，从创面来看，也是死后造成的，这与现场报告中发现死者被埋在一堆火场建筑垃圾下面完全可以联系上。

那么，凶手的作案动机究竟是什么？

局长办公室里，章桐开始总结自己的尸检报告。

"可以得出结论——死者在与凶手接触时，被凶手突然用硬物暴力打击头部，导致晕厥，凶手接着采取掐颈等手段让死者彻底失去知觉。然后开始埋注射器，在逃离现场之前放了一把火毁灭罪证。凶手本以为死者早就已经被自己掐死了，所以才会放心大胆地做皮下埋植注射器的工作，谁知那时候死者还没死，真正夺走死者生命的正是随后的那场火灾。而根据现场报告来判断，死者是在警察宿舍楼的地下室被发现的，那里平时用来储存杂物和过冬食物，大火烧穿了楼板，导致平房坍塌，尸体下坠，掉入地下室后被水泥屋顶掩盖重压，这样才导致胸口严重塌陷。"章桐指着办公桌上的几张尸检相片说道，"我最初进行尸检时，因为是焦尸，再加上现场已经不存在，并且死亡原因没有可疑之处，所以就忽视了死者的脑硬膜下血肿，要知道火灾现场的过火尸体身上因为高温灼烤也会形成一些骨折的迹象，但是像这样的颅脑内部伤害是不会形成的。所以说，这个死者的死亡性质毋庸置疑是他杀！"

局长听了这话后，想了想，问道："那身份确定了吗？是不是我们系统里的人？"

"是的，一位辅警内勤，单身，在双龙峪没有家人。出事前请假回老家探亲，说是母亲病了，都以为他已经回去了，后来就一直没有下落，我们也没往他出事上面去想，以为在他家里耽搁了，所以没有及时回来。后来他一直没来上班，也没接电话，王教导员就觉得奇怪，怀疑他遇害了，死者就是他，但是技术那边比较薄弱，又因为实在是想不出为什么凶手要对他下毒手，而且，辅警属于合同制，没有编制，来去都比较自由一些，没办法，王教导员就只能坚持保留下来尸体再说。"方明转而问章桐，"章法医，连环杀警凶手的特征是死后拿走死者身上的某个器官，但是这具尸体身上并没有丢失什么，这个怎么解释？需不需要另外独立出来？"

章桐摇摇头："他这一次是没有拿走什么，但是他留下了这个。"说着，她把那份有关注射器的检验报告放在桌上，"内容物是鱼饵和一种治疗热带鱼皮肤病的抗生素类药物痕迹。"

"什么意思？"局长不解地问道，"为什么要留下这个？不是多此一举吗？"

章桐苦笑："这个凶手显然是一个非常自大的人，每次带走的都是死者身上最珍贵、最引以为傲的东西，充满了嘲讽的意味，而这一次，他这么做所要嘲讽的对象，我想就是我们法医了。因为从埋下注射器的位置来看，只要是搬动尸体的人，都会被扎到，从而引起恐慌，由于针管中的东西是未知的，有时候过度恐慌也会要了人的命。而对我们从医的人来说，越是这种东西所引起的条件反射就越严重，我想，这个凶手非常懂得控制人的内心世界。"

听了这话，方明轻轻叹了口气："章法医，谢谢你，如果没有你的话，我们这位同事的真正死因或许到现在还没人知道。"

章桐摇摇头："这是我的本职工作，不用那么客气。"

"方明，那个李敏身上的迷幻剂检验报告上是不是什么都没有检查出来？"赵副局长一边翻看桌上的检验报告，一边问道。

方明点点头："是的，她的血液中并没有检查出有迷幻剂的痕迹，是干净的。"

"难道说她的死亡就只是酒后驾车引起的？"

章桐摇头："我们不能回避死者的耳朵被人割走了，这符合那个杀警凶手的作案标记。"

"但是死者确实是死于酒后车祸，还造成了另外一名无辜群众的身亡，这是无法否认的事实。"方明叹了口气。

"等等，"章桐突然想起了什么，"我记得在给她做尸检的时候，她的胃内容物中有菌菇类的东西，你能帮我给酒吧打个电话吗？"

"没问题。"方明拿起桌上的电话听筒，"需要我问什么？"

"帮我问一下他们当晚的食材供应中是不是有一道菜里含有牛肝菌类的东西？"方明点头，几分钟后他挂上电话，肯定了她的想法，"是的，他们每晚都有一道招牌菜——红酒牛肉炖牛肝菌，据说销量不错，很多人都爱吃，难道说这个菜有问题？"

"这道菜没有问题，西餐中的典型菜式，但是他们用的牛肝菌可能有问题，应该是褐黄牛肝菌，别名叫见手青，就是手摸菌体的时候，菌体就会变成青色。这种特殊的牛肝菌如果做好了，是一种美味，但是一旦炒制方法不当，就会中毒，让人产生幻觉和兴奋感，最初只是头晕或者想呕吐，跟喝醉了一样，中后期时是昏睡不醒，这些都是因为褐黄牛肝菌毒素直接对人体的神经系统发生攻击后产生了一系列幻觉。"章桐皱眉想了想，说道，"这家酒吧应该是刻意让人产生这种幻觉的，而这道菜之所以会畅销，也全都是因为这个褐黄牛肝菌在里面起了关键性作用，它的毒性不亚于植物类的毒品。"

赵副局长听了，脸色顿时阴沉了下来："小方，记下来，会议结束后，马上派人联合卫生部门的人一起到那家店去好好查查。那些经常去吃的人，一问就知道。"

68

方明点头，在笔记本上记录下了要点。

"章法医，你接着说，因为李敏的车祸，我们必须尽快定性，这样好对那位被撞死的无辜群众做一个合理的赔偿。"赵副局长转而看着章桐。

"目前看来，车祸确实是李敏造成的，而她的死也是因为没有系好安全带。但是我个人认为在那种中毒状态下，李敏是没有办法开车经过那么多路口的，她并不是盲目地在驾驶，而褐黄牛肝菌中毒是会影响人的判断力的。李敏的尸体上显示她的喉咙有过敏的迹象，这和褐黄牛肝菌的中毒症状相吻合。但是车祸发生时，车内的副驾驶座位上应该还有一个人，而他是牢牢地系好安全带的，这也就可以解释为什么在李敏的尸体上找不到她的耳朵。车祸发生后，那人从车上下来，第一件事就是绕到死者身边，割掉了她的耳朵。"说着，章桐突然神情一变，"等等，我忽略了一个要点，方明，跟我走一趟。"说着，她伸手拉开办公室的大门快步走了出去。

真相其实一直在自己的面前，章桐却直到现在才突然意识到。她推开解剖室的大门，不由得泪眼婆娑，原来亚楠早就已经意识到了其中的关联所在啊！

第七章　特殊的晚餐

　　血的漩涡在冷水中荡漾，最后缓慢散开，浮起一片片花纹，复归平静。一块肉在水里清洗过后就会变得异常惨白，那是因为它内部仅存的血管中最后一点血已经完全被挤压了出来，而没有血的肉，注定就是惨白的。

　　杀那头黑色拉布拉多犬的时候，他刻意剁掉了那只肥肥的后腿，估摸着怎么也有四五斤重吧。他把它分成了三块，另外两块放在冰箱里，而手中这一块则被小心翼翼地剔除了骨头。他一遍又一遍地清洗肉的表面，直到确定再也没有杂质了，这才心满意足地把肉块丢进了那只巨大的鱼缸里去。

　　本来平静的水面突然翻起了阵阵水花，为了争夺这难得的美食，巴掌大小的食人鲳争先恐后地向猎物猛扑过去，尽管猎物已经完全没有了生命。鱼群彻底包裹了那块狗肉，在水中不断地来回挣扎着、翻滚着。饥肠辘辘的食人鲳吃肉的速度是异常快的，快到让人无法想象。

　　虽然和这帮可怕的小魔鬼只隔着一层厚厚的鱼缸玻璃，但是他的目光依然充满了兴奋和崇敬。他渴望有这样的速度和激情，而旺盛的精力是他继续生存下去的勇气。有时候，夜深人静，他常常会把自己想象成这帮在鱼缸中来回逡巡的食人鲳中的一员，毫无顾忌、自由自在地露出自己锋利的牙齿，猎捕所带来的兴奋充斥着他的脑海。

只是奇怪的是，最近或许是哺乳类动物的肉块吃多了的缘故，食人鲳开始越来越习惯那种特殊的血腥味了，对他投入鱼缸的鱼肉根本就视而不见。但是这样又有什么问题呢？它们的本性就是攻击一切能吃的肉类生物，或许是自己的溺爱成功激发了它们嗜血的本性吧。想到这儿，他粲然一笑。鱼群散去，鱼缸中那块狗肉荡然无存。透过鱼缸的那层玻璃，他分明看到了那些四处游动的食人鲳的眼睛中所流露出的尚未满足的渴望。

站在胡杨林边上的小树林里，章桐看着面前树杈上可怜的狗尸发呆。显微镜下的比对结果是完全吻合的，而亚楠当初之所以对北西区这个案子这么关注，想来她肯定也是看到了其中的内在联系，只不过两人的发现方式截然不同罢了。

傍晚的天空布满了绯红色的晚霞，双龙峪室外的气温也在逐渐下降。狗的尸体被冻得硬邦邦的，虽然已经死去了大半天的时间，但是尸身并没有腐败，而创面的痕迹也非常清楚。章桐示意方明帮忙把狗尸体放下来，平铺在黑色塑料布上。两盏车载应急灯分别从两个不同的角度照射到狗的尸体上，光线是足够了，她活动了一下有些僵硬的手指，然后戴上手套，跪在一旁的地上，开始对黑色拉布拉多犬进行现场的尸表检查。

"凶手是用同一把刀进行分尸的，狗尸体上所有的创角都非常锐利，数条浅表的切痕都带有典型的延长线，而从被剜掉的狗眼眶里参差不齐的表面也可以断定凶手用的就是那把被磨得非常锋利的水手刀。还有一个原因，可以认定是同一把刀，就是这把刀的刀尖有缺损，所以每次的切创痕迹都会在固定的位置上留下一个怪异的直角痕迹。"说着，章桐腾出双手在空中比画了一下，"我在李敏的耳根部也发现了类似的小缺口，因为它不同于我们一般使用的刀，刀刃有一定的厚度，刀尖如果有缺损的话，切刺创上就很容易看出来。

"任何一把刀所造成的创面都会有一个特殊的痕迹留下，等同于人类的指纹。所以，我可以断定，杀这只狗的人和前面的一系列杀狗杀猫事件有关，而且和李敏的被害案件也有关。这里应该就是这条狗跑丢的地方，对吗？"章桐抬头看着一边站着的方明问道。

方明点点头："是的。狗主人反映说本来很听话的狗在这附近突然发了疯一样窜进树林就不见了，而这条狗曾经被专门送去犬只学校进行礼仪学习，是一只非常听话也很懂规矩的狗，智商并不低，也从不违背主人的任何意愿。就是不明白狗为什么会突然跑丢？"

听了这话，章桐脸上的表情顿时凝重了起来，她若有所思地低头看着黑色塑料布上残缺不全的狗尸体，半晌，果断地说道："只有一种可能，就是狗哨子。"

"狗哨？"

"是的，狗哨是一种专业的哨子，能发出人类耳朵不能听到的超音波，只要懂得使用它，就能很轻易地命令狗做出任何动作，尤其是服从类工作犬，哪怕这狗没有经过任何训练，听到狗哨后，它也会出于本能而做出违背主人指令的动作。"章桐一脸同情地轻轻抚摸着早就僵硬的狗尸体，长叹一声，"可怜的小东西，我想它怎么都不会想明白自己会死在严格遵守指令这个本能上。"

不远处林子边上的年轻女孩在听了这些话以后，哭得更伤心了，抽泣着说道："肯定是那个人干的！那混蛋！那混蛋、死变态杀了我的拖拖……"

章桐和方明听了这话后不由得面面相觑。

"你说什么？你见到凶手了？"方明的神情有些紧张。

年轻女孩断断续续地把下午找狗的事说了一遍，然后愤愤然说道："就是他，肯定就是他！那时候周围就只有他一个人，而且，他的鱼桶里有一把刀，还带着血，我看到了的！"

"鱼桶里有鱼吗？"方明问。

女孩点点头。

方明笑了："钓鱼的随身带刀很正常，便于分割鱼的身体。"

章桐听了，心却是一动："那刀是什么样的，你能跟我比画一下吗？大概的样子就好。还有，它的背上是不是交叉的锯齿状？"

年轻女孩一边比画一边点头："没错，就是那个样子。"

章桐让方明到一边，小声问道："这条河附近钓鱼的人多吗？"

方明点点头："是有，但不是很多，都是一些钓鱼发烧友吧。"

章桐沉声说道："我想，你们要找的是一个喜欢钓鱼的人，受过专业训练，他有一把水手刀，刀尖断口在 1.5～1.8 厘米。那人性格内向，不太引人注意，却极富心机，而且，他独居的可能性非常大，家里还养了热带鱼。当时你和王教导员一起调查北西区案子的时候，应该对这种人有印象，对吗？我记得你应该就是住在北西区的。"

方明点点头，一言不发，脸上的神情格外凝重。

远处，一群晚归的乌鸦被惊动了，扑腾着翅膀猛地腾空而起。

章桐依旧坐在临时的办公桌旁，现在她心中只有一个疑问，那就是为什么王亚楠尸体上的刀痕无法和那把水手刀匹配上。她一遍又一遍地看着显微镜，纹路始终都无法比对上，而游泳池出水口的闸门是无法造成这样的伤口的，除了电锯！

太阳穴疼得厉害，章桐抬起头瞥了一眼桌上的手机，静悄悄的，李晓伟一直都没有电话打过来。她开始担心了，不知道是否一切都顺利。来的时候也没有带止痛片，她只能长叹一声，强迫自己集中精力去思考眼前的问题。

难道说是因为自己的情绪太不稳定了，所以才会一直都无法抓住凶手的尾巴？她皱眉想了想，站了起来，快步走向后面的解剖室，拉开冷冻柜门，3327，她又一次开始仔细查看王亚楠的断手创面。

突然，她呆住了。

"天呐，我怎么这么蠢！伤口是死后造成的！"章桐冲到室外拨通了李晓伟的电话。

"我刚拿到检验报告，正在赶回来的路上。差不多还有一个小时的路程吧……"电话刚接通，李晓伟兴奋的声音就在电话那头传了过来，但是他没有听到章桐的说话声，便感到了异样，"出什么事了？"

章桐深吸一口气："亚楠不是被那个凶手杀的，她的死是被刻意伪装的，我刚才查了她的病历记录，知道她在死前一直在服用叶酸，我怀疑她的叶酸被人做了手脚，但是现在已经无迹可寻了，因为我没有在她死后的第一时间赶到现场，我感到自己好无能！"

李晓伟长叹一声："不，你冷静一点，你没有错，目前这些证据足够证明她的死有很大问题，我很快就赶回来了，你马上锁好办公室的门，不要让任何人进来！除了我，不要让任何人进来！"

"难道说……那孩子……"章桐感到天旋地转，她不得不伸手扶住身边的围墙。

李晓伟的声音格外沉重："你的判断是正确的，对不起。我已经联系了赵副局长，后面的事就交给我吧，你注意安全。"

"我知道该怎么做了，谢谢你的提醒。"章桐果断地挂断电话，然后回到房间把尸体推了回去，锁好门，也没回办公室，只是拿了一件外套离开了双龙峪分局。

夜晚的天空深邃而悠远，一颗流星划过天边很快就消失得无影无踪。

他没想到方明会站在自己的家门前，所以在短暂的惊讶过后就是一脸的惊喜："你来啦，快请进！"要知道在这之前，自己是无论如何都无法请到方明来自己家坐一会儿的，哪怕只是一小会儿，因为不只是身份的问题，私底下方明根本就瞧不起他。

但是冥冥之中就有一根无形的线把他们紧紧地联系在一起。他和方明是从小玩到大的同学，如果不是发生了那件可怕的事情的话，他现在肯定也和方明一样有着正当的职业，至少不会低着头过日子。

在周围人的眼中，他就是一个彻头彻尾的失败者，而且也不吉利，因为他的父亲就是因他而死，至少在母亲眼中是这样。

不过母亲的出现与否，对于作为名义上的儿子的他，都已经不重要了。

方明眉宇间神情显得有些疲惫，他手里拎着两瓶酒，还有打包的鸡爪和花生，晃晃悠悠一言不发地进了门。

关上门后，方明先是厌恶地瞥了一眼他身后的大鱼缸，接着顺势一转身，冲着他晃晃手中的酒瓶，很随意地拉开屋里的折叠桌子："来，喝一杯，今晚我请客。"说着，他皱了皱眉，嘴里嘀咕道，"你那老妈呢，今天没来看你吗？"

"她最近又认了一个干儿子，估计早就把我忘了吧。"他苦笑道，"反正我已经习惯了，我又不是她的亲儿子。"

昏黄的灯光下，屋里的一切陈设都变得有些摇曳不定，窗外气温有点不正常，突然下起了暴雨，树枝拍打在玻璃窗上，发出了噼噼啪啪的声音，就好像有人在不断地敲打窗户一般。

酒杯是那种一次性的纸杯，这倒没什么的，他本来就不在意这些细节。只要能喝得畅快，就已经达到目的了。一个人的时候，他也爱喝酒。"吃，我们聊聊。"看得出方明心情沉重。

"怎么了，有什么想不开的吗？"他小心翼翼地问道，说实在的，打心眼儿里，他还是很害怕方明的。毕竟他是警察。而这么多年来自己的生活所需，很多都是方明的慷慨赠予。所以与其说是曾经的同学，倒不如说是亲如手足的兄弟。但是让他感到痛苦的是，在别人面前，方明都会装作不认识他。

"没……没什么。只是想陪兄弟你喝喝酒而已。"方明长叹一声，丝毫不去在意自己眼角渗出的泪花，他看了一眼自己的手表，"还有半小时，就又是新的一天了。"

他隐约感觉到了异样，便轻声说道："阿明，你有心事，说吧，憋着不好。这么多年来我一直没有什么机会报答你，你想要我做什么我都会答应你的。"

"啪！"响亮的一巴掌狠狠地落在了他的脸上，火辣辣的，紧接着就是一声怒吼，"我没叫你去杀人！"

他呆住了，愣愣地看着方明，半天都没有说话。

"你为什么要这么做？我忍了你一次又一次，我把他们的事情告诉你，那只不过是在发发牢骚而已，谁叫你去杀人了，你这个混蛋！"说着，方明就像一头发了疯的狮子直朝他扑了过来，拳打脚踢。

他没有还手，面无表情，任由方明揍他。终于，一切都安静了下来，房间里一片零乱，方明气喘吁吁地靠在沙发上，两眼仍然死死地盯着他。

他默默地站了起来，用手背擦去嘴角的血渍，咧嘴一笑："你打够了没有？不够再来！我知道我欠你的，这辈子都还不清，所以我这条命是你的，你要的话就随时拿去吧。我绝不后悔。"

"我要你的命干什么！"方明重重地哼了一声，把头转向了另一边，声音中充满了疲惫与无奈，"你明天去自首吧。"

"自首？"他感到很奇怪，就好像这辈子第一次听见这两个字一样，神情茫然，"我为什么要自首？"

"因为你杀了人，你要付出代价，接受法律的惩罚！"方明的声音平淡而毫无感情。

"他们该死！警察都该死！他们无能，害死了我的爸爸，让我成了孤儿，他们该死，都该死！"他突然像疯了一样暴跳如雷，就好像变了一个人一样。

方明目瞪口呆地看着他："我跟你说过多少遍了，你父亲是意外身亡，和警察没有任何关系。"

"不！如果不是警察抓了他，他会想到去跳窗吗？"他疯了，压抑在心头多年的怨气一下子迸发了出来。

方明皱眉看着他，半响，缓缓说道："那我也是警察，你要杀我吗？如果要杀的话，来吧，桌上有刀，你随时可以捅死我。"

听了这话，他就像被针扎了一样浑身一颤，拼命摇头："不，你是我的好兄弟，我不能杀你，我不能对不起你，我的命都是你的。"他慢慢抬起头，呆呆地看着方明，咧嘴一笑，"如果十多年前你没有放我一马的话，我现在肯定就是另外一副样子了。"

方明脸色铁青："你害了小君，毁了她一辈子，我不应该包庇你的，我当时就错了。你真的是个魔鬼！"

房间里的空气顿时凝固，只有窗外的暴风雨似乎才是这个世界上唯一的声响。

方明站了起来，抓起还没有被打碎的那瓶酒打开瓶盖仰头一饮而尽，长长地出了口气，这才眯着眼睛看着他，轻声说道："过去的就让他过去吧，别的事情你也不用去做了，明天你去自首，把所有的案子都认下来，还有啊，我怕你记不住，给你的邮箱里发了一份清单，你在写自首书的时候可以照着上面写，反正都是你自己做的事，我想你应该不会那么健忘。自首的话，政府也会酌情给你宽大处理，或许你表现好了还能保住这条命，反正你的后半辈子不愁没人照顾你了，你也不用天天去钓鱼了。对了，阿狗阿猫的，杀它们干吗？智障！小儿科！"丢下这些话后，他转身就向门外走去。

"等等，如果我去自首了，那我的鱼怎么办？"他怯生生地问了一句，"它们不能没有人照顾的。"

"恶心人的东西，都丢掉！害人精！"话音刚落，大门打开，冷风扑面而来，方明的身影很快就消失在了夜色中。

站在窗口，他无神的目光注视着窗外漆黑的夜幕，两束车灯逐渐远离，他的心也顿时降到了冰点。

身后写字桌上的电脑还开着，他摇摇晃晃地来到桌前坐了下来，打开邮箱，果然看见了一份署名为备注的东西，上面详细地列出了遇害警察的姓名、时间、地点以及案件特征。依次看完所有的名录，他不由得苦笑，嘴里喃喃自语："还真是为我考虑周到呢！"

目光停留在最后一个名字上面，他点点头，轻声说道："好吧，还有最后一个没做完，今晚应该还来得及。"他果断地关上电脑后便站起身，慢慢地走出了低矮的平房。

雨越下越大，天地间出现了一道厚厚的雨幕，压得人几乎喘不过气来。北西区西新派出所的值班民警是个憨厚的当地人，姓丁，40多岁的年纪，因为常年在基层工作，非常有耐心，见人也总是笑容满面的，这倒把章桐搞得很不好意思。

"对不起，丁叔，耽误你下班了。"章桐满怀歉意地说道。

丁叔摇摇头："帮你忙是应该的，王教导员曾经在我们所里挂过职，很关照我，她的案子我理当出力，这么点时间又算什么，你说对不对？"

"那谢谢丁叔的支持，我这就回去了。"章桐准备告辞，她满脑子想的都是李晓伟，这么大的雨，不知道他会不会一路安全地到达双龙峪。

丁叔顺手给了她一把伞，诚恳地说道："我知道你们大城市来的人都很忙的，我也不留你了，案子要紧，这伞你留着用，有时间经过这里再还给我也不迟。"想了想，又顺手从门背后拿了一件工作雨衣披在她身上，"这是王教导员的，她走后一直挂在这里没人用，你和她身材差不多，这个给你用刚好。"

"谢谢！"章桐用力点点头，撑着伞走进了大雨中。

从西新派出所到分局宿舍步行大约需要十分钟，雨越下越大，章桐抬眼四处看了看，一片灰蒙蒙的，耳边只是哗哗的雨声。她突然感到有些不安，李晓伟开车回来，这么大的雨路上可真得小心。

走进宿舍，经过门口的安保室时，看见门开着。章桐也并没有多想什么。

三层的宿舍楼这个时候却非常热闹，难得的一场大雨酣畅淋漓地下着，让干旱了很长时间的双龙峪显现出另外一种景象。

她收起了伞，一边低头整理身上的雨衣一边往楼上走去。在楼道里，她和一个身穿棕色军用雨衣的人擦肩而过。直到对方走出去好几步了，章桐本能地回头又看了他的背影一眼，或许是错觉，她感觉到对方刚才看自己时似乎带着一丝诡异的笑容。

她腾出手揉了揉发酸的眼睛，这几天自己的神经一直紧绷着，不过很快就可以放松了，只等李晓伟回到双龙峪，那么在证据面前，谁都无法抵赖了。章桐想回宿舍好好洗个澡再说。

房间在楼道拐弯过去的第四间，章桐站在门口，伸手在兜里摸钥匙，突然，她听到了屋里传来的座机电话铃声，她正在想是不是谁打错了的时候，一声惊天动地的巨响骤然而起，灼热的气浪裹挟着四分五裂的碎玻璃把站在门口的章桐给猛地掀出二楼的扶手栏杆直接掉了下去。

在被摔晕过去的最后一刻，章桐非常确信自己闻到了浓烈的煤气味道。

眼前瞬间一黑，天地间变得鸦雀无声。

死，原来是一件如此容易的事情啊！

爆炸，火光，碎片腾空飞舞，人们从震惊中清醒过来后所做的第一件事就是赶紧寻找幸存者。救护车的警报从城市的另一头响起，混杂着消防车的警笛声，撕裂了这寂静的凌晨夜空。

他笑了，心满意足，在确信自己的计划成功了以后，这才转身钻进车里，然后心情愉快地开着这辆已经报废的二手车慢悠悠地回家去了。他牵挂着家里的鱼儿们还没有吃晚餐，是自己失误了，怎么可以让它们饿肚子呢？想着那些灵动的小眼睛，他又感到了无法言表的兴奋，今晚这顿特殊的晚餐，自己一定会尽力而为的。

雨后初晴，东方泛起了鱼肚白，两辆警车一前一后风驰电掣般地冲过街头，向北西区老住宅集中地的桥东新村开去。

李晓伟忧心忡忡地坐在第一辆车的副驾驶座椅上，身后坐着刑警队的副队长万江，大家此刻的心情都很糟糕。章桐被送到医院后到现在还在急诊室抢救，没有消息。

昨天因为大雨，道路被淹，自己没办法，只能步行绕道，走了另外一条路才赶回了双龙峪，因此在路上多耗费了两个多小时，而章桐就是在这个时候出的事。李晓伟的心里充满了自责。

"李老师，马上就要到了，你确定要跟我们进去实施抓捕吗？"万江一边最后检查随身携带的枪支，一边问道。"我会跟在你们后面的，放心吧。"李晓伟勉强挤出一丝笑容。

两辆警车在一栋普通的平房前停了下来，因为是大清早，周围路上并没有什么行人，只有警觉的狗儿此起彼伏的吠叫声。万江果断地对步话机发出了指令："一组在前门，一组绕道后门，按照预定计划前后夹击，听我指令行动。"

"明白！"

李晓伟推开车门走了下去，抬头仔细端详着面前笼罩在晨雾中的小平房，平房前停着一辆残旧不堪的二手马自达轿车。周围动静这么大，平房里却依旧死气沉沉的，李晓伟的心中突然有种不祥的预感。

敲门几次后没人回应，万江发出了破门而入的指令，李晓伟呆呆地站在不远处，双眼紧盯着屋里的一举一动。果然，一个队员走了出来，面色惨白，这是要呕吐的征兆，而紧跟在他身后的副队长万江的脸色也好不到哪里去。

"副队，怎么了？"李晓伟走上前问道。

万江头也不回地朝身后房间里一指，声音沙哑："你自己进去看吧。"李晓伟点点头，跨进了房门。玄关里一片昏暗，没有开灯，屋里静悄悄的，而身处其中的刑警队员们看着李晓伟的神情也格外怪异。有人伸手一指卧室："在里面。"

李晓伟感觉自己心跳得厉害，他不明白为什么眼前这些见过风雨的警察也会感到难以掩饰的不安。一步步转过客厅，房间并不大，可以很容易看出房间里不久前似乎才经历过什么不愉快的事情，因为垃圾桶里满是碎了的酒瓶和碗碟，但是显然主人精心打扫过了，因为桌椅等家俱还是摆得很整齐的。

狭小的卧室里放着一个巨大的热带鱼缸，足够盛下一个身材瘦弱的人，里面一片诡异的红色，几条鱼儿来回游动，躁动不安。一旁的增氧机还在那里忠实地工作着，卧室里弥漫着柴油和腥臭的混合味道，让人几乎作呕。

没有谁会在卧室里养热带鱼！

李晓伟皱眉，他心跳得厉害，有些喘不过气来了。卧室里陈设简单，除了鱼缸以外，就是一张放着一台电脑的写字桌，还有就是床了。

鱼缸里又发出了一阵诡异的骚动，李晓伟忍不住凑近鱼缸仔细查看，一个白色的东西隐约在鱼缸浑浊的红色水中一闪而过。他的呼吸瞬间停止。

那是人的头骨！

他强忍着恐惧弯腰仔细查看这些发了疯一般四处乱窜的小鱼，隔着厚厚的鱼缸壁，他和一条小鱼面对面注视着——色彩斑斓却满口尖牙，多么熟悉啊！

醒悟过来的李晓伟顿时面如死灰，向后一连倒退好几步，转身就吐了起来——这分明就是可怕的食人鲳！鱼缸旁的地板上是一个人脱下的所有衣服，包括内衣裤和鞋袜，还有剃下的头发和会阴部的毛发。而一张家用三层梯子正靠在鱼缸上，平时应该是房屋的主人拿来喂食用的，只不过这最后一次喂食，投进去的是自己的身体。

耳边传来了万江沮丧的声音："李老师，别看了，会做噩梦的！死者肯定就是我们要抓的凶犯赵一杰，这是他的遗书，落款时间是今天凌晨一点，还有那把断了刀尖的水手刀。就是他了，我们来晚了。"

目瞪口呆的李晓伟却好像根本就没有听见万江刚才所讲的话一样，恐惧的目光死死地盯着鱼缸，嘴里喃喃自语："最后的晚餐！最后的晚餐！他疯了……"

鱼缸中，浑浊的水渐渐平静下来，变得橙红，成了一缸血水，一具白骨散落在鱼缸的底部，来回逡巡的食人鲳又开始了悠闲的一天，继续等待它们的下一顿丰盛的午餐。

如果人真的有灵魂的话，李晓伟相信赵一杰的灵魂终于在他心爱的食人鲳的腹中得到了永远的平静。

第八章　名单上的最后一个名字

　　章桐从不相信人死后会有灵魂的存在，但是她又非常渴望能和王亚楠再见一次面，哪怕只是一次简单的告别。要知道自己的一生中已经错过了很多东西和很多人，而一次时光倒流的机会对她来说弥足珍贵。

　　可是事实并不如小说中常写的那样，会有什么昏迷中的见面。当她睁开双眼看到的是李晓伟憔悴的面容时，章桐的心头只能划过一丝遗憾。李晓伟却非常兴奋，像个孩子一样开心地笑了起来："你终于醒了，谢天谢地，我都担心死了。"

　　"放心吧，我的命很贱，老天爷看不上。"章桐苦笑。凭借多年的工作经验，她竭力动了动四肢，包括每根手指和脚趾，有感觉，看来没有断，而腰椎也有明显的痛感，这是高空坠落后最常见的疼痛。

　　"说起来，你还真是有神灵保佑呢，正好掉在一个细沙堆上，分局准备给宿舍楼增加一个公用洗澡间，那堆细沙就是运来准备做建筑材料用的，没有想到救了你一命！"李晓伟夸张地伸了个懒腰，"老天保佑，老天保佑，等回去了，我一定要去拜下菩萨。"

"跟你说过多少遍，那是封建迷信，你别神经兮兮的了。"章桐皱眉说道，她努力坐起身，疼痛袭来，不由得轻轻叫了一声。

"你干什么？多休息一下吧。"

"赵一杰抓住了吗？"章桐急切地问道，"我去了方明以前工作过的派出所查了，他和方明是同班同学，两人早就认识，而且赵一杰的父亲当年因为偷东西被当地派出所抓了，他半夜想跑，从四楼摔下死了，据此可以推断赵一杰就是因为这个而对警察有着很大的仇恨。你们必须抓住他，他太危险了。希望现在还来得及，我把手机拍下来的相片证据都已经转发给你了，你看到了吗？"

李晓伟却只是轻轻点点头，柔声说道："你做得很棒，真的很棒！只是答应我，以后不要一个人随便行动，好吗？不然太危险了。至于赵一杰，你放心吧，他已经死了。"

"死了？"章桐感到很意外。

李晓伟伸手抓过脚边放着的一个随身公文包，从里面倒出了几张五寸的相片，把它们递给了章桐："你是法医，这些，难不倒你。"

章桐一脸狐疑地看着相片，半晌她抬头看着李晓伟，皱眉："为什么这骸骨上都是被动物啃噬过的痕迹？"

"你猜猜是什么动物？"李晓伟看着章桐。

"不大，不同角度的群体性攻击，根据这张颅骨上的咬痕判断，应该就是巴掌大小的东西……吃得这么干净，难道说是食人鲳？这地方怎么会有这种鬼东西？"章桐惊得目瞪口呆。

李晓伟点点头："是的，就是食人鲳，赵一杰养了很多，而他最后做的一件事，就是把自己喂了鱼，这也算是给食人鲳奉上一道特殊的晚餐吧。"

"这人疯了！等等，"章桐这才注意到李晓伟的额头是青肿的，双手的手背上也有典型的徒手伤，"你，出什么事了？和人打架了是吗？"

李晓伟知道自己瞒不过去了，无奈地苦笑："你已经昏睡了整整一天了，中间发生了很多事，不过，你能平安就好。我没事的，别为我担心。你好好养伤，等你恢复了，我们一起回安平，带上你的朋友。"

章桐当然知道李晓伟话中所指的朋友是谁，她默默地点点头，靠在枕头上，轻声说道："谢谢你帮我。"

离开医院后，李晓伟径直来到了双龙峪分局，他面无表情地直接来到二楼刑警队的审讯室门口，敲敲门。副队长万江打开门："李老师？"

"他怎么样？"李晓伟皱眉问。

万江摇摇头，显得很无奈："他很狡猾，根本就不认罪，他很熟悉我们这里的审讯方式的，我很头疼。"

"我必须等章医生醒过来我才能过来，对不起。"说着，李晓伟拎着小公文包直接走进了审讯室，在万江的身边坐了下来，皱眉看着和自己隔着栏杆而坐的方明："我来了，你要怎么样，真的要逼我拿出证据吗？"

"我要投诉你，你故意打人！你别想当警察了！"方明愤愤然说道，他的身上也到处都是青一块紫一块的，和李晓伟相比起来要严重得多。他的目光看向万江，万江没说话。

李晓伟双眉一挑："我看你别费心了，审完案子后我就去你们赵副局长那里自首，我反正不是你们系统内的人员，我只是个老师，我是协助警方办案，我们俩的性质最多是互殴，不过我相信像你这种混蛋，谁都会想揍你的！我那几拳，还算是轻的。"

"你……"方明脸涨得通红，他抬头看着一边站着的万江，质问道，"你们为什么抓我？人又不是我杀的！"

李晓伟皱眉看着他，知道和他打嘴仗没用："好吧，不看证据你是不死心了。"

"我是无辜的，你们没有证据！"方明还在坚持。

李晓伟伸手打开公文包，分别取出三份文件，然后逐一摆在方明的面前："你确实很聪明，也很自以为是，从你特地跑到安平请章法医过来调查案子就可以看得出来，你颇有心计，只是你聪明过了头！"

说着，他拿出第一份文件："这一份，是 DNA 的 Y 染色体比对结果，送检样本是王亚楠腹中已经成型的胎儿，而比对样本，则是你父亲的 DNA 样本 Y 染色体，他在社区医院留有自己的血液样本，因为他是高血压症患者，又是离退休老干部，每半年都会有一次身体全面体检，所以做这个完全不费工夫，结果呢，百分百吻合，你父亲已经70岁了，他只有你一个男性后代，所以，胎儿的父亲就是你，是你强奸了王亚楠。这是铁的事实！你没法狡辩！"

"我……"

李晓伟接着展示第二份文件："这是一份报警记录的文字版本，四个月前，8 月 25 日凌晨3点58分，王亚楠拨打了报警电话，说她被强奸了。但是很快她就对来到现场的接警人员说自己喝醉了，没有这回事。而在这短短的十多分钟时间里到底发生了什么呢？我给你看样东西。"他把其中一张视频截图放方明面前，"相片中的人是你吧？说真的，你真该换件衣服啊，章法医一眼就认出了你！你太蠢了！"方明惊愕地张大了嘴，半天说不出一个字。

"别急，还有第三点，可以证明你和王亚楠的死有直接的关系！"李晓伟神情严肃地说道，"我们虽然没有直接证据证明你当时对身处游泳池里的王亚楠下手，因为时间相隔太久了，足够你收拾残局销毁剩下的混杂在叶酸里的麻醉药物，而案发所在地的游泳池也在不久后就被拆除了。你是在游泳池被拆除后确保没有遗漏才放心地来安平找章法医的，对不对？方明，我很佩服你，你真有心计啊，居然会利用我们，你也对自己太有信心了。"

"我……我为什么要这么做！"方明急了，拍桌子怒吼道，"你血口喷人！"

"因为你找到了一个好机会来摆脱杀害王亚楠的这个事实，一个完美无缺的嫁祸人的机会，那人就是你的初中同学赵一杰！这是王亚楠断掌处的显微镜放大相片，你给我看清楚了，如果你不懂的话，我替章法医给你科普一下，人活着的时候甚至刚死去时受到切刺创伤的话，伤口周围的皮肤会泛红，那是血管破裂造成的，但是王亚楠的手掌断掌处什么都没有，这证明她已经死了有一段时间了，而断掌是你在两小时后才去伪造出来的，所使用的工具，就是你偷偷从警局木工间里拿的一把小型手执电锯。"李晓伟死死地盯着方明的双眼，"你之所以这么做，就是想要让王亚楠的死看上去就是赵一杰所做的案子，甚至为了以防万一，你还教赵一杰怎么写自首书，给他列出了死者名单，而名单的最后一个就是章法医，你好狠毒！"

房间里静悄悄的，许久，方明才沙哑着嗓音问道："一杰是不是出事了？"

李晓伟把那几张白骨相片丢给了方明："你自己看，这就是赵一杰死后的样子，他是自杀的，遗书中列出了自己所干的每一起案子，并且强调了王亚楠的案子不是他做的，"说到这儿，他哑然失笑，"方明啊，你的这个小伙伴真实在，遗书的最后一行还再三强调王亚楠的案子不是他干的，说你搞错了。托你的福，章法医没有被煤气炸死，我想，要是人有灵魂的话，应该是王亚楠的灵魂保佑了她吧。"

"一杰，他……怎么死的？"方明面如死灰，浑身发抖。

"他做了食人鲳的晚餐！"李晓伟长叹一声。

方明脸色大变，弯腰抱起脚边的垃圾桶就开始吐了起来。

李晓伟站起身，冲着副队长万江点点头，然后走出了审讯室，门在身后关上的那一刻，他听到了方明呜呜的哭声。

火车缓缓驶离了双龙峪车站，向南方开去。

不顾章桐的反对，李晓伟执意掏钱买了一个卧铺包厢，理由是图个清静，大家都很疲惫了。

王亚楠的骨灰瓷坛就被安放在身边的床铺上，严严实实地包裹了好几层。

"方明他为什么要杀害亚楠呢？做了错事勇敢去承担责任就可以，为什么要为此害了亚楠？难道就只是怕身败名裂吗？"章桐抬头看着李晓伟，双眉紧锁，"我这几天一直在纠结这个事，还有，亚楠为什么后来选择不报警？"

李晓伟目光深邃："你还记得方明说过的那句话吗？强奸案发生的时候，王亚楠正在调查北西区的小动物被害案件，我想她应该就是在那个时候发现了赵一杰和方明之间的特殊关系吧，赵一杰是个很偏执的人，有反社会型人格障碍，从小被人嫌弃，父亲死后没有亲情的概念，方明是他同学，说到这个，你还记得那个张阿姨吗？跳广场舞的那个，后来我和她女儿联系上了，应我的要求，她传了一张毕业合影给我，那时候我才发现方明、赵一杰和小君是同班同学。根据她女儿回忆说，当时方明和赵一杰喜欢小君是已经公开的秘密，但是小君只愿意跟方明玩，从来都没有用正眼瞧过赵一杰，后来就发生了生日礼物事件，很显然，就是赵一杰做的，而他的人格扭曲也是从那个时候开始的。"

"你说，方明会知道这个事吗？"章桐问。李晓伟点点头："他应该知道，因为在那些未成年的孩子心中是没有什么必须去独自守护的秘密的，我无法理解为什么小君都变成那样了，方明后来还在不断地接济生活困难的赵一杰，难道是出于一种高高在上的心理？"

章桐沉默了。

"方明的心理也不健全，我想，赵一杰所做的每一起案件都与方明有关，不然的话，他是没有办法知道那么多细节的，而方明也有可能是出于无意，比如说下班后的抱怨，等等。毕竟警察也是人，也有七情六欲，你说对不对？而说者无心听者有意，悲剧自然也就发生了。"

听了这话，章桐怅然若失的目光落在了王亚楠的骨灰瓷坛上，瓷坛是青花瓷，非常漂亮："知道吗，亚楠活着的时候曾经跟我说过这么一句话，她说这辈子如果没有遇到合适的人，她就不嫁了，但是她会选择怀孕，说至少留一个孩子在自己身边陪着到老……"

窗外，秋天的萧瑟已经逐渐淡去，阳光明媚。

故事二　疼痛无声

看着嗜血的夕阳，章桐的记忆停留在了初遇李晓伟那年，那年的故事与他有关，与她也有关……

楔　子

这是他人生的最后一个晚上，回到牢房后，他睡得出奇的安稳，连个梦都没有做。蜷缩着身子，像个婴儿般躺在自己的床上，他一年来头一回从肮脏的被褥上闻到了阳光所特有的芳香。

早晨醒来的时候，他长长地出了口气。走出监狱大门的时候，他抬头看了一眼格外刺眼的太阳，深吸一口气，然后平静地说了一句："终于结束了。"

枪声过后，一切恢复了平静。

值班法医卓佳欣草草地勘验了赵家瑞的尸体，随即就在死亡确认书上签下了被处决犯人的死亡时间和见证人的名字。

门外，一辆没有任何标志的普通灰色面包车早早地就候在那里。连环杀人恶魔赵家瑞在临死前总算做了一件好事：他签署了身上所有可以用来移植的器官的捐赠书。所以，为了不损伤眼角膜，在值班法医的监督指导下，子弹以一种特殊的角度穿过了他的脑干。死亡是在瞬间发生的，他走的时候没有痛苦。

尸体被搬上了担架，在为他盖上白布的那一刻，卓佳欣法医弯腰捡起了掉落在地板上的假发并重新放回担架上。他一抬头，无意中看到死者的眉毛竟然是精心文上去的，这在男人身上确实很少见。不只是头发，身上的汗毛也很稀少，死去的赵家瑞此刻看上去格外渺小瘦弱。

卓佳欣最后打量了一下担架上这具已经毫无生气的躯体，眼前的这个男人已经为自己的恶劣行为付出了生命的代价，他的遗愿理所当然也该得到尊重。

拿着登记簿走出铁门的时候，卓佳欣的心里却翻来覆去地一直纠结着一个奇怪的念头：前段日子参加例会的时候，他听刑警队的同行说起过赵家瑞的案子中还有一具尸体至今都没有找到，而已经发现的尸体中有一具也只找到了死者的头颅，暂且不论尸体的完整度，毕竟也是一条人命，所以虽然知道是12条人命，但是上报的时候秉着"一尸一命"的原则，还是不得不改为11条。卓佳欣不明白为什么赵家瑞就是不愿意说出第12具尸体的去向并且只求速死，或者说那人根本就没有死？

他摇摇头，还是不去凭空瞎想了，但愿时间能让死者的家人早一点忘掉这场梦魇吧。

环球时报的记者"皮球"曾多次采访过狱中的赵家瑞，此时他的车子行驶在高架桥上，回想起刚才对赵家瑞喊话后，赵家瑞的反应让他有些困惑，他不自觉地摇摇头，觉得赵家瑞是一个浑身包裹着秘密的男人，就像一只厚厚的甲壳虫。

就在他思索着如何深挖赵家瑞的案子时，一阵异常猛烈的颠簸突然袭来，刹车瞬间失控，"皮球"的脸色变得刷白。他慌乱地踩着毫无反应的刹车，嘴里念叨着奇迹赶紧发生，可是，除了眼睁睁地看着一辆重型集装箱货车的尾巴离自己越来越近外，"皮球"所能做的，就是在绝望中腾出双手捂住自己的脸。似乎这样就能够逃过一劫。

这无异于掩耳盗铃。

猛烈的撞击扑面而来，崩裂的集装箱上冰冷的钢筋条穿透不堪一击的车窗玻璃，随之而起的巨响声中破碎的零件漫天飞舞，当这一切终于结束的时候，经过的人们无不惊恐地发现"皮球"的身体竟然孤零零地被高高挂在了半空中，四肢拼命抽搐了几下就不再动弹了，而支撑着他身体的是斜挂在车门上的两根粗粗的桥梁钢筋。痛苦结束得很快，因为在被挑上半空中的那一刻，他就已经死了，巨大的冲撞力使得集装箱车里的钢筋在惯性的作用下不偏不倚地插进了"皮球"的心脏，并且均匀地分布给了左右心室，殷红的血液一滴滴地顺着逐渐冰冷的躯体缓慢地滴落到地面。

看到这惨烈而又恐怖的一幕，集装箱货车司机面如死灰，浑身发抖，见到鬼一般地嘴里喃喃自语："……不是我干的，不是我干的……"

生命的结束往往只是瞬间发生的事情。半小时之前，半空中的这个男人还在做着事业发达的美梦，如今，他却带着无尽的恐惧死了。距离赵家瑞的死刑被执行时间恰好过去整整一个小时。

下雪了，没有任何征兆，雪花纷纷扬扬地飘落。安平市公安局灰色的五层小楼外面没过多久就被大雪覆盖。屋里的暖气断断续续的，法医主任章鹏刚接完一个电话，没写几个字就写不下去了，他干脆放下手中的笔，朝手上拼命哈着热气，希望这样能够让自己的双手变得稍微暖和一些。他是个书卷气十足的男人，身材偏瘦却显得十分精神，眉宇间带着一丝忧郁，总是给人一种平静中充满着睿智的感觉。

刚刚接到的电话是监狱刑场打来的，章鹏破天荒头一次没有去参加死刑的执行。案子终于告一段落了，虽然心中还有很多疑虑，但是章鹏知道自己已经尽力了，他又一次拿起了钢笔，在小工作笔记上一笔一画地继续写着自己此刻复杂的心情。

……所以，赵家瑞今天被处决了，作为主检法医师的我却一点都高兴不起来，我总感觉他有什么事情瞒着我，但是可惜的是，他是带着秘密走的。我希望我没有做错，我真的已经尽力了。

窗外，雪越下越大，将这个男人的秘密埋葬了整整 30 年。

第一章　潘多拉魔盒

2015 年，9 月底。

黑暗的房间里播放着一首 20 多年前的老情歌，音量不大，他席地而坐，笔记本电脑就放在双腿上，目光紧盯着屏幕，神情专注，双眉时而紧锁时而舒展，脸上看不出一丝表情。

他反复思考行动的步骤，不断地对计划进行修改，直到趋于完美，这是两年多以来，他几乎每天晚上都雷打不动要去做的事情。

他在等待，一块巨大的拼图就差最后一块碎片了。

十指在键盘上飞快地敲击着。就在这时，电脑音箱里又一次发出了清脆的叮咚声，这已经是第 18 封邮件了。

在面前的清单上敲下最后一个数字"9"后，他便顺手点开了屏幕上的邮件提示。

发这些邮件给他的人都是贪得无厌且永远都不知道满足的混蛋，这种人毫无廉耻地靠贩卖别人的秘密生活，其实他们永远都不会知道自己的秘密早就被别人掌握了。因为这个世界上，哪怕是死人，都不会有别人无法探听到的秘密。说实话，他根本就不想和这种人打交道，甚至发自骨子里地厌恶他们，但是目前不得不这么做。因为他不想过多地抛头露面引起别人的注意。

刚收到的邮件中附有一份手写的纸质户籍档案的扫描件，在现今这个电子文档充斥的社会里，还能翻看到多年前的纸质档案，显然对方是费了一番功夫的。那句老话怎么说来着——重赏之下必有勇夫！

他笑了，目光中充满了轻蔑。档案是关于一个被收养的4岁小男孩的，本名党爱国，来自云台福利院，这么大众化的名字是若干年前的福利院对无名弃婴的一贯称谓。看着相片上小男孩稚嫩的脸庞，他的心中久久不能平静，右手拇指轻轻拂过相片所在的位置，有那么一刻，他似乎感觉到了一丝久违的温暖。

"确定是你就好！"

线索都齐全了。比起刚开始的时候，他也显得轻松了许多，目光移到了一本老旧的笔记本上，塑料封面，扉页上歪歪扭扭地写着四个大字：采访记录。这是一本不详的采访记录，因为这本笔记本的主人早已经在30年前的一场诡异车祸中丧命了，而他得到这本笔记本也似是冥冥之中就注定的。如今，他已经把它仔细翻看了无数遍，上面所写的每个字都深深地刻在了他的脑海里。这真的是一次意外的收获。因为这本笔记本和他本就有着无法分割的联系。也正是因为这个笔记本，他才知道自己这两年来到底想要的是什么。

为了想要得到的东西，他已经准备好了。他的双眼闪烁着兴奋的光芒——现在，就让这些噩梦真正地拉开帷幕吧！

"什么才是堪称完美的犯罪？看来只有我才知道！"他喃喃自语，嘴角露出一丝得意的笑容。

时钟指向凌晨3点。关上电脑后，他并没有马上起身去休息，而是面无表情地从身边的地毯上拿起一把锋利的匕首，同时拉开自己左手的衣袖，缓慢地用匕首的刀刃划过手臂，5厘米长的口子，分毫不差，鲜血无声地滚落到地毯上，很快就与地毯融为一体。看着这血淋淋的伤口，他不由自主地发出了微弱的呻吟声，让人感到讶异的是，他的目光中所流露出来的却不是痛苦，分明是一种痴迷而又诡异的享受。而在他的手臂上，类似的伤痕纵横交错。

自残，对于别人来说或许是一种痛苦，但是对于他来讲，自己对痛感的贪婪不亚于一个吸毒者对毒品的疯狂。

窗外，雨水倾盆而下，一只被淋得湿透的野猫在对面的屋顶上发出凄厉的号叫，声音此起彼伏……

眼前的尸体有些不对劲！可是究竟哪里不对，章桐却一时半会儿毫无头绪，她找不到答案。初秋的空气中依旧弥漫着灼热的太阳光的味道。

本想安心工作，但她却始终都无法集中精神，因为空气闷热，她的内心也变得烦躁不安起来。

解剖室的空调坏了，18度的温度和28度一般无二。裹着厚厚的一次性手术服，章桐的鼻尖渗出几滴细小的汗珠。

如果把法医的尸检工作比作在清扫一座毫无生机的雕像的话，章桐觉得自己是在做一堆让人苦恼不已的无用功——"雕像"上半身光滑得连苍蝇都站不住脚。

有时候，干净并不是一件好事。

她皱着眉，虽然现在已是立秋时节，但是尸体暴露在常温中，正常的腐败还是应该有的，但眼前这具尸体似乎违背了所有的自然规律。

凑近仔细闻闻，一股熟悉的福尔马林的味道，没错，10%福尔马林溶液残留物遍布尸体的全身，在四肢的臂弯处甚至还找到了注射的痕迹，这是典型的教学用尸体标本的制作流程。章桐有一种被愚弄的感觉。

上半年就曾经发生过医学院的学生向章桐这个被媒体奉为"法医神探"的师姐公然发出挑战的闹剧。虽然说事情最终以一纸处分告终，章桐却为此搭上了一个星期的宝贵时间。

眼前这具尸体全身赤裸，皮肤在锃亮的不锈钢解剖台的映衬下显得格外苍白，背部的一个个小圆点是由长时间压在解剖台的下水通道孔所致。问题来了，章桐面前四张解剖台上的下水通道孔的形状与尸体背部的痕迹完全不相符，而尸斑也显示死者临死时很有可能就是保持着这种平躺的姿势。难道这又是一场恶作剧？可是这次事件的性质就明显严重多了。

因为这是一具完整的尸体，局里非常重视，为此出动了一个队的警力，成立了专案组。而上次，只不过是一个小小的实验室人体样本。

如果真是那帮学生变本加厉的话，那也未免太过分了。

趁自己还有耐心的时候，章桐摘下手套，伸手打开了录音机，开始口述。

"死者为男性，40岁上下，尸体长度为173厘米，发育无异常，营养不良。尸僵已解除，项背部见紫红色尸斑，其余皮肤苍白，无黄染。无头发，头皮环形切口，角膜混浊，双侧瞳孔等大，直径为0.8厘米，巩膜无明显黄染。口唇发绀，口鼻腔以及双侧外耳道未见异常分泌物，牙齿缺失，创面未完全恢复，疑似生前手术拔除。气管居中，胸廓对称。胸部可见明显解剖痕迹。尸体四肢可见明显针头注射防腐剂的痕迹……死亡时间在两天以上。死亡原因——暂时不明。"章桐低沉的声音在解剖室的瓷砖墙壁上四处回荡着，显得格外刺耳。

绕着尸体转了一圈，她想了想，便又打开录音机补充了一句："死亡原因：因为尸体已经经过专业的防腐处理，所以暂时无法确定，身上非要害部位除多处疑似刀伤外，没有明显被害特征，疑似非正常死亡。等待毒物报告结果出来后另行更正。"

尸表的伤口都是自己非常熟悉的，包括内脏器官的处理方式，章桐关上录音机，想了想，还是不放心地拿起工作台上的相机，对尸体上的伤口逐一做了拍摄取证。如果真的是被偷的尸体，自己也好有个存档的说明依据。

做完这一切后，她抬头看了看墙上的挂钟，离尸检开始才过去不到四十分钟，这算是自己近期速度最快的一次尸检工作了。她长出了一口气，利索地为尸体盖上了白布，然后搬上轮床，推到后面的冷冻库房去了。

临关门的那一刻，章桐停下了脚步，回头若有所思地看了看那具被标记为4327的尸体。总是觉得哪里有些不对劲，或许是太多巧合了吧，近期接连发生类似的事情，使得她竟然对自己的专业技能有了些许怀疑，犹豫再三，这才用力关上了冷冻库房冰冷的不锈钢大门。

她摘下手套丢进脚边的卫生桶，顺势抬头看了看墙上的挂钟，终于快下班了。

年初，应原来单位第一医院心理科的强烈要求，李晓伟没有课的时候，每周就会回去出两天门诊以缓燃眉之急。他也知道如果自己再不回去帮忙的话，可能这个科室就要被关闭了，年终三甲医院的评定也会因此受到很严重的影响。

拗不过面子，得坐班，累是累一点，还好钱照给不误。其实最主要的还是有两个老病号，点名要找曾经的李医生看。医者仁心，李晓伟也没有理由拒绝。

可是这人一空下来就会无聊，更不用说是对着空荡荡的一堵墙壁了，所以李晓伟上班没多久便打起了瞌睡。

在梦里，李晓伟又一次毫无悬念地看到了自己的父亲，或者说，是有些模糊的父亲的背影。

这几天他一直都在断断续续地做着同样奇怪的梦。可是从李晓伟5岁开始，就再也没有见过自己的父亲。而母亲在自己3岁的时候据说因病去世了，所以在李晓伟的记忆中，也没有母亲的影子。

梦里的父亲拿着铁锹，泪水从他脸上流淌下来，一阵可怕的呜咽声从他肺部深处喷涌而上，冲破他紧闭的双唇。但是哭泣一点都没有阻止父亲的动作，他举起铁锹，不断挥舞着用力插向地面，被撕裂的泥土就仿佛破碎的尸块，瞬间滚满四周。

父亲在哭，颤抖着双肩，就好像他脚底的大地彻底激怒了他一般，狂怒不已，拼命挥舞着手中的铁锹。

躲在树后的李晓伟感到十分惊恐，他双手紧紧地抓着树干，好奇心占据了全身，却一点都动不了，只能闭上双眼强逼着自己去听那单调恐怖的铁锹插向地面的声音。

"扑哧——扑哧——扑哧——"

突然，声音变了，变成了"噗——噗——"就好像有人凑在脑袋边朝着自己吹气一样，李晓伟分明还能感觉到那股热热的口臭味扑面而来。他吓得浑身一颤，在睁开双眼的同时狠狠地跌落到了冰冷的水泥地面上。

看清楚了，在自己面前的是一张年轻男人的脸，此刻，他正弯着腰笑眯眯地看着自己，刚才也是这张脸在朝着自己吹气！李晓伟摔得浑身的骨头一阵抽痛，对方却好像没事人一般打着招呼："你好啊，李医生！"说着，他优雅地在李晓伟对面的沙发上坐了下来，坐姿端正，一板一眼，就连双手交叉所放的位置也是恰到好处地位于两个膝盖的正中央。李晓伟强压住火气，从地上爬了起来，拍了拍白大褂上的灰尘，同时换上一副标准的职业笑容，重新坐回到了自己的办公椅上。

潘威，34岁，和自己的年龄差不多，IT从业者，一个可怜的程序员，有着一头与年龄极不相符的斑白头发，还有着那极富标志性的与优雅根本就不相称的动作——啃指甲。在过去的大半年时间里，这个动作几乎每个星期就会在李晓伟的脑海里出现一次，当然了，是在他看完病走了以后。

潘威得的是妄想症，有时候李晓伟也怀疑他的病症来源与他的职业有着密不可分的关系，但是李晓伟作为一个心理医生，是没有劝人改行的义务的，他所能做的就只是每周尽量地让潘威回到现实中来。所以，对于刚才他那独特的唤醒自己的方式，李晓伟只能当作没看见，因为他很清楚和妄想症病人理论的结果只有一个——毫无结果。

"潘先生，下午好。"李晓伟礼貌地打着招呼，就像和一个老朋友聊天那样，同时快速写着病历，右手则悄悄地揉了揉刚才被摔疼的胯骨，"你来得很准时嘛。"

"那是当然，李医生的门诊，我是肯定要来捧场的。"果不其然，随着两人交谈开始，身心彻底放松的潘威便开始咬指甲了。李晓伟强迫自己不去看这个招牌性的动作，他的所有病人几乎都有自己的招牌动作，这就是心理科的独特之处。作为一名心理医生，李晓伟不得不开始担心自己迟早有一天会被这些招牌动作给同化了。

"谈谈你的状态吧，我们有四十分钟的时间。"在说这句话的同时，李晓伟顺手摁下了桌上的计时器。他把自己重复过无数遍的这个特殊动作命名为——打开潘多拉魔盒。

章桐挂上了电话，心里的疑惑却越来越重了。安平市所有的医学院实验室外加殡仪馆以及医院停尸房的电话她都打了一遍，连周边县城的都没有放过，所有她能想到的能合法存放这种尸体的地方，回复几乎如出一辙——抱歉，我们最近没有丢失过登记在册的尸体。

可是就有这么一具经过处理的尸体，此刻就躺在自己身后的冷冻库房里，编号4327。章桐知道自己没有疯。

小旅店的老板娘用自己祖奶奶的名誉发誓，根本就不知道这具尸体到底是从哪里来的，而那个房间也已经空了大半个月了，这次如果不是因为水暖设备坏了，楼下客房租户抱怨"水漫金山"，是绝对不会被发现这具被塞在床底下且被严严实实包裹在塑料袋中的尸体的。

"我哪会砸了自家店的牌子啊！"面对刑警队队长童小川的质问，老板娘一把鼻涕一把眼泪，拍着大腿直嚷嚷，"这死人的事传出去了，哪有人敢踏进我的店门？你们也不替我想想，我可是要开门做生意的。"

她说的话没错，按照常理推测，这具尸体应该是在荒郊野外或者是其他足够远离小旅店这种人流量超多的地方被发现，而藏在小旅店的床底下，明着看是抱着"大隐隐于市"的心态，但是仔细一琢磨，分明带着一种嘲笑的味道：我就在这儿，在你们警察最容易发现的地方，可是你们就不知道我是从哪里来的，因为你们没有我聪明……

童小川的脸就像被人无形中狠狠扇了一巴掌，一阵红一阵白。面对警局上层的质问，他根本没有可以用来应对的答案，所以一结束案情分析会，他就灰溜溜地来到了章桐的办公室，用他的话来说：整个单位就属你这里清净！

"章法医，你想想看，我们查遍了所有的监控录像，包括值班的旅馆服务员，甚至于街对面洗头房门口的监控探头资料我们都翻了个遍，不过你也知道那些所谓的监控探头其实都是摆设而已，但是我向你保证连只苍蝇都不可能从我们眼皮子底下溜过去，可偏偏就是没有发现任何和这具尸体有关的影像。"童小川愁眉苦脸，一肚子委屈，"一具尸体就这么'啪'的一下，跟变魔术一样，凭空就从小旅馆的床底下出现了，明白不？你叫我上哪里去找破案的突破口？尸源无法确定，更别提这具尸体是否属于刑事案件还不一定。我怎么这么倒霉！"

章桐默默地给他倒了杯热水，一脸同情，然后就近在自己的椅子上坐了下来："童队，你说得没错，我完全能够理解你的心情！从毒物报告来看，这个案子也不一定就是他杀，所以我在报告上写了多脏器功能衰竭，因为除了失血性休克外，有时候自身肌体原因也有可能并发病症导致最后的死亡。再加上死者本身就有严重的营养不良，身体偏瘦，这种前提之下导致死者体内多脏器衰竭也是很有可能的。所以我在正式的尸检报告上就没有写上他杀的肯定结论。"

"可是就这么不了了之也是行不通的啊，章法医，你也知道现在头儿最怕舆论了，我们无法对公众交代的话，这比案子没破的性质更严重！"

"我觉得呢，童队，这个问题目前还不是最让人头疼的。"章桐叹了口气，"现在认尸启事还没有回应，而我已经问遍了安平市所有的停尸房，也找不到这具尸体的来源，排除这个原因的话，剩下的，恐怕法医这边还真的帮不了你什么了。"

"你说后续还会不会有更多的尸体？"童小川端起茶杯的手停在了半空中，整个人就像僵住了一般。

章桐摇头："我不确定，对于这种他杀痕迹并不是非常明显的尸体来说，我真的不好随便做判断，只能如实告诉你根据手头现有的证据所做出的推断。

"对了，还有一件事我怕你忽略了，死者的牙齿，一颗不剩。目前为止，我还找不到具体原因。而他这个年龄是不应该牙齿全部掉光的。"

童小川有些吃惊："你说什么？"

"我是说死者的牙齿，生前被全部拔除了，而且根据创面的恢复状况来看，是死前不久才发生的。"章桐耐心地重复了一遍。

"他多大年纪？身体健康吗？"

"死者才40多岁，身体各项机能虽然有点差，但是还没有到那种程度，这个现象如果发生在60岁以上的老者身上，就不会显得这么突兀了。"章桐回答。

"牙齿收藏者？"

章桐看着他就像眼前站着的是个三岁的孩子："你的想象力确实很丰富。我是考虑过特殊原因，毕竟死者年龄40多岁，不排除在生前做过牙齿矫正手术，更何况死者下颌畸形，程度还比较严重。我只是奇怪如果真的做手术的话，那重新排列的牙齿为什么不及时种回去？"

"下颌畸形？"

"也就是民间所说的地包天，或者叫兜齿，上下颌发育畸形，"章桐回答，"下前牙咬在上前牙的外面，如果发育期间不做相应的矫正手术的话，成年后就要做牵引和牙齿重新排列的手术了。我们在旅馆床下发现的死者就有这样的畸形。但是做过这样手术的，都必须要有相应的记录，因为是牙科整形大手术。"

童小川下意识地伸手摸了摸自己的下巴，摇摇头，转身走了。

黑夜，静悄悄的。

他慢慢恢复了意识，他想抬起头来，想睁开双眼，可是无论自己怎么动弹，头就像被钉住了一般，纹丝不动。眼皮也是死沉死沉的。

惶恐逐渐弥漫了他的全身，他的心跳越来越快，呼吸也变得急促了起来，这都是肾上腺素的作用，可是一切努力都是徒劳的，双手双脚也好像不再属于自己。天呐，到底发生了什么？自己的整个身体就像是被活活地冻住了一样。

他努力集中思绪，想弄明白自己究竟是如何变成了这个样子。可是记忆就像碎片一般，根本拼凑不起一个完整的画面。对了，有个女人，一个年轻女人，一个被黑暗裹住全身谜一般的年轻女人。最后的印象是在酒吧里，一个年轻女人隔着吧台对自己露出了温柔的微笑，目光依依不舍却又似乎带着一丝悲伤。不，他没有办法看清楚对方的长相，他已经喝醉了，好不容易谈成了一笔大买卖，他很开心，一时兴起，就在经常去的酒吧里多喝了几杯。接着，在昏暗的灯光下，他只是朦朦胧胧地记住了那一双特别漂亮的眼睛。

似曾相识，难道不是吗？他应该对自己的记忆力很有信心的。或者说男人喝醉了后看漂亮女人都似曾相识？他忍不住放肆地哈哈一笑。

年轻女人的身材不错，自己身边的好几个男人也都时不时地把目光投向她，然后对视一眼，脸上流露出会心的一笑。但是奇怪的是，为什么自己怎么也想不起来这个年轻女人的全部面容？真是活见鬼了。

最后，他都不记得自己是怎么离开酒吧的，晃晃悠悠，脚底就像踩着棉花一样，有种天旋地转的感觉。

今晚是我的幸运之夜，对吗？

那时的他信心满满，可是如今看来，一切都是在做梦。

他发现自己的嘴巴合不拢了，不知何时一个冰凉而又坚硬的东西被塞进了嘴里，没多久，上下牙床的剧痛又一次开始了，先是短暂而又尖锐，接着便是一阵又一阵无休无止难以名状的痛楚，血腥味也同时开始倒灌进喉咙。

他不断地吞咽，拼命地惨叫，因为他没有办法躲避，只能用惨叫来逃避不断袭来的锥心的刺痛。可是，嘴里的疼痛让他几乎晕厥，他感到自己浑身上下的血都快流干了。

"哎呀哎呀，瞧我这记性。"沙哑而又温柔的声音在这如同地狱般的房间中回荡，一把拔牙钳沾满了鲜血，他刚刚拔下了眼前这个男人口腔中所有的牙齿。放下拔牙钳，他又拿起一把精致的医用开颅器。

很快，房间里就响起了缓缓的沙沙声，平躺着的男人泪流满面，他微微侧过头，朝着声音发出的方向仔细倾听。声音越来越响，最后几乎震聋了他的双耳。这次，剧痛来自自己的头部，而不是刚才的嘴里。

"刺啦……刺啦……"这是砂轮的声音，他皱眉，仔细在乱成一锅粥的脑海中搜寻着，而就在这时，剧痛也在他的头顶缓慢地绕了一圈。砂轮声终于停止了，紧接着是一声"啪嗒"。奇怪的是，疼痛也随之消失了，就好像从未发生过一样。他绝对不会看到，自己的头盖骨被锯了下来，一把精细的手术刀随即准确无误地直插入他的脑部三叉神经系统。

他现在真的可以确信自己的痛感彻底消失了，只是双眼再也没有办法闭上，他转动着眼珠，试图看清楚周围所发生的一切。结果，他看到的只是一片模糊的影子。

随着12对脑神经系统被逐步剥离，慢慢地，他的眼珠不再转动，心跳也逐渐变慢，只有殷红的鲜血还在不停地流淌。

这一点都不奇怪，动脉和静脉血管又没有被切开，抗凝血类药物的作用是惊人的，将近5000毫升的血液慢慢地流淌可以持续到天亮。黑夜无声，他有的是时间……

"嗯，果然应该先动神经才行，对不起啦，是我的失误。不过痛的感觉很不错，对吗？"他自言自语着，轻轻一笑，戴着手套的左手把沾满鲜血的手术刀放回了干净的托盘里。接着，他又开始了下一项特殊的工作。

第二章　牙仙

秋雨，从昨晚开始起就一直淅淅沥沥地下个不停。

章桐明显感觉到了逐渐逼近的秋天的凉意，一大早，她特意给自己加了一件黑色的风衣薄外套，临出门的时候，又顺手把柜子里的那条灰色格子花纹薄羊绒围巾拿了出来。章桐的身材本来就很小巧玲珑，羊绒围巾很大，足够包住她的上半身。

伞很大，黑色的，举在手里却一点都不感觉沉重。走进地铁站的时候，章桐收起了伞。手机随之响了起来。她有些手忙脚乱地从挎包里掏出了手机，还没等自己报出名字，对方的声音就已经传了过来——市体育中心发现尸体，请求支援。

挂断电话后，章桐不由得苦笑，埋怨自己每次接调度的电话都记不住教训，调度员根本就不会在乎你是谁，他的工作就是打通这个24小时都不会关机的电话，然后报出要出警的地点，而你只需要回复：知道。

一切都心照不宣。

章桐来到指示牌边，目光快速地在站名上搜索着。她还不熟悉刚通车不久的二号地铁路线，除了单位、家里和超市，她也没有时间去别的地方闲逛。

市体育中心位于天目区，离这里有8站路的距离，中间还要经过一个中转站。章桐可不想打的过去，上班高峰期的出租车，没有半小时是根本等不到的。

一旦出警，一分钟的时间都耗费不起。她匆匆刷卡走过闸机口，同时打通了警局法医处24小时值班工作人员的电话，吩咐他们马上把车开往市体育中心案发现场。这样一来，自己就不用再跑回单位去了。

李晓伟有点感冒了，秋天的感冒是让人最难以忍受的。

"李医生，这是今天的病人预约单。"护士阿美递过来三张预约单，这样的工作量对于心理医生来说，有点超标。

"今天人怎么这么多？"李晓伟皱了皱眉，他注意到了阿美涂得鲜红的指甲。阿美是个身材标致的女孩，外表迷人，内心玲珑剔透，清水衙门待久了自然就学会了偷懒。

"可能是领导大发善心，终于注意到我们心理科缺奖金了吧。"阿美一边耸耸肩，摆出一副与己无关的样子。她没必要正面回答这个问题。在她面前接待桌上的是一本摊开的最新的《瑞丽》杂志，这或许才是她最在乎的东西。

李晓伟沮丧地点点头，转身推门进了门诊室，一扭屁股把门带上，然后跌坐在办公椅里。

门诊室里冷得刺骨，李晓伟重重地打了个喷嚏，他感觉自己倒霉透了。

只是稍微靠近一点，熟悉的福尔马林味道就扑面而来。不奇怪，这味道陪伴了章桐十多年。有那么一阵子，她的鼻子除了这个味道几乎辨别不出别的气味。有人说，这是一种真正的属于死亡的味道。章桐紧锁双眉，感到说不出的困惑。眼前的这具尸体分明又是被处理过的。

尸体被放置在游泳馆的 10 米跳水平台上，双手平放在胸口，现场没有血迹，尸体的表面呈现出一种极不正常的褐色，关节部位有些偏白，有明显的注射防腐剂的针头痕迹。如果不是来参加集训的游泳队队员走上 10 米高台的话，根本就不会有人发现这高高的跳台上面居然会有一具尸体。

匆忙赶来的童小川并没有看尸体，而是直接把目光投向了章桐。章桐没说话，只是微微点了点头。

"该死的！"童小川咬牙嘀咕了句。

身旁的专案内勤卢强不解地抬头看着他："童队，出什么事了？"

童小川把手挥了挥："去调监控，我们在这里瞎转悠只会白白浪费时间！"

他心里很清楚，和发现第一具尸体时一样，这监控根本就是个摆设，肯定什么都不会拍到。但是除了查监控，他又能做什么？

至于监控，体育馆监控室的答复是在大家意料之中的：我们的探头只对着游泳池，至于 10 米高台那一片，因为今年没有赛事，如今人工费用又这么高，那一处也用不到，就没有对已经坏掉的监控探头进行及时修理。

"那至少这几天游泳馆整体的探头监控资料你们有吧？实在不行我们就大海捞针呗。"童小川不甘心地嘀咕。监控室的保安伸手指了指一边的监控台，嘴一撇："你们自己调，爱看多久看多久，我反正无所谓。别怪我没提醒你们，像素很差的。"童小川头也不回地顺手一拍卢强的肩膀："你，给我买两个包子来，我早上到现在什么东西都还没吃呢。"卢强忙不迭地跑了出去。

"我就不信了，这次还会一无所获！"童小川嘴里嘟嘟囔囔，一屁股在监控台前坐了下来。

通往跳台的铁质梯子因为时间久了，锈迹斑斑，人一踩上去就会发出吱吱嘎嘎的声响。为了尽可能近距离地观察尸体，章桐几乎整个人都趴在了楼梯台阶上。

注意到了尸体身下有异物，她便努力向前探出身体，戴着乳胶手套的手伸进了尸体的身下摸索着。

"章法医，你小心啊！"由于平台过于狭小，基本只能容纳一个人通过，小潘就只能扛着照相机站在章桐身后的楼梯上。

10米平台80%的地方都是可以晃动的，如此设计就是便于跳水运动员的起跳和动作借力。章桐一点儿都不喜欢这种环境，她甚至都不敢朝下面的泳池看去。讨厌的恐高，并且程度有愈演愈烈的趋势，她不得不尽量把自己的注意力都集中在面前的尸体上。

隔着一层手套，章桐感觉到除了尸体以外还有一个冰冷而又坚硬的东西，她的心不由得一动，同时顺势用力把它拽了出来。是一把熟悉的解剖刀，表面明显经过精心擦拭，丝毫没有因为在尸体身下而失去光泽。看着手中的刀，章桐一脸惊讶，她还是头一次在案发现场看见这么特殊的东西。

这是一把专业的法医用的解剖刀。和一般的医用手术刀不同，略长，也更为锋利，在解剖刀的一边还专门设计了一个开口，便于对付不同程度的尸体，如果不是法医，根本看不出这些细小的差别。

因为过于意外，手中的解剖刀差点穿过铁梯的缝隙滑落到地面上。

"章法医，你没事吧？"小潘关切地问道。

"没事，我很好。"章桐随口答道，同时赶紧把解剖刀塞进证据袋装好交给小潘，"来，搭把手，我们把他搬下去。"

要想在10米跳水平台上完成尸表的检验，章桐可不敢去冒自己连同尸体一起跌入游泳池的风险。更何况自从上次差点被彭佳飞淹死在大海里后，章桐到现在都无法彻底摆脱溺水的心理阴影。

接下来发生的一幕有点戏剧性：身材瘦小的两个法医不得不撅着屁股，用特制的蓝色绷带担架抬着，把尸体给一层层挪下铁质简易台阶。终于到达地面的那一刻，章桐的双腿发软，差点一屁股坐在地板上。能把尸体弄到 10 米跳水平台上去的人，绝对不简单！章桐懊恼地抬头看了一眼高高的跳水平台，冲痕迹检验科的同事点点头："你们可以上了。"

这是规矩，命案现场，法医先行。

推着简易轮床走出游泳馆的时候，雨下得更大了，豆大的雨珠夹带着尘土溅起很高。章桐不得不给担架上的裹尸袋盖上了厚厚的防雨布，为了保险起见，她还拿来专门装证据用的牛皮纸袋子把死者的十指全都牢牢地套了起来。而自己和小潘，则被淋了个透湿。在某些特定的环境中，死人比活人更重要。

雨势丝毫没有减弱的趋势，这一点都不像是秋天的雨。

秋天的雨裹挟着寒风用力地拍打着心理门诊室的窗户。今天的天气真的很糟糕，李晓伟感到自己的头越来越疼，浑身酸疼无力，可以确定自己发烧了。他强打着精神头，面带微笑地盯着自己的病人，摆出一副很敬业的样子，其实他的心里一直在纠结着一个问题：真的还是假的？

通俗点说，来心理科看病的病人所要做的事就是不停地讲故事，而医生则是通过这些故事来辨别和发现病人真正的病情发展情况从而对症治疗。但是眼前的这个故事，李晓伟发觉自己竟然听得入迷了！

潘威，智商很高情商却堪忧，不发病时侃侃而谈，逻辑性超强，据说大学本科读的是电子工程专业，目前供职于某知名游戏公司做项目客服主管，兼职做游戏代练赚钱。一个普通人，一份普通的职业，收入却不菲，还是个话痨，除了因为常年不见阳光而显得皮肤过于苍白以外，不深交就几乎挑不出什么毛病。

而这个"深交"则局限于经过专业训练的心理医生。李晓伟对自己所有病人的情况都熟稔于心。如果论病情发展程度，潘威平时看上去几乎可以算是一个正常人。

除了在他面前提到牙齿的时候。只要听到"牙齿"这个词，另一个让李晓伟感到头痛的潘威就会出现，开始唠唠叨叨、语无伦次、完全情绪化。所以说，牙齿是潘威记忆中的关键所在。但是李晓伟一直找不到原因，所以在面对这个病人的时候就很有挫败感。

这已经是这周以来第二次见到潘威。虽然惯例是一人一周一次门诊，但是如果病人提出多预约一次亦可，只要是在自己的工作时间之内。因为病人一旦依赖和信任自己的心理医生，对于病情的恢复也会有很大的帮助。

更何况李晓伟平时在门诊总是闲得无聊，来个病人聊天打发时间也是很不错的选择。

潘威有一个别人看不见的朋友。李晓伟用了很长一段时间耐心听潘威诉说并且得到他的认可和信任后，对方才算勉为其难地正式把自己的这个特殊朋友介绍给李晓伟认识。

这个朋友的名字很特别，叫"礼包"。为此，李晓伟还特地反复确认了一下这是人名而不是外号，回答当然是肯定的。想要认识礼包，前提条件是必须成为潘威的朋友，在取得足够信任的前提之下，他才会放心地出现。李晓伟知道，这是潘威用来保护礼包安全的唯一方式。

"李医生，你见过牙仙吗？"潘威的目光中充满了狡黠。

牙齿？牙仙？李晓伟听过这个神话故事，他心一沉，脸上却不动声色。印象中这是潘威第一次主动提到和牙齿有关的东西。见李晓伟并没有否认，并且显得很感兴趣，潘威这才得意地继续往下说，双手依旧规规矩矩地放在两个并拢的膝盖上，表情专注而又略带小小的得意。"有求必应的那种，很灵验的哦！"

"是吗？和我说说看。我猜肯定是礼包告诉你的，对吗？"李晓伟双手十指交叉，靠在办公椅上，浑身放松，摆出一副微笑和认真聆听的样子。

"那是当然，礼包对我可好了。"说着，他把脸转向另一边空荡荡的沙发，"对吧，包包？"屋里无声无息，只有窗玻璃上不断地发出雨水拍打的声音。或许是自己发烧了的缘故，李晓伟浑身发冷。

"好的，好的……你放心吧，李医生一定能帮我们的！"似乎得到了礼包的肯定后，潘威这才转过头来，满意地笑了，"这件事非常重要，我想过了，李医生，你是我朋友，所以礼包拜托我一定要让你知道！"

李晓伟拼命克制住自己想要把目光朝那个方向投去看沙发上是否真的坐着个人的冲动，潘威却表情坦然。"你说吧，潘先生。我一定会帮你和你的朋友——礼包。"每次说这个名字的时候，李晓伟总是感觉很不舒服。

潘威点点头，他的声音突然低沉了下来，目光也变得有些冷，与方才的样子判若两人："第一个遇到牙仙的是个男孩子，叫阿瑞，住在石子街，他的爸爸常年酗酒，除此之外唯一的爱好就是揍阿瑞和他妈妈。这个，老街上的街坊们都知道，但是谁都管不了，因为阿瑞的爸爸早年因为抢劫坐过牢，是出了名的心狠手辣的古惑仔。后来，也不知道哪一天晚上，阿瑞妈妈就失踪了，人间蒸发了一般，阿瑞的噩梦也就此真正开始了……"

除非是太入戏，否则的话，在潘威的目光中，李晓伟不会只看见冰冷。

"阿瑞天天挨打，直到实在受不了了，他就想到了死。几天后，正好是中元节，那天晚上的月亮又大又圆，他便偷偷地跑到街上。据说，阿瑞就在那个时候遇到了牙仙。"

李晓伟忍不住问道："阿瑞说什么了？"

"让他爸爸下油锅！"

"不可能！"李晓伟脱口而出。

潘威耸耸肩："但是后来他爸爸真的下油锅了！"

"你说什么？"李晓伟吃惊地看着他。

"牙仙把他爸爸给活活油炸了啊！"潘威双手一摊，表情显得很平静，也很无辜。

李晓伟完全入戏了，他一口茶水还没来得及咽下去就全都给喷了出来，呛得眼泪鼻涕糊了一脸："没这么恐怖吧？潘先生，你是不是昨天晚上看恐怖片了？少看点那些乱七八糟的东西，对你的病情恢复没好处。"

听了这话后，潘威脸上的笑容消失了，他一脸的严肃："李医生，我没有病，我现在很好，告诉你，真的有牙仙，礼包从来都不会骗我。"

"李医生，你一定要相信我！"潘威神情异样，专注地看着李晓伟，"并且牙仙还会出现！只要他愿意，他随时都会出现，他会为你做任何事，而他的报酬就是人类的牙齿。"

"是吗？看来确实很神奇！"李晓伟努力在自己的脸上挤出了一丝笑容，"既然是个秘密，那你为什么还要告诉我呢？"

潘威转头和隐形的礼包低语了几句后，说："因为我想见见牙仙！"

"这个嘛，我想我可帮不了你！"李晓伟偷偷松了口气，"因为我根本就不认识这个神通广大的牙仙。"

"不，你认识！"潘威突然上前一步，凑近了李晓伟的脸，口气也变得斩钉截铁，"你还和他很亲近。"

李晓伟哭笑不得："别开玩笑，潘先生，我要是真认识这么个大神仙的话，我还用得着在这里上班赚那么点小钱过日子？"

"可是礼包就是这么说的。他说你认识……对吧，礼包？"潘威一脸的委屈。李晓伟刚想反驳，可是转念一琢磨，就迅速打消了这个念头，因为和妄想症病人交谈最忌讳的就是试图去反驳他的一切想法。

"是我的错是我的错，潘先生，接下来到底发生了什么，如果你的朋友礼包先生告诉了你的话，你能转述给我吗？我很感兴趣的。"李晓伟用力划掉了笔记本上自己写的一条要点，然后强打精神，脸上保持着笑容，打算换个方式和潘威继续交谈下去。

潘威点点头："阿瑞家对面有人办丧事，准备了好几口大锅，灶台搭建好了没多久，听说锅里倒满了油，准备第二天一早炸鱼用。阿瑞爸爸个子不是很高，他的尸体就是在油锅里被人发现的。至于是谁点燃了灶台下的火，没人知道，而后来法医说了，阿瑞爸爸在下油锅之前肯定还是活着的。"说到这儿，潘威的目光中充满了兴奋，"说话算话，牙仙真的是很厉害。"

"那也有可能是阿瑞爸爸喝醉酒无意中路过油锅失足跌落致死的呢？"李晓伟的声音小得似乎只有他自己才能够听到。潘威摇摇头："阿瑞知道这个消息后，立刻就问警察，他爸爸的牙齿还在不在。你猜，警察怎么说？"

"为什么要问牙齿？"李晓伟鼻子一痒，重重地打了个喷嚏。

"牙仙帮你做事的代价交换就是牙齿。这个道理难道你还不明白吗，李医生？"潘威神秘兮兮地笑了。

李晓伟陷入了沉默，后脊背有些发凉。

接下来的一幕更让李晓伟感觉哭笑不得。潘威伸出左手从随身带着的纸袋子里拿出了一盒柠檬蛋糕，很大方地双手捧着放到他面前："李医生，知道你喜欢吃元祖家的蛋糕，这次特地带来给你吃的。"

看着艳丽诱人的蛋糕，李晓伟的胃里却一阵翻江倒海，虽然是医生，但是听了刚才油炸活人的故事，他哪里还有胃口吃得下去。

"谢谢你的好意，我不吃甜食，你自己吃吧。"这一刻，李晓伟相信自己脸上的笑容比哭还难看。潘威却显得并不很在意，一副悠然自得的样子，左手拿着小勺子很有耐心地一勺一勺挖着吃，嘴里还哼着不知名的小曲儿。

是不是智商高的人是左撇子的可能性也非常大？李晓伟强迫自己把注意力集中到别的点上去，竭力不去想象活人一旦掉进滚烫的油锅里的样子，尽管那只是出自一个妄想症病人的无穷遐想。

这四十分钟太过难熬，好不容易时间到了，送走了潘威，同时在潘威的执意要求下跟礼包也道了别后，李晓伟这才长长地出了口气，活动了一下颈部关节，刚想通知下一个病人，细琢磨，手却停在了半空中。潘威的话又一次在他耳边响起——牙仙大人……愿望……牙齿都没了……

医生相信病人的话？李晓伟不由得哑然失笑，这怎么可能。他的手随之放在了叫号机上，用力摁了下去。李晓伟用窗台上的抹布擦了擦办公桌，门外很快就传来了下一个病人的脚步声。

五分钟过去了，看着新来的病人的脸，他却懊恼地发觉自己根本就静不下心来。下班的时候，李晓伟想和章桐聊聊这事。

傍晚，南长步行街，猫山王榴梿甜品店。

雨断断续续下了一整天，天空灰蒙蒙的，雨水顺着黑色屋顶瓦片滴答而下，在甜品店的周围形成了一道特殊的雨帘。步行街的路面是由青砖铺就而成的，昏暗的路灯光映衬着不同颜色的伞面，来往的行人走在青砖石上，鞋面敲击发出了好听的节奏声。

李晓伟心不在焉，在甜品店里足足等了半个多小时，才终于见到了一个熟悉的身影。生怕章桐看不到自己，他赶忙站起身挥了挥手，并提高了嗓门："章法医，我在这儿！"章桐穿的还是早上出门时的那件黑色风衣，路上有点冷，她就把风衣领子竖了起来。

章桐扫了一眼李晓伟面前的蛋糕碟子，里面除了碎屑以外已经所剩无几，她颇感意外地问道："你喜欢甜品？"李晓伟点点头，有些尴尬。他今天骗了潘威，因为吃甜品也是要看心情的。

"你不介意我约你在这里见面吧？我知道有些人是不喜欢榴梿这股特殊的味道的。"李晓伟说，"但是严格意义上来说，榴梿被称为水果之王，富含很多维生素和氨基酸，很有营养。"

118

章桐摇摇头："干我这行的，无论哪种味道都很适应。对了，找我什么事？"

李晓伟有些尴尬："我是有私事拜托你帮忙。"

他赶紧把下午自己从潘威那里听到的事跟章桐详细地说了一遍，最后，认真地说："在你来之前，我想过很多种方式给你讲这件事，但是最终我都放弃了，我之所以选择和你开诚布公，也不怕你笑话，我其实真的很在乎这件事。"

"那你到底在担心什么？"章桐不由得哑然失笑，"李医生，难道说你认为你的病人说的是真人真事？妄想症病人的话你居然也相信？"

李晓伟一脸的无奈："我就知道你不会相信我，我只是请求你帮我去查一下旧案资料，看看是否真的有这么一件事，打消我的顾虑，至少……至少不让我做噩梦，好吗？"李晓伟知道自己的理由根本就站不住脚，心里却又不愿意放弃，便一脸恳求地看着章桐。

"时间跨度太大，我恐怕帮不了你。"

"别急着下结论啊，在你来之前，我可是做足了功课的！"李晓伟有些着急地翻开自己随身带着的平板电脑，点了几下屏幕后，抬头认真地说道，"应该是1970年前后发生的事，而发生地点就在本市。"

"你这么肯定的话，为什么要来问我？自己解决不就得了。"章桐无奈地看着李晓伟。

李晓伟却继续信心满满地说道："我当然不相信所谓的牙仙的存在。但是难道你不觉得奇怪吗？太巧合了，如果这件事是真实存在过的话，那么这就完全符合一起命案的各种要素。虽然说孩子还小，也就10多岁，但是这个年龄的孩子见到并说出的未必就不是真实的。而且我查过，石子街这个地名是在1987年的时候才改成现在的花园里的，以前就是一条老街。"

"那你要我做什么？"

"作为一个非系统内人员，我查不到相关的案件资料，所以，我想请你帮我去你们警局的档案室查查看。帮帮忙。"李晓伟的口气中带着些许哀求，这让章桐感到有些意外。她认真地看着李晓伟，半晌，叹了口气："好吧，我试试。"

李晓伟心里的石头终于落下了，他向后靠在沙发上，双手十指交叉，脸上露出了笑容。

这一晚，李晓伟睡得很不踏实，他又一次回到了那个奇怪的梦里。

梦里，父亲高大的背影在蓝色的月光下显得格外诡异。父亲在哭，哭得双肩颤抖，不可自抑。父亲像极了一头受伤的狮子，在舔舐自己伤口的同时，哀号这个世界的凄凉与冷酷。突然，父亲听到了李晓伟的脚步声，他回过头，张开嘴好像要跟他说些什么，就在那一刻，月光照射在父亲脸部的侧面，李晓伟惊恐地发现——父亲的牙齿，一颗不剩……

他尖叫一声，从地铺上爬起，大口喘着粗气，浑身早就已经被冷汗湿透——为什么潘威口口声声说我认识牙仙？

窗外隔着一道围墙的街上静悄悄的，昏黄的路灯下，一辆飞行牌自行车悄无声息地停靠在那里已经有很长时间了，骑车人目不转睛地盯着李晓伟家的窗户，许久，他咧嘴一笑，露出了惨白的牙齿："你是我的！"

第三章　陈年旧案

　　秋天的早晨，对于患有严重过敏性鼻炎的章桐来说，简直就是一场噩梦。伸手推开单位大门的同时，章桐又重重地打了一个喷嚏，脑袋顺势撞在了玻璃门上。身边走过的同事投来了同情的目光。

　　一抬头，章桐看到了档案室的头儿田波正迎面向自己走来，心里一动，便加快脚步迎了过去。她并没有把全部情况都告诉自己的同事，只是说想查个以前的案子，年代比较久远，见章桐亲自开口，田波二话不说立刻点头同意。

　　"大约 47 年前的，1968 年，本市崇安区石子街上发生的案子，可能被列为意外处理了。相关的尸检资料你这边还能找得到吗？"走进办公室的同时，章桐继续试探性地问道，"我担心时间太久，你们已经处理掉了。"

　　"处理？"田波是个典型的话痨，听了这话，他不免有些小小的得意，"章法医，你未免也太小瞧我们了吧。别看这些都是陈年旧案，但是留着总会派上大用场的，伟大的福尔摩斯先生不就说过这么一句话，'每一个案子都只不过是历史上旧案的翻版罢了，一个好的侦探必须能够熟悉世界上所有的案例'。"

"好吧，我收回刚才所说的话。田波，你能帮我吗？"章桐彻底认输。田波点点头："肯定的啊，章法医亲自开口，还不是小菜一碟，再说了，我正愁没机会用一用我们的新程序呢！"

"新程序？"

田波伸手打开电脑主开关："没错，上周刚开发出来，找了一个业内很厉害的合作公司。如果你早来三天的话，要想找 47 年前后的案件卷宗，恐怕你得翻遍整整一个屋子的档案盒子，现在呢，"他微微一笑，眉宇间颇为得意，"最多十分钟，就能解决问题。"

"现在做这种也能请外包吗？"章桐有些迷糊。

田波听了这话，耸耸肩表示很遗憾："术业有专攻，局里没有这方面的研发经费，所以呢，虽然我们不是大神，不过我们也正在向大神这个级别努力。"

半小时后，章桐拿着一份薄薄的打印资料千恩万谢地离开了档案室。直到她走回办公室，还能清晰地感受到刚被打印的A4纸上的温热。她刚推开办公室的门，小潘就从自己的办公桌后面探出了头："章姐，你来得正好，童队找你，请你马上过去。"

"游泳馆的案子？尸检报告不是已经送过去了吗？"章桐皱眉。

"应该是开会吧，看情形，好像发现了什么新情况，想和你谈谈。"小潘继续蹲下专心致志地修他的电脑插座。

章桐把包随手往椅子背后一挂，想了想，转身走出办公室，边走边大声提醒："我劝你赶紧把你的插座换个有保护盖的，不然没多久又得被耗子当晚餐吃了！"

话音未落，身后立刻传来了噼里啪啦办公桌上物品滚落的声音，伴随着小潘恼怒的咒骂，章桐的嘴角露出了微笑。

想要在短时间内让非专业的人彻底弄懂专业理论中深奥的环节，是一件非常让人头痛的事情。但是章桐再怎么不乐意，也只能把这种不满的感觉放在心里。她双手抱着胳膊，面无表情地看着童小川，说着那些早就已经深入骨髓却又异常死板的理论。

血液坠积，或者叫尸斑，能够说明很多问题。但即便是法医，如果工作经验不足的话，过于匆忙时也会做出误判，会把尸斑和瘀伤混为一谈，但这是极少发生的事。

尸斑是人死亡后身体的一种正常反应，人死后血液停止循环，心血管内血液因短时间重力作用而回流入遍布全身的分支小血管内，导致体表肤色发生变化。如果尸体在肌体死亡过程中始终处在一个坚硬的表面，并且是平躺的姿势，那接近表面的部位会呈现出暗红色，而相对靠上的部位则是死灰色或者青灰色。鉴于此，上吊自杀的人，尸斑就会聚集在死者的双足部位。尸体不会撒谎，但并不是所有人都明白这个道理。

而瘀伤的造成就不同了，表皮虽然也不会有擦伤，但是皮下组织因为外力撞击，身体软组织内毛细血管发生破裂，所以会导致软组织挫伤和片状皮下出血。

两者是完全不同的概念，最简单的区别方法就是指压瘀伤不会褪色，尸斑却会。但是眼前的这位刑警队长似乎就是搞不明白。

章桐想发火了。

"章法医，你真的确定死者一直都是保持这种平躺的姿势吗？"童小川问。

章桐皱眉，对于质疑自己专业水准的问题，她一向都没有任何好感："我只能说没有继发性尸斑表明在尸斑的形成过程中尸体被以别的姿势移动过。

我检查出的结果证实死者就是以那种姿势死去的，并且在足够长的时间里一直保持着那种平躺的姿势。"

童小川看了看身边站着的卢强。

"童队，你把我叫来除了做相应的名词解释外，就只是为了这个问题吗？"章桐问。

童小川却并没有直接回答："章法医，你印象中有没有见过这两个死者？"

章桐一愣，脱口而出："当然没有，你为什么这么问？"

"人死后和生前的样子是有很大的区别的，章法医，麻烦你再想想，有没有见过这两个死者？"童小川似乎很不甘心，他又拿出了那两张章桐非常熟悉的死者脸部特写，"别急，我想会不会因为你工作太忙，所以一时想不起来，这也是有可能的。"

虽然照片中两位死者的脸已经扭曲了，但是仍然能够辨别出死者生前的大致长相，可是章桐脑子里依旧是一片空白。"我不认识。"她摇摇头。

童小川见状，微微一笑："没事了，章法医，抱歉耽误你时间了。"

章桐走后，助手卢强忍不住合上笔记本，抬头对童小川说道："头儿，我想这事儿应该是巧合，你不能钻死胡同。"

童小川双眉紧锁："我也不想这么做的，但是这是合理性的怀疑。你看，第一个死者，李江，38岁，金融从业者，死因不明，但是死前被解剖，尸体经过了专业的处理；第二个死者郑豪民，29岁，保险顾问，死因不明，同样死前被解剖，尸体也经过了专业的处理。两个案发现场看似平常，却都经过了精心设计。"

"理由呢？"

童小川回答："很简单啊，就在你眼皮子底下，而不是特殊情况的话，还根本就发现不了。小旅馆的那一起，尸体在床底下，如果不是水管问题，整个楼层都被水泡了，你能发现尸体吗？游泳馆里，10米跳台，如果不是专业的人，你会没事干上去玩跳水？我看你最多就是在下面扎个猛子过把瘾了事。那么，你告诉我，你从这些看出了什么？"

"还有就是两个现场的监控录像，发现什么了没？"

卢强茫然地摇摇头："什么都没有。"

"那就对了。也就是说，布置这两个案发现场的人完全了解我们警方办案的程序，再加上对地形非常熟悉，所以，他才会这么神不知鬼不觉地放下尸体一走了事。"

"童队，你还没说到点子上，我怎么感觉你好像是在故意针对章法医？"卢强皱眉，"如果真是她做的案子的话，章法医她身材那么瘦小，还是个女人，你确定她能搬得动那两具死尸吗？"

童小川打开抽屉，拿出了两张死者生前的相片放在了卢强面前。这是两张卷宗相片，卢强非常熟悉这种相片的特殊规格：3.7英寸白色背景，而作为一名专案内勤，案件卷宗处理工作是入门的必备课程。

"他们两人都有案底？"卢强脱口而出。

童小川点点头："虽然都是命案，但是案件最终因为证据不足而被撤销了。至今，那两起都还属于未破的悬案，而经手法医，你看看是谁的名字？"

"童队，不会吧？我们都认识那么长时间了，章法医工作兢兢业业，她绝对不会是那种义务警察，肯定是哪里搞错了。"话虽然这么说，卢强的声音中却开始有了一些犹豫。

"我当然也不希望是这样。"童小川收起了那两张相片，重新把它们放回了抽屉。

"不过，这叫合理性怀疑，也是我们的职责之一。总之，等痕迹鉴定那边的指纹比对出来再说吧。那把解剖刀上的指纹还在鉴定。"童小川的目光变得意味深长，"今天我跟你说的事，先不要告诉别人，尤其是技侦大队那边的人。"

卢强茫然地点点头。

警察也是人，也会犯错，这个道理谁都明白。但是他总觉得哪里有点不对劲，看着顶头上司面沉似水的脸，他陷入了莫名的苦恼之中。

李晓伟又走神了。

"李医生，你的手机响了！"护士阿美的声音在耳边猛地响起，思绪被打断了，他暗暗咒骂了句，伸手去摸手机。

"你好。"

"李医生，我是章桐，你托我做的事情，我已经做完了，扫描件已经发到你的邮箱里，有空你查收下吧。"电话那头章桐的声音听起来总是透着一丝疲倦。

"哦哦，是吗？多谢章医生！"

挂断电话后，李晓伟一回头，就看见了满脸惊讶的阿美。

"章医生？叫得好甜。我怎么就从没听说过咱们院里有这么一个章医生呢？"阿美夸张地伸手捂着胸口，八卦的本能又一次被成功地激发了出来。李晓伟皱了皱眉，转身就走："你就别费心瞎猜了，她不是我们院的，也不给活人看病！"

把护士阿美赶跑后，李晓伟便顺手带上门。看着手机屏幕，他深深地吸了口气，然后迫不及待地打开邮箱，点开邮件，随着手机页面的滑动，他脸上的表情慢慢地变得愕然。

他从不相信这个世界上有鬼存在，青天白日的，他对这种灵异的东西向来都嗤之以鼻，可是等看完这封邮件后，他再也不敢那么肯定。这个案子在当时的影响并不大，再说时间都过去这么久了，案子发生的时候，潘威还没有出生，连李晓伟自己都不知道的事，潘威又何从知晓？难道说礼包真的是一个什么都知道的鬼魂？想到这儿，李晓伟不由得浑身一哆嗦，鼻子一痒，狠狠地打了个喷嚏。

他伸手按下了自己手机的快拨键，那里存着章桐的手机号码。"我现在正好有空，你说吧。"章桐对李晓伟的突然来电一点都不感到意外，她的声音中带着一丝慵懒。

"章法医，就是那封邮件，我有个很奇怪的想法，你帮我查查登记在案的所有的缺失牙齿的案件包括意外死亡事件，看看是不是有别的相类似的事件发生过？"

电话那头一阵沉默，声音再次响起时，带着微微的警觉："时间范围呢？"

李晓伟感到自己的心跳速度正在逐渐加快："就是从这个案子开始到现在。拜托了，章法医。"

"十分钟后等我电话。"挂上电话的那一刻，李晓伟感到从未有过的兴奋，他走到办公室门口，探头冲着护士站大吼了一句："半小时之内不看病人，我有事。"护士阿美一脸惊讶。李晓伟得意地重重关上办公室大门。

章桐盯着手机呆呆地看了几秒钟，她不得不承认这起看似子虚乌有的案件正在一步步地引起自己浓厚的兴趣。

第一起事件发生在1968年，这真得好好感谢局里完善的新建档案系统，那些不知道积累了多少年灰尘的发黄的卷宗甚至可以被一直追溯到中华人民共和国成立初期，而档案室新开发的那套软件系统自动把所有卷宗可查的案件都分门别类地变成了电子文本。

少年阿瑞确有其人，本名叫赵家瑞，崇安老城区人，户口簿上登记的住址就是李晓伟提到过的石子街。案件发生的时候，他只有14岁，母亲在他10岁的时候失踪，周围人流传说他的母亲是跟自己相好的跑了，所以，阿瑞的父亲才会把所有的怨恨都发泄在自己儿子的身上，动不动就拳打脚踢，拿儿子出气。

在那个年代，时兴棍棒底下出孝子的特殊教育方式，所以，阿瑞的遭遇在别人眼中充其量也只不过是自己的父亲管教孩子罢了，没有什么人会真的出面去阻止阿瑞父亲的暴行。

其实这个案子真正意义上并不算得上是一起刑事案件，因为它最终被定性为醉酒失足导致死亡的意外事件，所以就更提不上"凶手"两个字。但是谁都无法解释清楚为何死者的一口牙齿不见了踪影。章桐很清楚一个人身上最坚固的部位就是牙齿。所以，案子虽然没有被作为谋杀案处理，但是被当时某位有心的警员给记录了下来，事后把所有的证物都打包送进了档案室。

安平本就是个小城，意外死亡的人并不多，所以这样的档案一直保存完好。

可惜的是这个疑问一直都没有人在意，人都死了，更何况这个人活着的时候也不怎么招人待见，再加上当时的侦破手段非常落后，所以，案子就渐渐地沉寂了。

出于职业的本能，章桐觉得这个案子并不简单。因为多年的法医工作经验告诉自己，要想从一具还没有骸骨化的尸体身上把牙齿完整地敲落下来，光靠一锅烧热的炒菜油是完全不可能的，更别说尸体的其余部位都是完整无缺的，唯独牙齿不见了踪影。

但是她绝对不会相信鬼神。

十多分钟后，坐立不安的李晓伟终于接到了章桐的电话，他感到有些失望，但是细想想这也是情理之中的事：在有据可查的卷宗里，有关牙齿全部丢失的刑事案件，包括意外在内，仅有阿瑞父亲这一起所谓的意外死亡事件。成年后的阿瑞被捕，于1985年被判处死刑，在圣诞节前夜被枪决，而

1985年过后，就再也没有听说过类似的事件发生。

"阿瑞死了？太可惜了。"听完章桐的简单讲述后，李晓伟感到吃惊不已。

"故意杀人。"这在当时的年代里，属于严打对象，死刑判决下来后，一般不会超过三个月，也绝对不会有所谓的奇迹发生。

"真遗憾。"李晓伟忍不住叹了口气。

"在他手里也有12条人命，他是杀人凶手。"章桐冷冷地说道，"我不看动机，只看结果，他杀了人就必须承担法律责任。"

"是我不对，对不起，我说错了。"李晓伟意识到了自己言语中的用词不妥，赶紧道歉。很快，他话锋一转，又继续追问道，"章法医，那这个阿瑞案件中的死者尸体上有没有出现过牙齿缺失情况？"

"尸检报告上没有详细的记录标明，只有大致死因和手绘的解剖图。我想应该是没有吧。"章桐老老实实地回复，"如果有异样的话，按照标准的工作程序，我们是需要注明的。"

"那这12个人的死因呢？"李晓伟的好奇心被彻底激发了出来。

"档案上的记录是失血性休克导致的多脏器功能衰竭，身上的伤口都是刻意用锋利锐器造成的，并且绕开了要害部位。"

"赵家瑞为什么要这么做？他的作案动机是什么？一个正常人是完全不可能突然变成这么一个疯狂的连环杀人恶魔的。这在理论上是解释不通的。"李晓伟嘀咕。

"动机？"章桐一怔，因为卷宗上只是说他报复社会，简单来说就是变态心理，并没有直接的定论，那时候又是严打时期（从重从快处理刑事案件），严重的警力不足更是让很多工作雪上加霜。

"没有，只是说他报复社会。"

"不可能，赵家瑞小时候经受家暴，长大后生活稳定了，又有了家庭，怎么可能一下子就变成了可怕的连环杀人凶手？肯定发生了什么才彻底改变了他！这分明就是你们警方的工作没做到位，你们工作肯定有失误！"李晓伟说着说着，无形中情绪就变得激烈了起来。

"探讨了这些又有什么用，人就是他杀的，各种证据也直接指向了他，他自己也承认了，不按照法律严惩杀人凶手的话，难到要放了他？"李晓伟毫无来由的一番抱怨终于让章桐感到有些忍无可忍，只是不好发火，便把话题引向了另外一个方向，"李医生，你的消息来源真的是一个不存在的病人朋友？"

"没错，据说叫礼包，每次都会陪着我的病人来门诊，但是每次我都看不到它。"脑海里出现了潘威那自以为是的滑稽动作，李晓伟不由得一脸苦笑。

"可不可能是他自己从另外的途径知道的这些案子，为了吸引别人的注意力而编造出来的所谓的奇特经历？"章桐追问道，"你对你病人的来历了解吗？"

"我的病人是典型的妄想症患者，病史也有好多年了。"李晓伟想了想，说道，"别忘了我是一个专业的心理医生，对方是不是在演戏，凭借我的专业知识，还是看得出来的。

"对了，你下班后有时间吗？我请你喝咖啡。"

章桐皱眉，她看了一眼面前厚厚的等待查阅的尸检报告，突然感到眼角疼得厉害："我今晚得加班。"

章桐并没告诉李晓伟自己手头的这两起案子，死者牙齿也不翼而飞了，一样的或者说类似的手法，而且更让人头痛的是死因——失血性休克并发DIC（弥散性血管内凝血）导致最终的多脏器功能衰竭，死前曾被解剖，伤口没有组织自我修复的痕迹，不排除活体解剖所导致的死亡，但是因为经过消毒防腐处理……

130

最主要的是，那起档案上记录的死者牙齿丢失事件是在 1968 年，并且被证实为意外所致，而眼前这两起死亡案件却摆明了是他杀！

脑子里一片混乱，挂断电话后，章桐心情烦躁不安了起来。

"章法医，我差点忘了跟你说了，那个郑家豪，就是小旅馆里发现的死尸，我查过他的医疗档案，确定没有做过兜齿手术。"小潘抱着一堆培养皿在门口探出了头。

"我知道了。"这就排除了正常外因情况下的牙齿脱落。章桐回头看了一眼橱窗里发黄的人类头骨样本，此刻，那上面排列整齐的牙齿显得格外刺眼。

第四章　触电

人和动物本质上是一样的，只是多了一个用来掩饰自己内心私欲的外表面具罢了。而这个面具，大家都心知肚明却往往视而不见。

深秋的夜晚，和白天相比，完全是两个不同的季节。尤其是站在湖边，风声呼啸而过，似乎要把整个人都生生地包裹起来。

她哆嗦着抱紧了双肩，尽可能多地把自己塞进随身披着的那条并不厚实的紫罗兰色披肩里去。

她不明白自己为什么要答应在这么个荒僻的地方见面，放着城里大把的约会地点不去，偏偏跑到这个鬼地方来玩浪漫，现在看来，自己是昏了头了。

耳边除了呼呼的风声，什么都没有。她的肠子都悔青了，精心做的发型也早就被风吹得惨不忍睹，而刚买的小羊皮短靴现在也变得和街头十块钱一双的蹩脚冒牌货没有什么两样。

她现在最想做的事情就是赶紧回家，在那个舒适的按摩浴缸里放上满满的热水，然后闭上双眼，好好享受。

终于，在她的最后一丝耐心即将被磨损殆尽的前一秒钟，空荡荡的马路尽头出现了一点灯光，渐渐地，灯光出现了重叠，又分开，在不断交换的过程中，一辆黑色中型SUV出现在了她的面前。车门缓缓打开，虽然看不清司机的长相，但是那熟悉的车载香水的味道让她的脸上出现了笑容。

她莞尔一笑，便迫不及待地钻进副驾驶室，用力关上车门。

"赶紧走吧，趁我还没被冻死！"她嘟囔了句，便滑进了松软的汽车高档皮质坐垫里。车子应声而动，就像个无声无息的黑暗幽灵，抹去了她在湖边所留下的一切痕迹。良好的车辆性能让车子行驶起来听不到一点零件的响声，也让乘车人丝毫感觉不到自己是在移动的环境中，她昏昏欲睡。

"睡吧，别担心，到了我叫你。"声音温柔，宛如一只温暖的手轻轻地抚摸过她沉重的眼皮。

她笑了，在真皮座椅上换了个舒服的姿势，点点头安心地闭上了双眼，没多久就发出了轻微的呼吸声。

漆黑的车厢中回荡着那首《月光奏鸣曲》，这也是他车载音响中唯一的一首音乐。他对人的心理了如指掌，知道什么时候才是摘下面具的最合适契机。

不知道过了多久，他一边开车，一边扫了一眼自己手上的黑色小羊皮手套。右边的副驾驶座上，她睡得很熟。所以，她绝对不会注意到专心致志开车的他今天特地戴了一双上等的黑色小羊皮手套，这种手套柔软贴身，因为皮质精美、手感一流，戴着也很舒服且不影响任何动作，最主要的是经过特殊处理的表面不会留下任何残留物。

是啊，她太信任他了。和她说过很多遍不要轻易相信任何人，可单纯过了头的她什么都听不进去，所以，她自然也就什么都不会知道了。

车外，凛冽的秋风中终于有了一股冬天的味道。

"这是第三个了。"他在心中喃喃自语，一边把着方向盘，空下来的右手则习惯性地去抚摸左手臂上那纵横交错的伤疤，即便隔着衣服，那伤疤还有着记忆中的让人感到亢奋的疼痛，他的目光中燃烧着野兽般的光芒。

他仍然记得自己小时候最喜欢玩的游戏就是把头伸进家中的水缸里，满满一缸的水，逐渐漫过头顶，他随之感到窒息。说实话，最初那几分钟确实是有些难受的，就像有一双无形的手正紧紧地掐住他的喉咙一样，让他呼吸困难到几乎放弃，但是只要熬过这几分钟，他就能感到一种濒死的快感，浑身血液都在一瞬间沸腾，让他几乎癫狂。

后来，日子久了，他已经不能满足自己的这种尝试了，于是，家中的水缸里时不时地会冒出一只死狗或者死猫，看着养父那懊恼的神情，他开心极了。

直到有一天，水缸中漂浮着邻居家三个月大的女婴尸体，一向脾气温和的养父终于阴沉着脸，抢起斧子把水缸砸得粉碎。这件事因为发生在穷乡僻壤，死的又是个女婴，所以很快就被人为地平息了，只是从那以后，养父和哥哥看他的目光中多了几分恐惧。

但是那又如何呢？反正他没有朋友，也没有母亲，这个世界上疼他爱他的人应该都已经死绝了。

这种感觉终止于三年前的秋天，从那一刻开始，他看到了自己生活中的阳光！而对属于自己的东西，他可是绝对不会放弃的。想到这儿，瞥了一眼身旁椅子里沉睡的女孩，他微微一笑，差不多了，这是第三个，完美的一箭双雕！那句话是怎么说的来着？他皱眉想了想，随即点点头：对你最好的怀念，就是在你走后，把自己活成你的样子。夜凉如水，轻如薄纱的月光下，黑色的SUV无声无息地消失在安平市的街头。

李晓伟是个心里藏不住隔夜秘密的人，他决定亲自去找潘威问个清楚。

今天是李晓伟轮休，而距离潘威预约的下一次门诊时间还有足足一个星期。他等不及了，一改以往自己轮休必定睡到中午的习惯，一大早就起床，按照潘威在医院留下的联系地址，毫不犹豫地坐上了开往新区的地铁。

潘威留下的预约电话一直没有人接，李晓伟感到有点懊恼。

去新区有15站路，满打满算路上至少得花一个小时，为了能够早去早回，李晓伟所赶的地铁是第二趟车，早上7点05分，人不多，再加上不是黄金线路，所以车厢空荡荡的。

李晓伟打着哈欠走进了从车头方向开始数的第三节车厢，由于车厢和车厢之间的门都是关闭的，车厢里就显得格外空荡。李晓伟注意到除了自己以外，车厢里还坐着另外两个人。

靠近李晓伟的是一个身材矮小、戴着口罩、看不出确切年龄的女人，他判断这女人最多不超过40岁，因为女人的头发还是正常的黑色，衣着一般，普普通通，没什么讲究的地方。离她不远处坐着的是一个昏昏欲睡的年纪较轻的女人，说她年纪较轻，其实也只是从头发的颜色来看，因为护士阿美就染了这么一种棕色的头发，据她所说这是时下最流行的颜色，很洋气，可惜的是李晓伟对此一点感觉都没有。

只是那个略微年长的女人的身形有些熟悉，李晓伟总觉得自己应该在哪里见到过，一时半会儿却想不起来了，他不由得皱了皱眉。应该是自己还没睡醒的缘故吧，总是感觉这个女人的身形和章桐很像，想到这儿，李晓伟尴尬地嘿嘿一笑。

坐下后，李晓伟忍不住又看了一眼那靠车门边坐着的年轻女人，除了那条长长的丝质紫罗兰色披肩给人印象深刻外，年轻女人其实也没有给李晓伟留下太多的印象，甚至于连脸都没看清。她靠在最尽头的门边上，身体随着车厢晃动，似乎睡得很熟。搭乘地铁的时候睡觉是很普遍的事，更别提这么早的班次了。而她身边不远处的另一个女人则一直在摆弄着手机。

直到地铁到达新区站，披着紫罗兰色丝质披肩的年轻女人依旧一动不动，保持原来的姿势，一件黑色的大号风衣把她裹得严严实实，脚边放着一个小小的黑色公文包。看来昨晚加班真的很累了。

略微年长的女人则活动了一下腰部，把手机塞回包里，似乎准备下车了。

李晓伟站在门边，等地铁到站后，车门打开便跨出了地铁车厢上了站台。临走出车厢的那一刻，他下意识地又回头看了一眼，便忍不住微微皱了皱眉。车厢的门已经关上了，透过车窗玻璃，女人和李晓伟所站的位置越来越近。让他感到意外的是，那个略微年长的女人并没有真的下车，相反正伸出手把年轻女人不慎滑落的紫罗兰色丝质披肩朝上移了移，顺势还摸了摸她的脸，摆正了一下她有点歪的头颅，最后满意地点点头，嘴唇嗫动念叨着什么，一连串的动作就像恋人一样，缓慢轻柔。而那个裹着紫罗兰色丝质披肩的年轻女人自始至终都没动一下，头发盖在脸上，四肢无力，就像一个布娃娃……

不容他多想，重新启动的地铁车厢逐渐加速，呼啸而过。原来她们认识啊，难怪坐得那么近，现在人与人之间的关系，确实很难解释得清楚！

李晓伟尴尬地笑了笑，摇摇头，戴上耳机，听着音乐转身轻松地走上了扶梯。

潘威所在的公司在新区的龙门路上，这里遍布各种各样的公司。李晓伟在这迷宫般的小路上转悠了半个多小时才看到自己所要找的地方。接着又在保安室软磨硬泡到了上午9点半，出示了自己所有的证件后，才在旁人异样的目光中拿到了潘威的宿舍地址。

游戏公司员工宿舍就在公司后面的山脚旁，宿舍前是一条被银杏树覆盖的林荫小道，约100米长。此刻的林荫小道上已经铺满了金黄色的落叶。环境是不错的，李晓伟却隐约感到了一丝不安。

不远处，就在宿舍楼下，拉着警戒带，停着两辆闪着灯的警车、一辆法医现场勘查车。警戒带外围站着十多个看热闹的人。

不能白来啊，李晓伟心里打着鼓，便硬着头皮朝看守警戒带的警察走了过去："警官同志，我……我找人。"

制服警察打量了一下他："找谁？"

"住在这里面的，"李晓伟脑子一片空白，他伸手指了指楼道，探头向里面张望着，"他……他是我的病人。"

"你是谁？干什么的？"警察不由得警觉了起来。

"哦，我是医生，心理医生，市第一医院心理科的，我叫李晓伟，我还是警官学院的讲师。"李晓伟伸手从裤兜里摸出了自己的两本工作证，顺便摘下耳机。

警察一脸狐疑，目光在工作证上的相片和李晓伟的脸部之间来回移动。

"小王，他是我朋友，你让他进来吧。"章桐在二楼的楼梯口探出了头。被称作小王的警察无奈地点点头，伸手抬高了警戒带，下巴朝里面努了努，示意李晓伟赶紧钻过去。

"多谢多谢。"如释重负的李晓伟忙不迭地钻进楼道，在楼梯口遇见了章桐。

此时的章桐，没有任何修饰，裹在工作服里的身形显得更加消瘦单薄。头发高高地挽在头顶，用一次性手术帽罩着，垂下的几缕发丝被汗水打湿紧贴在面颊上。

章桐尴尬地伸手扯了扯自己工作服外面罩着的一次性手术服："你应该是来找住在202室的潘威的，对吗？"

李晓伟一愣："你怎么知道？"他注意到了章桐手套上的血。

"受害者的资料介绍中有你的名字。他死了。负责这个案子的童小川正打算和你谈谈，你跟他走吧。"说着，她便转身冲着身后房间里喊了一声，

"童队，你出来下，李医生来了。"

脚步声响起，很快，童小川便出现在了门口："你怎么来得这么快？"

"潘威没来门诊，我不放心就来看看。"李晓伟如实回答。

"你不是在当老师吗？"

李晓伟尴尬地笑了笑："兼职创收。"

"明白了。"童小川低声嘀咕了句，冲身边站着的卢强使了个眼色。卢强点点头，匆匆下楼向停靠着的车子走去。

童小川转身看着李晓伟："你没开车来吧？我们一起坐车回去，你顺路跟我去趟市局做个笔录。"李晓伟点头答应。

市局刑警队办公室内死气沉沉的，工作人员不是出外勤了，就是在档案室里忙得焦头烂额。临近年底，很多案子都要进行年终的复核，所以一旦有空闲时间，手头累积的工作完成后，大家就都钻到档案室里忙着整理自己曾经经手的案子去了。

童小川办公桌上的电话响个不停。如果没有人接电话，总机就会把它转到另一台分机上去。而出勤电话一般都会直接打到相关部门负责人的手机上，所以，那肯定是内线，童小川也就并不着急。

他接起了电话，是章桐打来的，通知他根据尸检确定潘威的死亡是命案。"你能确定？"童小川皱眉，现场的那一股夹杂着人体排泄物的怪味儿到现在还在他的鼻子里游荡。

"虽然死者已经面目全非，但是我在他的软腭和舌头表面上发现了电流通过的痕迹，他死于触电，方法是把通电的电线剥去保护软管后含到自己的嘴巴里。"章桐回答。

"他不是半个脑袋被炸没了吗？"

"确切点说是枕骨和右侧顶骨下方的一部分，面积是 3.3 厘米乘以 3.83

厘米，并不是很大，而剩下的足够检查得出这些结论了。"章桐回答道。

"造成的原因呢？"

"大量电流瞬间通过造成的，不过我还要等解剖工作完成后才能肯定这个结论。"

"怪不得现场的警员反馈回来说周围居民反映案发当晚曾经发生过一次变压器爆炸。那死者可不可能是自杀？"童小川皱眉瞥了一眼在对面询问室椅子上坐着的李晓伟。

"对了，李医生还在你身边吧？你帮我问下他的病人潘威是不是左撇子。"

童小川转头向李晓伟求证，后者很快肯定了章桐的判断。

"那就是他杀。因为他是右手拿着电线送进自己嘴巴里的，我在他的右手拇指和食指上发现了电流通过的痕迹，明显是由漏电造成的。"章桐略微停顿了下，紧接着低声说道，"还有就是他的牙齿都没有了，我检查过他的牙床，可以确定是生前被一个个用工具取走，作案人手法娴熟。在他的右面顶骨上方 3 厘米处，有一个很明显的凹陷痕迹，半圆形，类似球状物的撞击，虽然不是很严重，没有造成硬膜下血肿，但是我想所产生的力道已经足够让死者昏迷失去反抗力了……"

"够狠！"童小川皱眉，慢慢放下了话机。

"李医生，和我说说你的病人吧。"

"你是说潘威？"

卢强清了清嗓子："李医生，你不用太顾虑，我知道你们医生和病患之间有专门的法律保护，但是现在你的病人已经死了，并且有他杀的嫌疑，所以，请你尽量配合我们警方的工作，这也是为了你的个人安全考虑。"

李晓伟点点头："他是一个很特别的人。来我这里看病已经有大半年的时间了，刚来的时候是他同事陪着来的，说他无缘无故大闹工作场合，在与人出现言语冲突的同时还出现不必要的肢体冲突，同事们忍无可忍了就一起把他给架过来的。最初诊断是躁狂症……躁狂症属于躁狂抑郁症的一种发作形式，主要表现为情绪高涨、精力旺盛、言语增多、活动增多，这里的言语和活动就包括言语和肢体上的冲突了，严重时伴随有幻觉、妄想和紧张症状。而且躁狂症发作起来是周期性的，一般是一周以上。但是，在留院观察的那天晚上，正好我值班，我发觉他的病症没有那么简单，他真正得的是妄想症，最初表现出来的躁狂迹象不排除是在受了某样特定事物的刺激以后才产生的。因为他在冷静下来后就一直在和一个不存在的人交流，而且交流方式和形态就和我们现在的交流没什么区别。"

他抬头看着童小川，微微一笑："童队，你试过和一个实际上并不存在的人交谈是什么感觉吗？"

童小川摇摇头。

"没错，我们正常人三分钟都坚持不下去，因为我们知道我们的对面根本就没有人，但是潘威，我的病人，却一天24小时都在和一个叫礼包的人说话。我接连观察了三天，就确诊了他得的是妄想症，而不是躁狂症。后来我再三问他的同事才知道，那天是因为一个同事要拔牙，谈起拔牙的事，他突然就受到了刺激，才会诱发病症。"李晓伟说道。

"拔牙？会让一个人发神经病？"童小川觉得不可思议。

李晓伟回答："我那时候是觉得有点奇怪，但是对精神病人来说，诱发病因的可能性是多种多样的，有时候根本就没有办法用正常人的思维来解释。这个潘威就是听不得有关牙齿的相关话题，特别是拔牙，一旦听到了，本来很正常的他，就会突然发病，谁都拦不住。后来他就在我那边看病，每周一次，坚持了大半年。中间缺席过几次，也是有请过假的，可这一次就不一样了。"

童小川想了想，又问道："那最后一次他来看病，有提到什么特别的事情吗？"

"有，他提到了一个有关牙仙的传说。"

童小川和卢强不约而同地露出了失望的表情。

"没错，还是礼包告诉他的，治了大半年，又回到起点，我到底还是输给他的朋友礼包了。"李晓伟长叹一声，摇摇头，一脸的无奈，"真是一个不可思议的人，你们说是不是？"

傍晚，市局对面新开的猫屎咖啡馆里，客人寥寥无几。

"说到潘威的死，你知道吗？我已经习惯了每天去面对一个不正常的精神世界，但是还不习惯我的病人以这种方式死去。在我看来，他绝对不会自杀，我也不相信他会自杀。虽然说潘威是一个精神不正常的妄想症患者，但是在礼包的陪伴下，他活得很快乐，也很乐观，而且我看得出来抑郁症和妄想症的根本区别，有时候，作为一个普通人，我其实还是很羡慕他的，成天不知道愁滋味啊！"李晓伟轻轻叹了口气，"我阿奶，她就跟我说过，一个人如果没有走到绝路，是绝对不会选择自杀的。如果潘威真的要选择自杀的话，那么大半年前他犯病的时候，就会这么做了，而不用等到现在，你明白吗？"

章桐心一动，不由得轻轻点头："这点我赞成。"

"我不会放弃调查的。"李晓伟说，"我一定要找到这个牙仙。潘威的死肯定和他有关。"

"为什么你这么肯定？"

就在这时手机响了起来，章桐满脸歉意地站起身："你也不用想太多了，这世界上是没有什么所谓的神灵的，而潘威的死，或许是他以前牵涉了别的什么事情所导致，我想最后总会真相大白的。我要走了，谢谢你的咖啡，改日再见！"

说着，章桐便拎起包转身向门外走去。透过咖啡馆的法式玻璃落地长窗，章桐消瘦的身影穿过马路后就匆匆消失在了街对面的警局大门里。很快，警笛响起，几辆警车冲出大门，向远处驶去。

　　不知道从什么时候开始，天空中下起了雨，并且越下越大，仿佛要竭力掩盖住这个世界上所有的秘密。李晓伟轻轻叹了口气，低头陷入了沉思。

第五章　义务警察

童小川敲响了局长办公室的门，尽管门开着，但是出于礼貌，他还是恭恭敬敬地连续敲了三下。张局从堆积如山的文件后抬起头，有点意外地看着站在门口的童小川："你找我有事？"

案情分析会在半小时前刚结束，是一起简单的夫妻言语纠纷引起的跳楼自杀事件，所以，按照程序走了一遍也就宣布结案了，随后悲痛欲绝而又后悔不已的死者家属就领着尸体去了殡仪馆。

而接连两天没睡觉的童小川此时不去找地方偷着眯一会儿，反而一脸凝重地站在局长办公室门口，对此张局感到了一丝异样："案子是不是出什么意外情况了？"

童小川没有说话，只是把手中的一份检验报告单轻轻放在了办公桌上。

张局打开了报告单的首页，这是一份指纹鉴定记录，却没有技侦大队大队长徐辉的签字，按照递送程序来讲，这明显是违反规定的。但特殊原因例外，比如说有可能牵涉单位内部人员。

看完报告后，张局顿时双眉紧锁："说说看。"

"这是体育中心游泳馆 10 米跳台上发现的尸体旁的证物，编号 187—9324，是一把医用解剖刀，发现时所处的位置是在尸体下方，被压住了，经过鉴定，上面的指纹属于我们章法医。"童小川回答。

"会不会证据受到污染了？以前我们也出现过类似的事故。"张局皱眉，语气中带着些许的迟疑，"我毕竟也是干过刑侦的，你再核实一下吧。"

"我听技侦的人说起过，他们工作时为了防止污染，都是戴着手套的，一般不会留下指纹，但是平时清理工具之类就不会这么仔细了，毕竟不像现场勘查那么要求严格，而这几组指纹都是在刀柄的位置被发现的。"说着，童小川深吸了口气，"还有就是，张局，我手头的这个系列杀人案也很蹊跷。"

"说。"张局起身把窗子推开了点，因为办公室在顶楼，夜晚的秋风又很凉，房间里的温度迅速下降了好几度。

"首先，死者在死前都经历过专业的解剖。其次，死者都曾经是一起凶案的犯罪嫌疑人，最终却因为证据不足而顺利洗脱罪名，而这两起案件的法医主检医师都是章法医。最后，张局，我也是个老警察了，办过很多案子，但是从来都没有过如今这种被人牵着鼻子走的窝囊劲儿……"童小川有些懊恼。

"张局，我的心情和你是一样的，也绝对不会相信章法医就是那种所谓的义务警察。但是这个证据，我们是没有办法忽视的。"童小川叹了口气，神情严肃，"而我的职责就是如实上报。"

"这份报告你没有给徐辉看？"张局问。

童小川摇摇头："我直接从痕迹鉴定那里拿过来了，我想，越少人知道越好。"

"你做得对，可是，我觉得还是不要太草率下结论，再等等看会不会有更进一步的证据出现。"

"可是……"

"你知道一旦传出去我们的法医主任是义务警察，后果是什么吗？"张局的口气突然变得严肃了起来，"我们接下来谁都有可能被送到大街上去贴违章停车罚单！而且我们单位自从章法医来了以后所经手的案子都要进行复查，所以要慎之又慎。"

"如果真是她做的，她就必须受到法律的严惩！"童小川看着张局。

"我明白，但是对于这件事，我的决定只有一个：目前还只是怀疑，严密封锁消息，不到万不得已不要处理。我可不想因为你的莽撞和急功近利，让我们整个单位的人都成为别人的笑柄！"张局语速飞快地补充说道，"建议你还是多寻找一点直接的证据吧，这份报告就留在我这里，有情况随时向我汇报。"他想了想，补充强调了一句，"还有，这件事暂时只限于我们俩知道，明白吗？"

童小川点点头，转身离开了张局的办公室。

站在电梯口等电梯，童小川掏出手机，拨通了一个下属的电话。

"阿水吗？是我，你带上一个人马上去两个发现尸体的现场，把你能找到的人都给我再找一遍，我就不信尸体就是凭空冒出来的，见鬼！"

法医办公室里，章桐叹了口气，放下笔，伸手捏了捏自己发酸的眼角："有什么事就说吧，我看你都在那边磨叽了大半个小时了。"

小潘皱眉："章姐，你有没有注意到最近咱们周围有点异样？"

"又神经兮兮的，你到底想说什么？案子吗？这案子可不是一天两天就能破了的，人家不满，催促几句也在情理之中。"

"不是，姐，我是说技侦大队痕迹鉴定的那帮家伙。你还记得游泳馆 10 米跳台上我们好不容易搬下来的那具尸体吗？"小潘干脆丢下了手里的活儿，一屁股坐在了章桐面前的办公桌上，表情凝重。

"记得啊，死者叫郑豪民，死因是失血性休克并发DIC最终导致多脏器衰竭。"章桐双手抱着胳膊，看着小潘，她知道自己的这个助手兼同事不只是对死人很敏感，对活人的情绪变化也同样很敏感。

小潘有点不情愿地继续说道："说白了就是被活体解剖致死的，伤口没有组织自我修复的痕迹，身上要害位置周围遍布刀痕，牙齿被人用专业牙科手术钳子拔光，而这种钳子随处可以买到。姐，我实在想不明白凶手到底想干什么？"

听了这话后，章桐点点头："我的专业不是犯罪心理学，所以没办法确切回答你这个问题。我只根据法医学证据来得出结论。"

"姐，还有件事，我是说现场发现的那把医用解剖刀，你还记得吗？"小潘压低了嗓门。

"不是被你拿去痕迹鉴定那里做微物检验了吗？指纹提取和DNA样本固定这些工作不是一两个小时就能完成的，你又不是没干过。"章桐忍不住哑然失笑，"这些可都是需要时间的，现在累积的案子太多，结果不会那么快出来。"

"那是当然，可是也并不需要48小时啊，你说对不？章姐，我看你有时候就是想得太简单了。"说着，他眼珠一转，压低了嗓门，神情变得更加严肃，"据我所知，报告早就出来了，但是并没有被送到徐辉那边去签字，而是直接被童队拿走了。"

"这样是不符合规定的。"听到这个，章桐有点笑不出来了，"不过，童小川是局里出了名的急性子，你也不是不知道。"

"但是再怎么急性子，他也不该再三叮嘱技侦大队的小米说不要把这事儿告诉我们法医处啊！"小潘急了，脱口而出，"我们被架空了你知道不知道，姐？"

章桐的口气变得严肃了起来："小潘，大家都在一起做事的，别开玩笑。"

"小米从来不开玩笑！她是冒着被处分的危险告诉我的。"小潘盯着章桐，目光就好像看着一个陌生人一样。

小米是个长相如邻家女孩般温柔的小姑娘，刚满实习期，她对小潘有感情，这在单位是个公开的秘密，并且谁都知道一个女孩子在自己最在乎的人面前是说不了假话的，更何况是工作。

"章法医，求你个事，不要直截了当地去找童队，好吗？童队的脾气你也是知道的。小米的饭碗很有可能就因此而保不住了。"小潘犹豫不决地说道。

章桐轻轻叹了口气："你放心吧。"虽然小潘并没有把话全部点明，但是已经足够让章桐感到惴惴不安。从最初接触这个系列解剖杀人案开始，她就感觉到哪里有些不对劲。娴熟的解剖手法，还有刻意为之的抛尸现场，令人毛骨悚然的空无一物的上下颌……她的脑海里不由自主地出现了一个人的名字。章桐很清楚，这已经是自己两天之内第三次想到这个人的名字了。可是这不可能！痴迷于法医解剖的他早就已经死了！

章桐不喜欢这种逐渐强烈的挫败感，但是最近总觉得自己是在与一个看不见的对手下棋。

那把医用解剖刀是被刻意放置在那里的，并且还带着一丝嘲讽的味道。因为尸体以外的证物并不属于法医的职责范围，章桐无法亲自处理，按照程序必须第一时间交给痕迹鉴定部门。童小川究竟是为什么要故意隐瞒这条证物的线索，还特地交代绕开法医处，难道说这把医用解剖刀真的和法医处有着紧密的关系？

章桐不敢再继续想下去了。因为经费不足和基层环境的原因，法医处虽然属于处级编制，但是常年人手不足，没有人能真正在这里工作满一年的。而最近的在职法医就只有她和小潘两个人，别的工作人员只是负责尸体的搬运和场地的清洁而已，根本就没有权利接触到尸体以外的证物。

太阳穴一阵阵抽痛，章桐突然有种想吐的感觉。正在这时，手机铃声响了起来，章桐看了一眼小潘，然后接起了电话。电话是李晓伟打来的，他显得有些慌乱："章法医，有点事，我需要你的帮助。"

章桐没有犹豫，她瞥了一眼墙上的挂钟："不急的话，四十五分钟后吧，我下班。"

"那好，我在猫山王等你。"

挂断电话，面前的办公桌旁早就不见了小潘。"章姐，我去档案室了。"话音刚落，耳边就响起了重重的关门声。章桐轻轻叹了口气，重新拿起了笔，强迫自己集中注意力去继续手头的工作。十多分钟后，她不得不放弃了，因为她根本就无法真正静下心来。

傍晚，南长街。

李晓伟坐立不安。一看到章桐的身影出现在甜品店门口，他立刻站起身，拿起外套，迎面走了出来。经过章桐身边的时候，李晓伟一言不发地抓起章桐的胳膊就走。

步行街上的人并不多，不过即使看见了也只会当作是情侣之间的小摩擦而并不会太在意。"你想干吗？"章桐压低嗓门，用力挣脱了李晓伟的右手。

"对不起，对不起，"李晓伟忙不迭地道歉，却又时不时地用眼角的余光看着身后的青石板路面，在拐过一个小岔路口以后，人流变得少了许多，他这才停下了脚步，"你别误会，章法医。我刚才不是故意的。"

"出什么事了？"

"这几天一直有人在跟踪我。"李晓伟一边说着，一边仍然不放心地回头查看来时的方向。

章桐忍不住笑了："镜像神经元起作用了，你一不偷二不抢的，谁会跟踪你？我看，真要有人的话，除非就是你的病人，因为崇拜你、依赖你所以就跟踪你！"

"我没开玩笑，我今天打电话给你就是为了这件事。"李晓伟强打起精神头。

一听这话，章桐来了兴致："说说看，究竟是谁有这么大的能耐，能够把我们的心理医生给折腾得一副神经兮兮的样子，难道你得了被迫害妄想症？"

李晓伟叹了口气，顺势在路边花坛旁的围栏上坐了下来："已经好几天了，我一直感觉身后有人跟踪，无论我是上班还是下班或者去打球，总是感觉有些不自在。直到今天早上出门，被人跟踪的感觉更强烈了，后来，我故意绕了几条街，终于发现有个男的一直跟在我后面，时刻保持着两三米的距离，可是等我回过头去找，又没法确定是谁。我以为是这个月两头跑总是加班，没有休息好的缘故，眼花了，也就没在意。可是到单位后，门卫无意中跟我说起昨天我下班后，派出所的便衣来调查我的相关情况，包括在单位的表现等。我就奇怪了，我在警官学院入职的一切手续都是正常的，也经过了政审，再说了，我是有执业医师资格证的医生，即使要调查，也该是医管局的人来，或者卫生局，你说对不对？再怎么着都轮不到派出所出面啊。"

"接着呢？"章桐皱眉，李晓伟的样子不像是开玩笑，他确确实实是被吓着了。

"我就打电话了，你也知道作为医生的好处，尤其是和警方有过合作的医生，我恰好认识我们辖区派出所的教导员，所以我立刻打电话去问这件事。十多分钟后，他就给我回电了，说根本就没有派人去调查我，我也没有牵涉进任何刑事案件或者民事案件中去。也就是说，有人冒充派出所警察调查我！"李晓伟一脸凝重。

"再联想起这段时间以来总是疑神疑鬼的，我就知道哪里出了问题。但是又没有人会相信我所说的话，我就只能找你了，章法医。"

章桐想了想，说道："去年在通报上看到云山市发生过一起类似的医生被害案，不过死者是一个妇产科医生，根据死者家属的回忆，死者生前就曾经长时间被病人家属跟踪过，还收到过各种各样的带有威胁性质的物品。"

李晓伟连忙摇头："不不不，目前还没这么严重，我还没感觉受到威胁，就是感觉被人跟踪。就像刚才，我在甜品店等你的时候，有个男的就站在街对角一直看着我，可是我试图接近他，他就在人群中消失了。"

章桐皱眉，下意识地伸手摸摸他的额头："你没事吧，疑神疑鬼的。"

李晓伟扒拉开了她的手，摇摇头："我知道自己在做什么，你放心吧，我没疯。我找你来就是想听听你的意见和建议，你是公安局的人，应该比我更清楚该采取什么样的措施。"

章桐刚想开口，突然，让她吃惊的一幕出现了，眼前的李晓伟脸色一变，同时晃动上身，以极快的速度向章桐身后冲了过去："你给我站住！往哪儿跑！"一声怒吼，他双手死死地抓住一个灰衣男子的后脖颈，因为对方身形相对瘦小许多，所以在占足了优势的李晓伟的控制之下，这家伙根本就动弹不了。

"你放手，想干吗？我报警了啊……"灰衣男子嘴里喋喋不休地抱怨个不停，同时不停地挣扎着，左顾右盼，试图找机会脱身。

"他是小偷吗？"章桐上前好奇地问道，同时掏出了自己的工作证件，在对方面前晃了下，"你省省吧，我就是警察。"

灰衣男子顿时不吱声了，安静了下来，但是尽管如此，还是表现出一脸的无辜。"我……我不是小偷……警察同志，他冤枉我！"

"就是他，就是他一直跟着我，有好多天了，跟鬼一样地跟着我！"李晓伟气呼呼地直嚷嚷，"别以为你小子换了一件衣服我就不认识你了！"

还好，周围没多少路人，匆匆经过的无非就是看上一眼就走开了。

"好吧，我打电话给西园里派出所。他们离这里最近，三五分钟的时间应该就能赶到，把这家伙丢派出所，估计就会说实话了……"说着，章桐掏出手机就要拨号。灰衣男子见状脸色大变，连忙讨饶："别，姐姐，别报警，我没有恶意。"

"谁是你姐！"章桐瞪了他一眼，现在已经基本可以肯定眼前这人就是那个把李晓伟搞得差点神经错乱的罪魁祸首了。

"我不是坏人，我真的不是坏人。"灰衣男子开始不断地说好话，双手连连作揖，"我也是为了工作混口饭吃。"

"胡说八道，工作？工作就是成天跟在人家屁股后头盯梢？谁相信你说的话啊！再说了，你老是盯着我干什么？"李晓伟恼怒地说道，"知道什么叫作个人隐私吗？"

"我的证件就在裤兜里，你找一下，我可以证明我说的话。"灰衣男子不断地向章桐投来求助的目光，"姐姐，我真的是好人！我叫王勇，我是个调查员。"

"调查员？"李晓伟没弄明白。对于这个，章桐可是见多了，她满是不屑："不稀奇，说白了就是私人侦探，调查员只不过是换了一种合法的身份罢了。"

"私人侦探盯着我干什么？"李晓伟翻看着王勇的工作证，又皱眉上下打量他。

王勇顺势挣脱了李晓伟的双手，他连忙整了整身上的衣服，清清嗓子，这才理直气壮地说道："没错，就是有人雇了我调查你！"说着，他伸手一指李晓伟。

"我？"李晓伟一脸的惊讶，"我有什么好调查的？"一旁的章桐双手抱着胳膊，皱眉看着王勇没有说话。

"抓小三的事儿我才不干呢，没几个钱赚的。"说着，王勇赶紧换了一副嘴脸，转身冲着章桐打哈哈，"警察姐姐，我知道这么做不对，可是咱也得混饭吃，你说对不对？"

"那你到底调查我什么？"李晓伟问。

王勇一把拿过了李晓伟手中的工作证，重新塞回了自己的裤兜，这才长出了一口气："其实呢，上网调查你的信息就可以了，现在毕竟是信息社会，社交媒体上一查，你干什么、吃什么、在哪里、一天去过什么地方，无一遗漏。可是这招偏偏对你不管用，因为你这个奇葩根本就不使用这些社交媒体。"

听了这话，章桐吃惊地回头看着李晓伟。李晓伟却耸耸肩，显得毫不在意："很正常啊，个人习惯嘛。我业余生活都是打球或者跟同事打牌聊天，哪有时间在那上面浪费感情。"

"所以我就只能跟踪你了，再加上我的客户还指明了要你的即时相片，重赏之下，我就只能老老实实地跟着你跑了。"王勇无奈地双手一摊，"你以为我跟着你四处跑容易吗？盯梢是最折磨人的活儿了。"

"雇你的人到底是谁？"章桐问。

"别费劲了，他是通过邮箱联系我的，我查过对方，但是对方的 IP 地址是经过多重伪装的。我什么方法都试过了，包括在邮件中植入木马这种下作的手段都使出来了，却根本就没有办法查出来他的具体位置。"说着，王勇转身看着李晓伟，话里有话地说道，"对了，李医生，看在这个善良美丽的姐姐的面子上，我告诉你一些你感兴趣的事情吧，至少为了你自己好。不用谢！"

李晓伟茫然地点点头。章桐则皱眉哼了一声。

王勇继续说道："做我们这一行的人通常不喜欢匿名的雇主，尤其是出手大方的匿名雇主，我们就是刺探别人秘密的人，所以呢，自然也就不喜欢被人蒙在鼓里。就算像我这样很缺钱的私人侦探也是如此，我们虽然不讨人喜欢，但还是有一定的职业操守的。所以他第一次打来电话，我就试图追踪，但是结果显示，对方使用的是网络虚拟电话，而 IP，想都别想，即使追下去，结果也是可想而知的。"

"我还是不明白人家雇用你调查我究竟是为了什么，我可没有得罪过任何人。"李晓伟一头雾水。

王勇嘿嘿一笑："'你已经得到了自己应得的。'李医生，按照那个匿名雇主的原话，'接下来，就是你付出代价的时候了。'好好想想吧，李医生，你究竟得罪过谁？我看你还很年轻，难道说是你家里人？所以给你一句忠告，好好想想清楚，不要真的等到事情发生了，再来懊悔。那样的话说不定就太迟了。"

说着，王勇伸手拍了拍李晓伟的肩膀，然后冲着章桐点点头，转身哼着小曲儿晃晃悠悠地离开了街道拐角。

章桐刚想叫住王勇再问个究竟，转念一琢磨，叫住了也没用，人家的话已经说得很清楚，真正的症结就在李晓伟自己的身上。

"你没事吧？"章桐看着迷惑不解的李晓伟，关切地问道。

"我？我没事。"李晓伟抬头看了看天，"走吧，天不早了，我送你回家。"

"需要帮忙的话，可以随时给我电话。"

李晓伟一愣，点点头，一路上便没再言语。

章桐深知有些心结，只有李晓伟自己去打开才可以，别人是没有办法帮他的。因为每个人的过去只属于他自己。不只是李晓伟，章桐自己也是如此。

冰冷，刺骨的冰冷，自己的身体沉重得就像一块石头一样，到处都是水。狭小的后备厢里，空间越来越少。随着海浪的涌动，散发着腥味的海水也在执着而又缓慢地涌进后备厢。

虽然知道自己会游泳，但是出于本能的恐惧，章桐还是拼命挣扎敲打了起来："救命啊……救命啊……救……"一阵颠簸，最后一股海水在塞满后备厢的同时也涌进了她的喉咙……

章桐惊醒了。

她爬下床，艰难地呼吸着，双手微微颤抖。光着双脚站在冰冷的地板上，她伸手摸了摸自己湿乎乎的脸颊，深吸了一口气，试着挪动了一下有些麻木的双脚。

客厅的挂钟传来了单调的滴答声，整个房间里死一般的寂静。自己最近老是做噩梦，或者说是自己的记忆在作怪吧。淡淡的月光透过窗帘的缝隙投射进了屋内的地板上，章桐光着双脚，无声无息地走到窗前，伸手拉开窗帘。夜幕下的城市安静得就像另外一个世界，没有灯光，到处都是黑漆漆的。她顺手从椅背上拿了一件外套披上，然后依着飘窗台坐了下来。过了好久，自己微微发抖的身体才终于平稳了下来。

时间过去很久了，当初差点被活活淹死在海里的一幕又一次像幽灵般在梦中抓住了自己。章桐知道，这都是因为这几天自己一直在念叨着那个名字。

彭佳飞早就已经伏法，这点不用怀疑，因为章桐是亲眼看着他被执行注射死刑的。在为彭佳飞的医学天才感到可惜的同时，她更多的是愤怒，一个连生命都不知道尊重的人，根本就不配和研究医学相提并论。

客厅的挂钟突然敲响了，凌晨3点，章桐从回忆中猛地惊醒了过来。一阵寒意瞬间爬满全身，她不由得一哆嗦，下意识地裹紧了外套。

但是她不打算回到床上去，生怕睡着了，噩梦就又开始了。蜷缩在飘窗的垫子上，章桐抬起头，远处，一颗流星划过天际。她随手拧亮了飘窗台上的阅读灯，重新拿起那个看了一半的父亲的工作笔记本，编号为7。本子小小的，封皮是黄色牛皮纸做的，不是很厚实，却因为写满了钢笔字而变得沉甸甸的。记忆中，章桐不知道自己已经看过多少遍这些笔记了，每一条理论，每一个案例，甚至每一次心情的阐述都已经熟稔于心。尽管如此，每当半夜醒来感觉害怕的时候，她都会拿起它们，触摸着略显粗糙的纸张阅读到天明。

章桐知道，这些笔记本是父亲和自己之间仅存的联系了。

"……又下雪了，今天做完了三个尸检，很累，腰都直不起来，因为人手不足的关系，工作越来越繁重了……哪怕只剩下我一个人，我都会坚持下去，为了自己所爱的职业和我最爱的女儿，我高兴，人的一辈子不就是图这些吗……"

一滴泪珠缓慢地滚落在脸颊上。

市第一医院急诊室 ICU 病房。

离交班时间还有 1 小时 52 分钟，值夜班的护士李丽伸了个懒腰，结束了最后一遍巡查，回到护士站后，合上巡查记录本，然后伸手揉了揉太阳穴，希望能借此消除一点正在逐渐袭来的睡意。都怪楼上在装修，自己已经一周多没有好好休息了，偏偏又是轮到大夜班，她感觉自己的智商因为严重的睡眠不足而变得越来越低。

今天是最后一天值夜班了，李丽有种如释重负的感觉。等会回家，自己一定要好好睡一觉，哪怕天塌下来都与她无关。

头疼死了，她伸手拉开医药柜，找出一瓶散利痛，正准备拧开盖子，突然，一阵刺耳的警报声在只有 2 平方米的护士站里响起。她条件反射般地抬头朝屏幕看去，浑身的每个毛孔瞬间都紧张到了极点：这是心脏监测器的报警声，317 床的病人，心脏停搏！

虽然说一个医院的 ICU 病房里几乎每天都有病人死去，原因多种多样，作为急诊护士的李丽也司空见惯，但是当报警声再次响起时，她还是本能地感觉到了说不出的紧张，连忙丢下药瓶，快步向病房跑去，边跑边大声呼喊着值班医生的名字。

睡意早就消失得无影无踪了，整个 ICU 病房里似乎也变得紧张了起来。

心脏停搏后的抢救时间只有宝贵的四分钟，如果在这四分钟内能及时进行心肺复苏的话，病人醒来的概率也只有不到50%。李丽知道，留给自己和病人的时间已经不多了。她用力扯上布帘，然后和赶来的医生、护士一起扑向了屋角的心肺复苏仪。

半个小时后，一片狼藉。仪器设备横七竖八，使用过的酒精棉球被扔得到处都是，ICU 病房里除了还在工作的监测仪外，一切都静悄悄的。病床上的年轻女人已经平静地离开了这个世界。

严格意义上来说，她从住进这间病房开始就没有醒来过。生命的延续只是靠床边的那一大堆冰冷的仪器罢了。

疲惫不堪的李丽一边机械地整理着散落的抢救用具，一边心里犯着嘀咕。眼前这个被 120 送过来的年轻女人其实被人发现的时候就已经处在濒死的边缘，就连去地铁站把她拉回来的急诊医生季涛都曾经抱怨说这个女人的存活指数本身就非常低了，离最基本的及格线都差一大截，说她当时就是个死人真的一点都不夸张。大量失血导致严重低血压是一个原因，多脏器功能衰竭是铁定的了，要不是她还有极其微弱的心跳的话，季涛就直接通知殡仪馆的人了。

那天把病人送来后，李丽去医生办公室找季涛签字，因为病人是她负责接收的，忍不住就多嘴问了几句："季医生，既然这个病人是大量失血，为什么她所穿的衣服包括内衣裤都是干干净净的？"李丽直言不讳地对季涛讲出了心中的疑虑。

120 救护车跟车医生季涛却表现出一副事不关己高高挂起的态度："想那么多干吗？我跟车这几年，自杀的见得太多了啊！很多人的思想是没有办法用我们正常人的思维方式去判断的！"说着，他耸耸肩，"说不定她怕把自己弄脏了，所以出门的时候自己换了衣服也是不一定的哦！"

李丽对季涛的歪理嗤之以鼻，但是让她意外的是，在这个已经形同死人的年轻女人身上，她看到了新鲜的手术刀的痕迹。这些熟悉的刀口，李丽可以打赌自己在医学院上解剖课时曾经见过差不多的。

她好像动过一个很大的手术，但是这样的手术不应该发生在一个活人的身上，难道不是吗？李丽脑子里快速地回想着。

一个正常人的全身血液含量在五升左右，而出血量接近五升的人按道理不应该还活着，哪怕连接着她身体的心脏监护仪还有些许轻微的跳动。

整理衣服的时候，李丽在年轻女人的身上找不到任何能知道她身份的相关证件。或许是因为大家都太忙了，也或许是寄希望于年轻女人能够醒过来，毕竟在经历这么多以后她还有极其微弱的心跳，大家就没有及时报警。而这种事情，对于一个在急诊室工作了十多年的老护士来说已经见怪不怪了。

现在，李丽心想，人已经死了，而她的身份还一无所知。旁边架子上有一个包，里面是年轻女人的所有随身物品。其中令李丽印象最深的就是那条紫罗兰色的丝质披肩，缀着柔软的澳大利亚羊毛，她一直想买一款同类型的，喜欢这种丝质披肩的女人一定也长得很美，只是，从年轻女人入院后到现在，李丽连她本来的面目都无法看清楚了。脸部严重水肿、扭曲……

收拾好一切后，李丽默默地推着轮床向地下室的太平间走去，一路上，所有经过的人都快步走过，闪到一旁，目光尽量避开轮床上那被刺眼的白床单所覆盖的年轻躯体。

毕竟死人是不吉利的，李丽心想，但是她很同情这连一句话都没来得及留下的年轻女人。可以看得出来，她的生活过得很不错，那双鞋子，足足抵得上李丽三个月的薪水，还有她保养得极好的皮肤，当然了，如果没有那些可怕的刀口的话……

在交接记录本上签上自己的名字和时间后，李丽关上了太平间的门。她刚走了几步，突然想到了什么，深吸了一口气，伸手掏出了手机，迅速摁下了三个数字。

电话接通后，她边走边说："110吗？我要报警，我这里是市第一医院，我是急诊科护士李丽……是的，我要上报一起疑似凶杀案……对，死者刚去世……好的，我等你们来……"

挂上电话后，李丽已经走到了一楼，她顺手推开了急诊室和外面连接通道的玻璃门，早上新鲜的空气瞬间灌满了她的肺部，她陶醉般地呼吸着，顺便伸了个懒腰。是啊，活着真好！

没多久，远处便隐约传来了警笛声。李丽双手插在护士工作服的口袋里，轻轻叹了口气，目光凝重地看向警车开来的方向。

第六章　年轻女尸

现在想来，人如果生来就有很好的记忆力真的是件很可怕的事。9岁的时候，章桐第一次看到尸体。她记得自己那次是去警局找父亲。

印象中，那天的天气不错，母亲带着刚考上高中的姐姐去姑婆家走亲戚，她放学后自然也就没有了去处。警局的门卫对章桐再熟悉不过了，知道她是章鹏法医最喜欢的小女儿，微笑着闲聊了几句也就让她进去了，同时叮嘱她不要乱跑，在父亲的办公室里等他，然后再一起去食堂吃晚饭。

走廊里静悄悄的，每个房间的门都紧闭着，就好像它们从来都没有被打开过一样，似乎包裹着许多秘密的门的背后也安静极了。

人都去哪儿了？章桐不知道。在父亲的办公室里，她只见过两个叔叔，这不奇怪，父亲说过在这里上班的人本来就不多，因为人们根本就不喜欢这里。

法医处在警局的地下室，虽然和上面只隔着一层楼板，但是仿佛是另外一个世界。章桐知道父亲每天都会和死尸打交道，只是一向随和的父亲却从来都不允许她去办公室隔壁的房间。那里是解剖室，里外有三层，外面是更换衣服的地方，中间是工作场地，而最里面，则被用来存放尸体。

整条走廊里只有这个房间才隐约透出一丝光亮。此时，父亲一定就在里面工作。章桐站在门口，深吸了一口气，用力拉开了房间的隔门。眼前的一幕，将会陪伴她一辈子，这是她第一次看见人死后的样子，但是她一点都不害怕。

父亲不在房间，后面冷冻库的铁门开着，而房间正中央的解剖台上，是一具冷冰冰的尸体，尸体头边的水龙头一直不断地发出流水声。房间里弥漫着一股很熟悉的味道，因为父亲每次下班回家拥抱自己的时候，手上就是这种味道。

她屏住呼吸，双眼紧紧地盯着解剖台上的尸体，看上去……很不一样，脸蜡黄蜡黄的，面颊凹陷，好像忘了放假牙，眼睛虽然是闭上的，但是也好像有些不对劲。还有他的手，干巴巴的，满是皱纹，却苍白……

不知道什么时候，父亲已经站在她的身边，但是他没有说话。

"他为什么闭着眼睛？"章桐伸手指着解剖台上的尸体，感到很好奇，"是不是人死了，就都会闭着眼睛？"

"不，我们人的眼睛睁开或者闭上都是由眼部周围的神经组织控制的，上眼睑由眼神经的分支眼眶上神经支配，内侧有滑车上下神经分支，外侧有泪腺神经分支，下眼睑由眶下神经支配，内外眦角附近也有滑车上下神经和泪腺神经分布。而我们人死了以后，心脏停止跳动，神经末梢随之逐渐停止工作，睁开的眼睛也就自然会慢慢闭上了。"父亲解释任何问题时都是一板一眼的，从不考虑章桐是否能听得懂。因为固执的他始终相信自己的女儿迟早都会明白这些问题。

往事就好像发生在昨天一样，章桐轻轻叹了口气，开始缝合市第一医院急诊室送来的这具年轻女尸。

因为在 ICU 病房抢救了两天两夜，所以外部证据的提取就存在着很大的难度。这样一来，尸体本身就显得尤为重要。

年轻女人的双眼还没有完全闭上，但是双眼空洞，已经没有了恐惧和痛苦。或者说她的意识早就已经消失了？

皮肤，占全身体重的1／8，这个由一堆毫无生命的肌肉和骨头组合的年轻躯体上，本应该包裹着一层细腻而又紧致的肌肤，当然了，如果那些可怖的刀口可以忽略不计的话。

犹如艺术品的综合体，皮肤上遍布毛细血管、腺体和神经元组织。但是现在的皮肤由于死亡，体内的酶溶解了真皮细胞，使得皮肤表面变得有些松弛。章桐相信年轻女孩生前一定很美，但是没有人死后依旧能够保持生前的容貌。

"章法医，尸检结果怎么说？"童小川裹着一阵风，脚步匆匆地冲进了解剖室，两扇门由于惯性在他的身后噼啪作响。因为最近手头的案子一直没有解决，而第一医院送来的这具尸体还被好事的人爆料给了报社，上头给的压力也就可想而知了。

"他杀！"章桐伸手指了一下死者的手臂，"她的肱动脉被人用锋利的刀具划破了，不夸张地说，这个倒霉的女人几乎被人放干了血。"

"什么样的刀具？"童小川皱眉。章桐扬了扬手中的医用解剖刀。她注意到一丝不易察觉的惊愕在童小川的脸上稍纵即逝。

"但是她没有当场死亡真的是个奇迹。"章桐又说道。

"为什么？"

"这种大动脉我们人体只有五条，一般肱动脉被刺破的话，要是没有及时救治，每分钟流失3000毫升血液左右，按照她的体重来估算，她五分钟之内就会因为失血过多而晕厥，意识丧失，最后死亡。而根据第一医院急诊医生的当班记录，发现她的时候，她已经意识不清地在地铁车厢里至少停留了两个小时。如果不是打扫人员上前询问，我想，再晚半个小时，她可能就撑不住了。但是在这之前，我可以肯定她绝对受到过专业的救治。"

"救治？"童小川问。

章桐点点头，剪断线头，然后给死者盖上白布："是的，专业的救治：压迫止血外加药物处理。所以毒物检验显示，她的体内含有大量的氨甲苯酸，这种药在体内的排泄期在一周左右，而医院急诊室是根本不可能给她使用的，因为她除了接受输血外已经不需要再止血了，我查了就诊用药记录，确实没有使用过这种药物。所以我推断，她是被人故意伤害致死，而伤害她的人，还不希望她马上就死，所以才会给她救治以延缓她的生命。"

"倒霉！"童小川咕哝了一句，如泄了气的皮球一般在门边的椅子上坐了下来，不甘心地摇晃着脑袋，"我还指望着能喘口气呢，真是倒霉。"

章桐抬头看着他："你就别抱怨了，童队。干我们这一行就是这样，一年到头都忙个不停。"说着，她戴着手套的手抬起了死者的右手手臂，"她生前应该是一个健身爱好者，各项身体机能都不错，不过在失血性休克、多脏器功能衰竭的前提之下她还能硬撑着活两天，已经可以算是个奇迹了。而同样情况下，我想我都不一定能做得到的。"章桐对自己的身体素质是非常自信的，每天五千米的晨跑对她来说是必修课，无论刮风下雨。

"还有一个疑惑的地方我现在还不是很清楚，"说着，章桐给女尸翻了个身，让她保持侧卧的状态，然后指着她后背靠近腰椎处的细小针眼说道，"我在这里发现了这个，按照常理来说，腰椎部位是不应该出现这种针孔的，除非是进行过腰椎穿刺。但是我解剖发现她根本就没有任何神经系统方面的疾病，为何要进行腰椎穿刺呢？这种手术风险很大的，弄不好的话病人就会截瘫、大小便失禁，甚至直接呼吸骤停都有可能的，现在医院都尽量避免以这种方式治疗病人了。"

童小川嘿嘿一笑："章法医，至少这个是成功的，不然的话她怎么走到地铁站里去的？"说着，他站起身，摇摇晃晃地推门走了出去，临走时丢下一句，"尽快给我尸检报告啊，章法医，你知道在哪里能找到我的。"

章桐完全可以理解童小川的心情，从目前来看，这绝对是个无法收拾的烂摊子！

走廊里，童小川的电话响了，他礼貌地朝身边经过的同事点点头，然后走到拐角的吸烟处接起了电话。

电话是下属打来的，童小川一点都不感到意外，最后他严肃地说道："你傻啊，能让一个醉醺醺的男人乖乖离开酒吧的原因只有一个，那就是女人！继续查！有结果马上通知我！"

挂断电话的那一刻，他重重地出了口气，回头看了一眼法医处的方向，脸色变得更加阴沉了。

市第一医院的二楼大厅候诊室里人来人往，像极了一个刚开张的大市场。人流中，王勇戴了一顶洋基队棒球帽，独自悠闲地坐在第三排最靠边的椅子上，手里拿着素描本，看似在认真画画，其实视线范围从来都未曾离开过心理科的门诊室大门。他才不担心刚上班没一个小时的李晓伟会把自己这个不速之客给认出来，因为他已经确信李晓伟现在的心思全都在那个漂亮的年轻女警身上。

白色的素描纸上很快就出现了李晓伟的侧面像，竟然有八分相似。画画是王勇用来打发时间的最好方式，在他看来，有时候就得给自己找点事情做掩护，那样跟踪监视的时候，自己才不会显得那么无聊和愚蠢。

很快到了吃饭时间，李晓伟推开门诊室的门走了出来，快步向楼下走去，手里拿着一个搪瓷饭盆和一把不锈钢勺子。和早晨来上班的时候相比，李晓伟的心情明显好了许多。第一医院虽然是市里最大的医院，病人多如牛毛，但是心理科门诊本来就不会有很多病人，相比之下是个极其清闲的部门，所以，当别的科室的医生还在忙得焦头烂额的时候，李晓伟已经开开心心地吃午饭去了。王勇自然尾随在他的身后。

医院食堂在门诊大楼的旁边，还没走近就已经闻到了一股香喷喷的饭菜味道，李晓伟掀开门帘进去后五分多钟，王勇才跟了进去，他可不想再被李晓伟给抓个正着，这一次要是再被抓住的话，王勇毫不怀疑自己会有被揍得半死的风险。而他今天来这里的目的可不是和李晓伟正面交锋。

食堂很大，约有 300 平方米，李晓伟排在一堆护士的后面，心不在焉地慢吞吞向前挪动着步子，很快就端了一盆饭菜向空着的桌子旁走去了。王勇看着李晓伟的背影，想了想，就拦住一位上了年纪的护工，满脸歉意地说道："心理科返聘的李晓伟医生你认识吗？"对方茫然地点点头。"门口有人找他，麻烦转告一下，说有急事。"王勇对自己撒谎的本事是十分满意的。

果然，护工又一次点点头，然后径直向李晓伟坐的位置走去，王勇则拿起托盘和筷子跟在了队伍后面，这个时候进食堂吃饭的人越来越多。李晓伟匆匆忙忙地走出食堂，身影很快就消失在了门外边。王勇赶紧随手放下餐盘，然后边走边戴上早就准备好的乳胶手套和一个塑料袋，来到李晓伟的餐桌旁，拿起他使用过的不锈钢勺子就丢进了塑料袋，封好口子迅速塞进夹克衫的内口袋里，随即头也不回地离开了食堂，就在他掀开门帘的那一刻，和李晓伟擦肩而过。

虚惊一场，王勇心里不由得嘀咕，嘴角也闪过了一丝得意的笑容。因为李晓伟根本就没有注意到他的存在。

钻进自己的小皮卡车，王勇踩下油门直奔郊外工业园区的市基因检测研究中心。

十多分钟后，护士阿美在食堂看见了一脸愁容的李晓伟，好奇心顿时油然而起："李医生，干啥呢，成天愁眉苦脸的就好像谁欠了你钱似的？"

"我吃饭的勺子被人偷了！"李晓伟有些尴尬，"你知道的，我从来都不喜欢用食堂的公用餐具的。"

"稀奇，偷你勺子干啥？"阿美瞪大了眼珠，面露恶心状，"不会是变态吧？不值几个钱的东西还有人偷，更别提还是入口的东西！"

皮卡车在新修的马路上开了半个多小时，终于拐进了市基因检测中心的大门，停好车后，王勇拿着那个塑料袋下车径直穿过院子走进大厅来到接待窗口。基因检测的价格是不菲的，但是王勇一点都不用担心这些钱，为了能拿到客户要的报告，多少钱都是值得的，何况这些钱也不是自己出。

"您好，我要检测一下这把勺子上的 DNA 所携带的遗传病基因，"说着，他小心翼翼地把装着勺子的袋子递到窗口里，接着又强调了一句，"这是我弟弟使用过的，他人不在了。要全套检测。"

还好人家从来都不会问你为什么要检测，你付钱，他干活，王勇就是喜欢这种爽快的合作方式。

警局会议室里，案情分析会已经开了有一个多小时了。

"死者兰小雅，银行职员，32岁，收入稳定，家中独女，和父母一起居住在本市木槲园小区，平时除了正常使用社交媒体软件以外，基本上没有什么特殊爱好。事发当天，根据兰小雅母亲回忆说，她女儿傍晚接到一个电话，然后精心打扮了一番就出去了，虽然没说具体去哪里，但是当时她和兰小雅的父亲都一致认为她是出去会男朋友了。"童小川的助手卢强一板一眼地汇报着相关情况。

张局长伸手打断了汇报："等等，她男朋友的个人资料，你们查到了吗？"

卢强摇摇头："很神秘，据说是一家影视传媒公司的老板，但是从来都没有人见过他，甚至不知道他具体长什么样。而兰小雅因为是比较传统内向的大龄女性，所以相关的保密工作也做得非常到位。"

卢强有关"保密工作"四个字的引用让张局尴尬地清了清嗓子。一边坐着的童小川则忍不住狠狠瞪了自己下属一眼。卢强工作敬业是大家有目共睹的，但是他毫不知变通的用词会让周围人感到有些吃不消。

"监控呢？"有人问。卢强拿出了几张监控视频的放大相片，可以很清楚地看到死者兰小雅在　个女人的搀扶下走进地铁车厢，视频时间显示为早上6点55分。

"这是第二班车，她在起点站长广溪上的车，而车站内外的视频均显示她是和一个女人一起搭乘出租车过来的。我们也找到了出租车司机，据他回忆，女死者当时除了声音有些微弱，反应有些慢以外，别的似乎都很正常。而和她在一起的那个女人，戴着口罩，自始至终都没有说话。"

"你们根据什么下的结论？"张局皱眉，他右手习惯性地伸向笔记本电脑旁的烟盒，犹豫了一下，又放了回去。

卢强看了一下自己面前的平板电脑屏幕，继续说道："他的原话是——我一连问了她三遍去哪儿，她才回复说地铁站。我就拉她们去了最近的长广溪地铁站。"

"她们在哪里上的车？"

"凯宾斯基酒店对面，我们走访过了，因为当时太早，周围并没有目击证人，而她和那个女人上车周围的监控有一个死角，覆盖面总共有三条岔路，所以并没有拍到她们上车前究竟是从哪个方向过来的。而酒店方面对此也表示说没有见过死者兰小雅和她同行的女伴。"

张局忍不住咕哝了一句："好吧，又是一个凭空冒出来的。"他突然想到了什么，接着又问道，"这起案件和上两起案件合并的原因是什么？"

童小川皱眉："尸体身上都有特殊的医学检验痕迹，而根据我们判断，这些医学痕迹的产生对于一个正常人来说，是完全不必要的，毫不夸张地说，这么做甚至会有致命的危险。前两个死者，在旅馆和游泳馆发现的，尸检报告上说最终死因都是失血性休克合并DIC导致最终的多脏器功能衰竭。只是这一个，我不明白的是，凶手为什么要救她？费尽心机地让她活着去地铁站？还有就是，她的同行女伴是谁？凶手吗？让兰小雅一个人死在地铁车厢，这未免也太冷血了吧。"

一直双手抱着胳膊、沉默不语的章桐这时忍不住问道："童队，我想看看地铁站外的那段监控，直到死者上车为止的那一段。"

"没问题。"童小川点点头，卢强赶紧打开投影仪，同时顺手关上了屋里的灯。投影仪发出沙沙的声响，屋里鸦雀无声。时间并不长，章桐脸上的神情却越来越凝重。

看完视频后，章桐冷静地说道："死者的脑神经明显受到了严重的损伤，所以才会造成她走路时身体总会向左侧倾斜，并且反应迟钝。我们人体的大脑由12对脑神经组成，各脑神经所含的纤维成分不同，再加上相对应所产生的不同功能，所以这12对脑神经就被分为感觉神经、运动神经和混合神经。而死者，只有一对完好，就是保留习惯性记忆的迷走神经，所以才会出现这样的情况。死者不会记得发生了什么，也不知道自己当时该干什么，按照她出现在街头乘坐出租车的大致时间，也就是早上6点多钟的样子，一般来说这个时候是上班时间。我们都知道作为银行职员的死者兰小雅一周之内有五天时间都在按部就班地做着同样的事情，那么在迷走神经的支配下，她脱离险境后，第一个念头自然就遵从深层记忆中的习惯性记忆——去上班了。"

"如果迷走神经受损会怎么样？"

章桐想了想，回答："单纯的迷走神经受损很少见，因为迷走神经中的孤束核和三叉神经中的脊束核与舌咽神经共存，所以后果只有一个，那就是呼吸受损，正常人活不过三分钟。"她伸手一指桌上的死者相片，"我想，在地铁站时，在镇静剂药物咪达唑仑的作用下，她就已经形同一个活死人了。"

"太残忍了！凶手这么做到底是为什么？"张局神情严肃。章桐摇摇头："我等下回去要重新检查一下前面发现的两具尸体，如果脑神经同样都有受损迹象的话，这三起案子就可以正式判定为同一个人所为。"

童小川心一动，转头看了一眼张局："那她同行的女伴呢？"

章桐摇头："看不出什么特别之处。还有，我在兰小雅的腰椎位置上发现了疑似做过腰椎穿刺的针孔，并且手术距离死亡时段非常近。我询问过急诊科的医生，他们表示说并没有给死者做过这样的手术，而且她的身体状况也没有必要进行这种手术。我有个大胆的设想，我想看看这三具尸体上是否会有同样的痕迹，或许能找出凶手的真正作案动机来。"

局长清了清嗓子："好的，那就散会，章法医，结果出来后立刻通知我。"

章桐点头，站起身离开了会议室。

房间里只剩下童小川和张局。童小川打发走了助手卢强，走到局长面前，弯腰压低嗓门小心斟酌着自己的用词："张局，你真的决定放手让她干吗？"

张局抬头："没错，她是这一行中最优秀的。更何况我们目前证据不足，还不能就此调查她，但是我会继续留意的。"

终于又熬到了中午吃饭的时间。

李晓伟早上一醒来就感觉自己头痛不已。整个上午在门诊室的时候，病人所说的话他一个字都没听进去。

"喝碗姜汤，我们的李大医生，驱驱寒！"阿美破天荒地端着碗姜汤坐在了李晓伟的面前，脸上挂着萌萌的笑容。

"有啥要求尽管提，别拍马屁！"李晓伟像摊烂泥一样趴在桌子上，有气无力地翻了下白眼。他真后悔，自己昨晚就不该喝酒，不会喝还拼命喝。

李晓伟受够做噩梦了。再加上那个叫王勇的家伙临走时所说的那番话，更是让李晓伟感到说不出的憋气。下班后他没有直接回家，鬼使神差般地推门走进了楼下的大排档，一个人点了盘花生米和拍黄瓜，喝起了闷酒。

"李医生，是不是失恋了？"阿美压低嗓门神秘兮兮地问道。

"别瞎扯！昨晚应酬喝多了。"李晓伟瞪了她一眼，一阵头疼袭来，很想吐。他赶紧从白大褂外套口袋里摸出一小瓶散利痛，倒出两粒，就着热热的姜汤大口喝了下去。药片是来食堂的路上经过药房的时候顺便问同学磊子拿的。

"真没想到你们医生吃止痛片也跟吃糖豆子一样啊！"阿美双手托着腮帮子，神情夸张地瞪大了双眼，精心画的浓重眼线一览无遗，"我是不是该去举报你？"

"别瞎说，我可没有药物依赖！"李晓伟知道阿美是无事不登三宝殿，实在是受不了她的婆婆妈妈，就干脆直截了当地说道："看你兴奋的样子，是不是又有啥八卦消息了？"

听了这话，阿美顿时来了精神："你知道急诊科前两天收治的那个身份不明、来自地铁站的年轻女病人吗？听说身材不错，长得也不错，就可惜没亲眼见到。"

在热姜汤的作用下，散利痛很快就起了作用，李晓伟的精神明显好了许多。他慢悠悠地说道："是听说过，急诊科的老大为此头疼得要死，就怕跑账（医院术语，泛指病人送来接受医治，却无法追讨医药费，最终只能由医院为这笔高额的抢救费用买单），所以天天去 ICU 巡视。怎么了？出什么事了？"

"死了呗！失血性休克并发 DIC，多脏器功能衰竭是跑不了的，实在撑不下去了，就死了。不过据说家属已经找到了，还没结婚，真的是可惜了……"阿美自顾自地喋喋不休，一副操碎了心的样子。

"谁跟你说的？"李晓伟一边大口喝姜汤，一边问。心里却琢磨着看来自己确实是需要喝碗姜汤，不记得昨天自己晚上睡觉是否盖被子了，有点着凉。

"丽丽啊，我的闺密！"阿美声音夸张，一脸的无奈，"真可惜了，这么年轻就走了，不过，听丽丽说，好像是被人害死的。尸体已经被人拉到警局去了。"

"为什么说是被害死的？是法医的车来拉走的吗？"李晓伟顿时来了兴趣，脑子也不晕了。

阿美点点头："是啊，法医的车来拉走的。具体我不清楚。我听丽丽说那年轻女人的家境应该不错，真的太可惜了……"

李晓伟皱眉看着自己的年轻下属："你怎么什么都知道？"

阿美瞟了李晓伟一眼："你们男人当然不懂得欣赏。我见过那年轻女人同一款的丝质披肩，紫罗兰色的，法国名牌啊，仅仅是一条围巾就得让我不吃不喝攒上四个月的薪水，更别提还有那双小羊皮靴子了……"

李晓伟的脑子里顿时嗡嗡作响，他的眼前出现了地铁中的那一幕，虽然年轻女人的脸几乎被头发和围巾所遮盖，但是给李晓伟留下了很深的印象。他赶紧掏出手机，翻了几下页面，然后递给阿美："是不是这条披肩？"

阿美颇感意外，看看手机页面，又看看李晓伟："不会吧，李医生，打算送给我吗？你这么大方？"

李晓伟咕哝了一句："你想得挺美，我哪儿来那么多钱。对了，她被发现的日期是不是9月4日？"

阿美更吃惊了，伸手一指李晓伟："你这家伙，难道你见过她活着时候的样子？为什么不早说？对了，勺子找到了没？是谁在恶作剧啊？"

李晓伟伸手指了指自己面前桌上昨天下班后刚买的一把崭新的不锈钢勺

子，轻描淡写地说了句："刚买的。"

胡乱填饱肚子后，李晓伟心不在焉地快步走回了门诊室。刚推门进去，想了想，便又退了出来，手里多了一块指示牌，上面用醒目的红色字体写着：医生外出，请在候诊区耐心等候或者另外预约时间，谢谢配合。他顺手就把这块牌子挂在了外面墙上，然后拿上外套，带上门，快步走出了医院门诊大楼。

在等待出租车的时候，李晓伟拨通了章桐的手机，告诉她自己半小时之内会赶到市公安局，有和案子有关的事情要当面告诉她。章桐本想叫他直接去找刑警队，说案件调查不是自己的职责范围，但是李晓伟固执地坚持自己的决定，章桐便约好在一楼大厅见面。

挂断电话后，章桐瞥了一眼墙上的挂钟，便加快了手头文案工作的处理。小潘笑眯眯地凑过来："我说章姐，看来这个李医生还是挺能说服你的！"

章桐嘀咕："碰到这种事我又有什么办法？一个能说会道的人就已经够让人头痛的了，更别提是一个能说会道的心理医生了！"

李晓伟比约定的时间早了十多分钟赶到警局。章桐还没出来，还好门卫认识他，自然也就没有多问来意，李晓伟便站在大芭蕉花盆边等。

以往来过安平市公安局很多次，却没有一次像现在这样有空可以四处张望。没多久，他的目光就落在了橱窗里的铭记榜上。

相比起别的几个宣传橱窗，这个铭记榜显得尤为特殊，上面共有58个人名和相对应的相片，旁边是简短的几句简介。从相片中人所穿着的警服来看，这个榜单应该持续了很长时间。

"榜单里的人都是本警局成立以来，所有做出过特殊贡献，或者以身殉职的警员。"章桐的声音在李晓伟的耳边响起，他赶紧转身。"章鹏，这人跟你长得有点像，你认不认识？"

章桐不动声色地说道："我父亲。好了，你现在可以说了，找我有什么事？需不需要我把童队他们找来？"

李晓伟有点尴尬，他左右看了看，然后压低嗓门说道："是这么回事，你们最近发现的那具尸体，就是从我们第一医院急诊室拉走的那具，是不是个年轻女人？头发很长？染成了很流行的棕色？还有她是不是9月4日在地铁站被人发现的？"

章桐点点头："你是怎么知道的？问这些干什么？"

李晓伟急切地说道："那你们找到目击证人了吗？她身边是不是曾经有过一个女人？一个戴口罩的女人？"

章桐默默摇了摇头，突然神情警觉了起来："你那天早晨见过她？"

"没错，我想我就是你们要找的目击证人。咱安平巴掌大的地方就这两条地铁线，我刚好去新区给病人做家访，曾经和她在同一个车厢相遇过。"

"跟我来。"章桐果断地转身就走。

童小川皱眉看着李晓伟，半天没有说话。

李晓伟急了，上身不由得向前靠了靠："是真的，你可以看监控录像，我那天早晨确实是和这个女人一起坐了地铁。"

童小川又看了看李晓伟身后站着的章桐，后者则斜靠在门边，脸上看不出任何表情。

"怎么会有这么巧的事？既然你来了，那你就好好说说吧。"

李晓伟问："你们找到那个女人了没？"

"女人？什么女人？"

"就是当时和这个死者在一起的女人啊，戴着个大口罩。这个季节戴大口罩出门有三种可能：第一，感冒咳嗽，我和她同车二十多分钟的时间里，没见她咳嗽过一次；第二，过敏，鼻子过敏；第三，就是不想让别人认出她来。"李晓伟用征询的目光看向童小川。

"那女人做了些什么，以至于你对她印象这么深刻？"童小川拐弯抹角地问。

李晓伟回答："刚开始我上车时，她和这个死者相隔半个手臂的距离坐着，死者靠着最后面的车门，我们无论谁走向死者或者试图向死者问话都必须经过她。这些都不是很重要，反正我根本就不认识她们。直到我下车的时候……"

童小川突然打断了他："在你上车到下车期间，她和死者说过话吗？"

李晓伟摇摇头："那死者一直在睡觉，而这个戴口罩的女的一直在摆弄手机。如果不是空荡荡的车厢两人却坐得这么近的话，我不会认为两人认识。"

一直在低头做记录的卢强突然停下了手中的笔，抬头笑道："李医生，光凭两人坐得比较近就判断两人认识，你是不是太草率了？"

"这就是你孤陋寡闻，心理学上管这个叫半米排斥距离，是我们人和人之间保护个人隐私的一种本能。你想想，这么空旷的一节车厢，你会愿意和一个陌生人坐得非常近吗？人多另当别论，只是你会感觉很不舒服罢了。"

童小川清了清嗓子："请继续说下去。"

"这还不是最奇怪的，直到我下车的时候，回头，就在车辆启动的那几十秒钟的时间里，你们猜我看到了什么？"李晓伟认真地说道。童小川并没有搭理李晓伟，只是转头问卢强："你看了那天早上的车厢录像了吗？"

卢强伸手快速敲击了几下自己面前一直在摆弄着的平板电脑键盘，没多久便调出一张画面截屏："死者所坐的位置靠近最里面，是监控的死角，所以看不清楚李医生所说的相关场面。我只是在五爱广场站的站台监控视频中截取到了这个。"

说着，他把平板转过来向大家展示。平板上可以很清楚地看到一个女人

173

正走下车厢。但是因为监控探头过于模糊，所以根本就看不清女人的长相，只能凭借身形看出女人比较瘦弱。

"你能查到后来她的去向吗？"童小川问。

卢强双手一摊："五爱广场站是我们市里最大的中转站，25个出口中只有8个出口有监控，更别提其中真正工作的就3个监控摄像头，影像还特别模糊，根本无法找到她。我后来查看了所有出口位置附近的街面监控，都一无所获，所以可以肯定这是她最后出现在监控中的样子。"

童小川一脸的不乐意，双手抱着胳膊沉默不语。

李晓伟凑上去仔细辨认后，点头："没错，就是她，和章法医的身形差不多，都很瘦。"

"是吗？"童小川若有所思地抬头看向门口站着的章桐，又看看平板，两人的身形确实有点相像。

章桐嘀咕："看我没用，我又不认识死者。"

童小川又瞥了章桐一眼，屋子里的空气显得有些许异样，他突然记起刚才李晓伟的问题，便认真地反问道："你下车后，那女的接下来做什么了？"

"她伸手去摸……摸死者的脸，就像这样……"说着，李晓伟伸出右手在自己的脸上轻轻地摸了一下，"顺便帮她把滑落的披肩给搭回去，动作嘛，显出两人关系绝对不会那么简单。"

童小川一脸的嫌恶："这又是演的哪一出？即使两人早就认识也不该这样啊。"

"不可能，童队，根据死者家属说，自己的女儿没有这么一个女性朋友，如果是亲戚，他们不会不知道，更别提会放任死者在地铁站中伤重不治死去。"卢强小声提醒自己的上司，"急诊医生说那时候兰小雅的情况已经很不乐观了。"

"那她们是路上偶遇？"

"你会那么摸一个陌生人吗？即使你们是同性，但是肢体触碰对于任何陌生人来说都会带来本能的提防。"李晓伟说。

卢强干脆放下了手中的平板："头儿，李医生说得没错。从常理来说你的推测就更不可能了，而且兰小雅父母说过那天晚上他们女儿是精心打扮后出门的，神情也很激动、很期待，很显然就是去见自己朝思暮想的男朋友。"

李晓伟补充道："她们的性取向看上去都挺正常的，尤其是那个年长一些的，眼部还化过妆，烟熏妆。"

童小川瞪了他一眼："真看不出来，李医生还懂女人的化妆术。"

李晓伟无奈地苦笑："我的护士阿美一天到晚研究的就是化妆，这在心理学上叫趋向同化。"

离开市公安局的时候，李晓伟特意叫章桐送自己到门口。在门边台阶上，李晓伟突然转身看着章桐，一副欲言又止的样子。

"你看着我干吗？"章桐忍不住笑了，"我又不是你的病人。有话快说，我手头还有很多活儿没干完呢！"

李晓伟想了想，终于鼓足勇气说道："章法医，你是聪明人，相信你早就已经能够感觉到了。第一眼看到那个戴口罩的女人，尤其是在监控中看到，我第一感觉就是她和你长得很像，或者说就是你。章法医，现在你认真地告诉我，那个真的不是你，对吗？"

"你开什么玩笑？"章桐脸一沉，转身就走。

李晓伟若有所思地看着章桐的背影："我相信你，但是你周围的同事可不一定。总之，无论发生什么，我都会支持你、相信你的。"

看着手中下午刚拿到的遗传病基因检测报告书，他的心情极度复杂。事情发展至今，一切虽然都在自己的意料之中，可是自己仍然感到些许淡淡的伤感。想来，真是世事难料啊。

也或许，这一切就是冥冥之中注定的呢。这样一来，他的心中就感到好受多了，脸上也总算露出了一点舒心的笑容，毕竟事情是按照自己精心制订的计划在一步步推进的。

抬头看着自己面前墙上的相片，他不由自主地咬着指甲陷入了沉思。看来，有时候自己真的是不能太好心。

第七章　便宜她了

"同一个人？"张局长皱眉。

童小川点头重复道："我认为这三起案件完全可以并案，并且都和一个人有关。"说着，他伸手推开了局长办公桌上的文件，然后从自己随身带来的公文包里拿出三张放大的死者相片，依次排列在张局的面前。

"第一个死者——李江，金融行业从业人员。死因：失血性休克并发多脏器功能衰竭，根据章法医的尸检报告，死者身上出现多处伤口，刀刀绕开要害。死前大量失血，是在解剖的过程中死去的，凶手使用的作案凶器是一把类似于手术刀之类的又薄又锋利的特质刀具，注意，我强调的是：活体解剖，这不是一般人能干得出来的事。"童小川一边对照着自己整理的案卷，一边还忍不住抱怨。

"李江曾经因为一宗杀人案被我们拘留，并且移交检察部门提起诉讼，但是因为指证他杀害自己妻子的法医学证据不足，所以他的起诉被检察部门最终驳回了。也就是说，他堂而皇之地从我们的手里溜了……直到三个月后，他的尸体在旅馆的床下被人发现。"

"查清楚尸体是怎么到旅馆床底下的了吗？"张局长忍不住问道。

童小川叹了口气："这家钟点房旅馆的所谓楼道监控都是摆设，即使有监控，像素质量也很差，再加上时间已经过去有几天了，一无所获。而这种价格低廉的小旅馆本身的安保措施就比较差劲，地处车站附近的城中村，人员来往繁杂，有时候所谓的登记入住资料也只不过是应付检查走走形式，所以至今调查还没有突破性的结果。只不过，"说到这儿，童小川话锋一转，伸手挠了挠头，"张局，这还不是这个案子中最主要的部分。"

"说说你的看法。"

"死者自从妻子出事后，就一直独居。根据他姐姐讲述，死者在失踪前并没有什么异样。周五那天下班回家后，再也不见了踪影。而他下班出证券公司的门的时候，还是很正常的，还和同事打招呼来着。"

"突然失踪，一点征兆都没有……手机通话记录那些东西都有调查吗？"

童小川点点头："那是当然，结果显示一切都很正常。离开公司回到家后叫过一次外卖，仅此而已。别的都是正常和同事之间的工作交流。"

"他工作单位和家附近的监控录像查了吗？"

"他周一没去上班，同事以为他去见客户了，所以也没当回事，因为死者是证券公司的客户经理，经常外出找客户洽谈业务。直到周三下午的例会时间，大家才发觉李江已经人间蒸发整整五天的时间了。而证券公司只保留48小时的监控录像资料，路上的'天网'监控则因为事隔太久，正逢月末洗盘，所以也犹如大海捞针。通过监控这条路来寻找犯罪嫌疑人的线索可行度非常小。"童小川干脆伸手拉了一张椅子在办公桌前坐了下来。

"张局，你不觉得这个巧合来得太蹊跷吗？"

张局皱眉，小声嘀咕道："说得是很有道理，而且尸体是以那么一种奇特的方式出现，确实……"他无意中一抬头看到童小川正瞪着自己，便赶紧挥挥手,"继续往下说。"

"一个人死的方式多种多样,但是这么个特殊死法,我总感觉有点像上私刑,里面八成就有鬼了!"童小川点燃了一支烟,猛吸了一口。

"第二个死者——郑豪民,职业是做保险的,就是经常往人家家里打电话推销保险,一旦有人有意向就进一步跟进的那种。他也牵涉进了一起命案中。死者是他的客户,叫张淑珍,今年58岁,死因是很简单的触电。"童小川伸出右手食指轻轻敲了一下第二张死者的相片,"严格意义上说在遇到郑豪民之前,张淑珍是个富有的寡妇。虽然我不知道这个郑豪民究竟有多大的能耐,总之根据我手下人的调查,张淑珍在郑豪民的保险公司一口气买了50份的意外人寿保险,总价值在500万元左右,而这几乎花光了张淑珍的所有积蓄。这些保单都是瞒着张淑珍的子女办的,导致事后其子女非常生气,几次扬言要宰了郑豪民。"

"为什么?自己老娘死了,人寿保险就可以拿了,为什么还要宰了他?"张局显然有点糊涂了,他忍不住皱眉问道。

"没那么简单,张局。"童小川苦笑,"受益人就是郑豪民。所以我们才会怀疑郑豪民骗保借机杀了张淑珍。你说放着那么多孩子不让做受益人,偏偏给个素不相识的推销保险的,这可不是什么正常人的思维方式吧。结果呢,早就在意料之中了,郑豪民一点都不笨,他解释说自己之所以是张淑珍的保险受益人,那是因为自己对待客户就像儿子孝顺自己老娘那样,比那几个亲儿子要好多了。而在张淑珍触电身亡的当晚,郑豪民在外地参加一个朋友的婚宴,证人有整整280个!夸张不?我们还没算上那些酒店的服务员在内呢。所以,也就只能像前面的李江一样,因为死因毫无异常,就只能眼睁睁地看着最有犯罪动机的他堂而皇之地走出警局……

"郑豪民的尸体,后来在市体育中心游泳馆的10米跳台上被人发现。根据我们队里那几个小伙子走访得知,死者最后出现的地方是一家酒吧,监控录像显示死者最后是跟一个年轻女人走的。但是因为监控录像的像素太低，所以我们除了知道犯罪嫌疑人是个女人外，别的一无所知，就连他们去哪儿也不知道，因为外面的监控探头和前面的旅馆一样同样是个摆设。"说到"摆设"两个字，童小川刻意加重了语气来显示自己内心的不满，"这个郑豪民的死，简直就是李江的翻版，包括死因也是一模一样的。

"第三个，就是医院急诊室送来的女死者兰小雅，派出所那边档案记录显示她也曾经牵涉进了一宗人命案里，具体我还在调查。同样，兰小雅最终轻松脱罪。虽然说她的失踪似乎和一个男人有关，据她母亲说好像是她男友，但是我们的目击证人证实死者分别在出租车和地铁车厢出现时，身边都有一个身材瘦弱的年轻女人。最终兰小雅却是一个人在车厢中被地铁清洁工发现的，那个神秘的年轻女人就这么冷血地把兰小雅丢在那儿让她自生自灭。"

"而且这个可怜的女孩死因也跟前面两个受害者是一样的。"张局叹了口气。

童小川接着说道："这三个案子，第一，前两个死者临死前都曾被解剖，活体解剖，而一个没有经过医学专门训练的人是做不出那些专业的'成果'的。我们也曾经考虑过是否可能是生猪屠宰场的人，但是核实过后就打消了这个念头。"

"为什么？"

童小川耸耸肩："因为屠宰场的人不懂得如何剥离人的脑神经。"

"那第二呢？"张局长脸上的表情变得越发严肃了起来。他心想，这么看来童小川说得没错，犯罪嫌疑人的范围确实是在逐渐缩小。

童小川伸手一指自己的嘴巴："牙齿缺失。三个死者的牙齿都没了。根据法医尸检报告显示，死者的牙齿都是在死前被用专门的牙医工具拔除的，手脚干净利落，不排除犯罪嫌疑人有相当丰富的医学知识背景。我想，如果是没有医学背景的人干的话，就像我，哪怕你放在我手里的是一把专业的拔牙钳，我也会把你的牙齿拔得七零八落，牙根折断也是很有可能的。因为普通人不了解牙齿的构造，也就只能用蛮力，最终的结果可想而知……"

"但我还是那句话，不能就此认定章法医涉案，没有动机和直接的目击证人，目前为止一切都是间接证据。"

"可是，张局，你不能太感情用事，要知道到目前为止，章法医有很多的疑点。干我们这行时间久了，自然而然就会把自己的个人情感掺杂进案子中去。我们局从成立以来，'义务警察'还少吗？"童小川一脸的不满。

"章法医不是这样的人，我了解她！"

童小川的鼻孔里发出了一声轻微的叹息，他站起身，开始收拾桌上的所有资料和死者相片，然后悉数装进自己带来的公文包中，头也不抬地说道："好吧，张局，我想说的都已经说了。我尊重你的决定，可是你别忘了，这种情况，我们局里是有明文规定的，第35条第4款：凡是自己经手的案子，如果出现结案后，犯罪嫌疑人不正常死亡的话，只要达到三起以上，就必须对当事人员进行停职调查。我想，你的记性不会比我差吧？希望你能按照规定严格执行！"

听了这话后，张局长呆住了。

看着自己的下属怒气冲冲地离开房间，他不由得陷入了沉思。

夜深了。

看着这张发黄的相片，它缺了一个小角，一个不规则的撕裂口，一段尘封的记忆浮现在眼前。

那是一个和现在差不多的日子，秋天，风中已经有了些许的寒意。放学回家的李晓伟看见相依为命的阿奶像往常一样坐在窗前等自己，唯一不同的是，她的目光并没有看向窗外，而是低着头，在仔细地看着什么出神，以至于连李晓伟开门的声音都没有听到。夕阳中，阿奶的双肩在微微颤抖。李晓伟悄悄走过去，掠过阿奶的肩膀，他看到了这张相片，相片中，一个年轻美丽的女人牵着一个三四岁男孩的手，女人的脸上是略显尴尬的笑容，显然她并不喜欢照相。

"阿奶，这是谁？"李晓伟一边说着，一边伸手去拿阿奶手中的这张相片。阿奶却把相片抓得紧紧的。

现在他明白了，这就是阿奶深藏心中的秘密，只是可惜那个时候的他还没有意识到。手中的相片就是在那个时候被撕坏的。这也是李晓伟第一次见到自己的母亲，在这个美丽的女人去世十年之后。

李晓伟也曾想从阿奶的口中探问自己父亲的相关情况，但是得到的始终都是一句冷冰冰的近似诅咒般的回复："他死了！"

最终，他还是得到了这张唯一的母亲的相片，而作为代价，他再也没有向阿奶追问过自己父亲的下落。因为在他看来，这么做是公平的。直到王勇的出现，难道说这一切真的和自己的父母有关……

"滴滴滴……"书桌角落上的自动咖啡机发出了结束工作的提示音，房间里瞬间飘满了咖啡的香味。

一切的回忆、一切的秘密似乎都被永远定格在了这张有些发黄的小相片上。李晓伟轻轻叹了口气，然后小心翼翼地把相片塞回了自己的书桌抽屉里。

一边给自己倒满咖啡，一边心里想着这张相片，问阿奶估计也不会有答案，那下一步到底该怎么办？回到座位上后，手中咖啡杯中的诱人香味使他下意识地喝了一口：真苦啊！

李晓伟苦笑着瞥了一眼杯中热气腾腾的黑咖啡，认输了。

新区运河西路上的SOHO单身公寓，是一栋30层楼高的怪异建筑，远远望去，像极了一只被狠狠踩了一脚的巨型空易拉罐。

这已经是王勇给对方的第十次留言了，但是电脑屏幕上依旧没有任何回复。难道说那个神秘而又出手大方的雇主已经放弃这单业务了吗？不会的，钱都已经付了，好大一笔，几乎是王勇去年一整年的劳动所得。

可是为什么自己一连发过去十次信息却没有收到任何回复呢？王勇看着电脑上的时间，顺便伸了个懒腰，打算完成手中的另一单客户报告后，就关灯去休息了。

楼上隐约传来了争吵的声音，王勇不由得皱眉，新搬来没多久的住户，好像是一对小情侣。单身公寓的空间本来就只有不到 40 平方米，王勇实在难以想象住两个人的感觉，更别提还是一对每天都会吵架的冤家对头。

虽然睡眼蒙眬，但是看来一时半会儿是无法安心睡觉了。王勇心中一动，反正有时间，不妨再试试看，能不能找到这个神秘的雇主。

从小时候起，王勇就喜欢刺探别人的隐私。最初，他还只是为了享受那种刺激所带来的快感，如今，他更多的是为这种快感背后的金钱所着迷。

不断跳动的蓝色电脑屏幕光芒反射在王勇的眼镜片上，他得意地笑了。

已经是凌晨两点多钟，街头一片寂静，空荡荡的，仿佛在梦境中一样。

一个矮小的身影摇晃着从街角钻了出来，肮脏不堪的衣服和满是污渍的脸颊在昏暗的路灯下若隐若现，像极了一只流浪的小狗。细看过去，只是一个孩子，十一二岁的年纪，瘦小的身躯，仿佛风一吹就能把他刮倒。

孩子已经完全记不清这到底是第几次离家出走了。现在，他满脑子就一个念头——饿！

饥饿感让他几近疯狂，为此，他刚才翻遍了街角的每一个垃圾桶，因为人在饿极了的时候，是完全不会计较食物的来源的。

穿过天桥，对面就是一个 24 小时营业的肯德基快餐店。他已经想好了，去那里试试，或许，有人会大发善心给他一点吃的。

孩子刚要踏上天桥的台阶，一只大手突然抓住了他的衣领把他提了起来。吓得他尖叫一声，本能地想拼命挣脱，却很快就被轻轻地放在了台阶旁的花坛边上。紧接着，两个热气腾腾的包子出现在他眼前。

"吃吧，孩子！别饿坏了！"阴影中的人声音沙哑而温柔。饿极了的他就像一头狮子一样猛扑了上去。包子风卷残云般地消失了，虽然他还没完全吃饱，可是目前来看已经足够了。

说了句"谢谢"后，孩子刚要走，那只大手却拦住了他："和我说说你为什么要离家出走。"

"你是谁？"他抬头，警惕地看着阴影中的人，凌晨的寒风让他瘦小的身躯有些哆嗦。他完全看不清对方的脸。

"我？你叫我李叔叔吧，我是医生。"阴影中的人粲然一笑，"或者你可以叫我'牙仙'，我会满足你一个神奇的要求哦！现在轮到你告诉叔叔了，你叫什么名字？"

"帅宇康！"孩子警惕地看着他。

"好名字，告诉我，你实现一个什么样的愿望？"孩子呆呆地想了想，紧接着忐忑不安地问道："真的是什么愿望都可以，对吗？"

"那是当然，比方说，让你爸爸不再打你！"阴影中的人感到了说不出的兴奋，这时的他不得不用手指去狠狠地掐左手臂上那自己下午才划开的口子，疼痛感瞬间弥漫了全身，他不由得倒吸了一口冷气。

"你疼吗？李叔叔。"孩子敏锐地发觉了他的秘密。

"疼？孩子，你不懂，能时刻感觉到疼痛是一件好事呢！"

"为啥呢？"

他轻轻一笑："很简单呀，因为只有'疼痛'才能让你确信自己还活着！"

没有一个医院确认曾经为死者做过腰椎穿刺手术，而事实证明三个死者的身体都并不需要做这样的手术，难道说凶手另有所图？可以看得出来尸体上的穿刺术手法所造成的失误越来越小，最后那一个近乎完美，而伤口周围的皮肤恢复痕迹显示死亡几乎与手术是同时进行的。显然这才是凶手的真正目标所在，但是为什么呢？章桐实在想不明白，前面做那么多事用来掩盖一个被淘汰的手术方式，凶手这么做到底想告诉她什么？

章桐心绪烦乱地走出电梯门，径直走向那个特殊的房间。房间门开着。

听到敲门声，张局长便放下了手中的笔，抬头看看章桐，同时伸手指了指自己面前办公桌旁的椅子，微微一笑："坐吧，我在等你。"

章桐点点头，坐了下来。这个狭小的房间对她来说既陌生又熟悉。必备陈设中唯一的亮点就是窗台上的那两盆仙人掌。虽然说在自己任职的这么多年时间里，这间办公室的主人走马灯似的一连换了五个，但是在窗台上放两盆仙人掌的习惯一直不变。

除了平时的案情分析会，张局长很少单独找她。今天早上刚到局里上班就接到了局长办公室秘书的电话，让她十分钟内过去。

应该就是为了那几起案子。章桐心想，案子迟迟未破，刑警队那边的压力肯定也不会小。

想到童小川，章桐不由得皱了皱眉。在小潘的提醒下，她也查询了自己以往的案件卷宗，里面确实提到了李江和郑豪民的名字，可是这与自己又有什么关系？更何况安平市本身就只有那么大，人口也不如别的城市多，办了那么多案子，巧合也是难免的。

"张局，是不是我所提交的那个建议得到你们批准了？"章桐问。

"什么建议？"张局愣了一下，看上去他对此并没有什么印象。

章桐微微皱眉："我提交的那个关于调查周围地区类似案件的请求，就是针对那三个牙齿缺失的活体解剖案和新区电脑程序员被害案。牙齿缺失是目前这四起案件之间唯一的连接点。"

张局专门负责局里的刑侦工作，而刑警队和技术大队又是两个平级的部门，所以有时候很多事情还是需要经过他这里协调。章桐并没有提到那个所谓的牙仙的故事。

"哦，是吗？"张局不由得有些尴尬，"我还没接到，回头我催下，一有结果我们就会通知小潘的。"

"好，谢谢张局。"章桐突然意识到了什么，抬头疑惑地看着局长，"是不是发生什么事了？虽然说小潘已经是一个独立的主检法医师，但是这几个案子都是我主检，为什么要绕开我去通知他？这不符合程序。"

张局无奈地点点头："好吧，章法医，你也是个老警察了，我想相关的规定你不是不知道，"说着，伸手把早就准备好的一份通知推到章桐面前，"我希望你能够理解我和局里领导的无奈。"

映入眼帘的是"停职通知"四个大字，章桐顿时手脚冰凉，她感到自己的背部一阵阵地抽痛，颤抖着双唇半天才低声说道："为什么？我做错什么了？要给我这么重的处罚！"

"章法医，你不要激动……"

章桐心突然一沉，李晓伟临走时的那句话再一次在自己的耳边响起：你周围的同事可不一定会这么想……

"章法医，我们这么做，也是按照规定来的，不是随随便便给你下这样的决定……"张局强打起精神有些为难地说道，"你看，李江和郑豪民这两起案子确实是你经手的，而经过调查，他们被释放后，你也确实在公共场合对他们有过抱怨的言辞。所以，经过认真考虑，局里才做出这样的决定，其实也是为了你好……"

"好吧，那才两个，要是我没记错的话，应该是三起案件才符合规定，你说对不对？"章桐双手抱着胳膊，极力克制住自己的情绪。张局伸手从抽屉里拿出早就准备好的一份案卷，隔着桌子递给了章桐："这个案子，我相信你应该还是有印象的，因为隔的时间并不算太长。"

只是看卷宗的第一页，章桐心里就已经明白了——这起案件在两年前曾经轰动一时，死者兰小雅楚楚可怜，在家人眼中是个典型的乖乖女，却有着不为人知的一面，圈子里熟悉的朋友给她起了一个绰号"黑寡妇"，因为她前后三个男友都莫名其妙死去了。最后一个男友王浩因为食物中毒住院，住院期间，兰小雅昼夜陪同。可是尽管如此，王浩还是因为病情突然急转直下而死亡，而当时唯一在场的人就是兰小雅。虽然案件最终以医疗事故定性，医院也赔了不少钱，但是死者家属起了疑心，找到警局要求尸检。章桐在死者的血管中发现了大量的空气栓塞，在调看病房走廊上的监控录像后，她提出了对当时唯一在场的兰小雅的合理怀疑，这件事可惜最终还是因为固定证据不足和凶案现场缺失（刑侦术语，特指凶案现场遭到破坏，故无法提取到有效证据），而没有被正式立案。死者家属不甘心，又闹到电视台，但是因为关键证据不足，市局也无能为力。

章桐的脸上露出了苦笑："局长，看来这一次我是彻底脱不了干系了。你到底想说什么就请直说吧，我都可以理解的。"

"章法医，请你理解我的苦衷。你也是个老公安了，规定如此，大家都必须遵守。我记得你不是有很多假还没休吗？趁此机会正好去休个假吧，等回来心情好了，再弄这些乱七八糟的事也还来得及的……"张局语重心长地说道。

章桐是个不善于打嘴仗的人，她突然站起身，一言不发，然后低着头离开了局长办公室。

局里没有实证是绝对不会轻易给人下这样的停职通知的，两个死者，郑豪民和李江，也确实是自己经手的案件中的漏网之鱼，而兰小雅的事，更是雪上加霜。从警这么多年，眼睁睁地看着唯一的犯罪嫌疑人因为证据不足而大摇大摆地走出警局，案子成了悬案，只要是有正义感的警察，谁的心里都会受不了。警察也是人，不是说不投入感情就真的对案子没有感情。

不，不能责怪局里领导的不近人情，他们一点都没做错。章桐心乱如麻。

回到空无一人的办公室，冷静下来后，她突然意识到自己真的好傻，其实一开始就该明白，这三起案件，摆明了就是冲着自己来的！为什么周围人都看出来了，自己却偏偏视若无睹，不愿意面对这些再明显不过的事情？

思绪快速旋转着，她顺手抓起工作台上的纸巾盒，胡乱抽出几张擦了擦眼角，然后拿起钥匙就向门外走去。

走廊里静悄悄的，和以往一样不见人影，昏暗的灯光时不时地因为线路接触不良而发出噼啪声。章桐用力推开了解剖室的大门，径直走进了最后面的尸体存放间。还好，因为尚未正式结案，尸体还没被领走。三具尸体，依次排放着，冰冷而又真实。

留给自己的时间不多了，章桐一边快速戴上手套和口罩，一边用力拉开柜子门，拖出尸体，然后掀开盖在身上的白布，弯腰认真地依次查看尸体上的刀口。

她知道，装在解剖室上方的安保探头会记录下她的一举一动，没关系，她只需要看看。十多年的工作经验，数百具尸体的解剖，经过她双手解剖的每一具尸体都有独有的印记，下刀、缝针，哪怕只是一个小小的结，都是特殊的，就像是只属于自己的特殊签名一样。而章桐此刻要找的，就是属于自己的"标记"。

接手前两具尸体的时候，尸体都已经经过了解剖，章桐并没有太在意那些解剖痕迹之间的互相联系，包括缝合时所使用的工具和打结的方式。

现在看来，自己真的好蠢。章桐神情专注地盯着尸体胸口的缝合线头，这三具尸体都是自己解剖的，7刀，32个横向结节，小潘虽然说名义上是她的助手，但是小潘的打结方式，章桐还是非常熟悉的。

窒息的感觉遍布了她的全身，章桐愣了一会儿，快速关上门，然后来到外间，打开存放尸检备份资料的铁皮柜子，找出以前的尸检相片。因为过于震惊，她的手不停地颤抖，好几次相片都差点从自己的手中滑落。

没有谁比自己更清楚自己到底有没有做这些事，而这些犹如翻版的解剖刀法让章桐更是感觉天旋地转。她不得不伸出右手扶着墙，努力不让自己晕倒。难怪当初接手李江尸体的时候总是感觉哪里不对劲，虽然看了一遍又一遍，却唯独把自己最熟悉的东西给忽略了！李晓伟的话又一次在她耳边响起：章法医，小心啊，我看是有人在给你设套……略微迟疑后，她迅速摘下手套，然后掏出随身带着的手机，拨通了李晓伟的电话："我要见你……没错……好的，我会准时到。"挂断电话后，她回到办公室，拉开抽屉找出请假单，快速地签署下自己的名字和事由，然后放到小潘的桌上。最后章桐打开了自己的电脑，一边快速处理着余下的文件，一边皱眉陷入了沉思——这到底是为什么？

傍晚的南长街，或许是由于下雨，又不是周末，所以789咖啡馆里只有稀稀拉拉为数不多的几个客人。

雨，从下午开始就一直没有停的意思。一阵风吹过，几片棕黄色的落叶在雨雾中打着转飞舞，空气中透着彻骨的寒意。路灯下来往的每个人的脸上似乎都笼罩着一层灰蒙蒙的东西。不远处，隐约传来了一首老歌。

李晓伟伸手推开了咖啡馆的门，屋里仿佛是另外一个世界。没有了秋风的萧瑟，倒是多了几分温馨和咖啡的香味，他忍不住贪婪地猛吸一口。目光所及之处，那张靠近法式落地长窗的桌子旁，章桐斜靠着沙发椅，正看着窗外的雨雾出神。平时习惯绑着的马尾散开了，头发遮盖着一半的脸。

李晓伟走上前，轻轻拉开凳子，在她面前坐了下来。"你的承诺还在吧，李医生？"章桐张口问道。李晓伟一愣，随即用力点头："我答应你的，就会做到。"

"你说得没错，我被陷害了！"章桐瞥了一眼李晓伟，"我要你帮我找出那个人，他为什么要害我！"

李晓伟微微皱眉："那就从头到尾跟我说说这件事吧。"

"我被停职了，对外只是休假，但是今天局长找过我了。"章桐的心情沮丧到了极点，"现在也只有你能帮我。"

突然，她抬起头，目光中闪烁着一丝倔强："这口黑锅，我不能背！"

"放心吧，章法医，我帮你！"

"你真的相信我？"章桐的双眼瞳孔突然紧缩，声音小得几乎只有她自己才能听到，"我提醒你，我可是曾经因为自卫杀过人的，你不怕吗？"

"我知道你说的这个案子，这几天我调查过你。不瞒你说，如果是我的话，那个家伙一定会死得更惨！"李晓伟嘿嘿笑了笑，转而认真地看着章桐的双眼，小声说道，"刚才开个玩笑，你别介意，我只不过想逗你开心。真的，章法医，我知道你是好人，我相信你！"

章桐默默地把头扭向了另一边，许久，她站起身，踢了踢脚边的一个鼓鼓囊囊的登山背包："时间也不早了，来，帮我拿着，方便的话我们去你宿舍再谈。"

"这是什么？"李晓伟好奇地问。

"我的床！"章桐头也不回地走出了咖啡馆。

马路对面的树荫下，他已经在车里坐了很长时间，黑漆漆的车窗让他一点都不用担心自己会被人认出来。此刻，笔记本电脑放在大腿上，正在无声地采集下载数据。市局的防火墙是那么的脆弱，根本就经不起他的攻击。漂亮的女法医在这个紧要关头突然神奇地休假，这看起来和他所期待的目标有着不小的距离，但是再怎么无懈可击的计划都赶不上人的脑子啊。

"便宜她了！"他阴沉着脸。

第八章　多米诺骨牌

这是自己长这么大第一次把女人带回来，还好宿舍就自己一个人住，不然真浑身都长了嘴也说不清。

章桐却似乎并不介意，她转身从挎包里拿出随身带着的平板电脑，登入自己邮箱后，翻出两张相片："你看下，这两张相片，有没有什么地方不一样。"

这是两张尸检相片，而章桐手中的平板所放大的地方正好是她缝合尸体的接口处。李晓伟看看相片又看看章桐，目光中充满了疑惑，他摇摇头："几乎一样。"

"没错，乍看连我自己都分辨不出来，但是左面这张，编号为TB2048的，是我一周前解剖的一具男尸，死因是高坠，没有什么异议，很普通的自杀事件；而右面这具，编号TB4327，则是这周刚发现的，尸体被发现的时候，就已经经历过尸检，是活检，这些缝合的位置以及所用到的医用黑白缝合线……"

李晓伟伸出一根手指打断了章桐的话："你的意思是，有人在刻意模仿你。"

章桐点点头："没错。"她感到有点冷，就很自然地脱了靴子，盘腿坐在沙发上，平板则随意地放在膝盖上，双手抱着胳膊，想了想，又继续说道，"可以肯定的是这人想毁了我。"

"你办过这么多案子，经过你的手被送进监狱的人应该有很多吧，说不定是来报复你的。"李晓伟皱眉说道，"你需要证据，但是你也知道，入侵局内网系统是违法的。"

"我不是没想过，可是必须查，我不甘心背这口黑锅！"章桐的脑海中闪过了父亲的身影，"这次局里对外是让我休假，但事实不调查清楚的话，我也回不去，并且可能这辈子都不能干这一行了，最终进监狱也说不定。所以下午走的时候我就把一些曾经经手的案件资料通过邮箱带了出来，我知道这是违反规定的，但是我必须这么做，你能理解的，对吗？"章桐的目光中闪过一丝希望。

听了这话，李晓伟瞥了一眼章桐膝盖上的平板："对了，可是那么多案子，查起来也没有头绪啊。说吧，你需要我怎么帮你？我说过欠你一次，所以一定会尽力而为。"

章桐想了想，抬头认真地看着李晓伟："牙齿，我们就从牙齿开始查起！"她从沙发上坐了起来，抓过平板，手指在上面不停地滑动，语速飞快，"其实我早就已经怀疑了，三个死者，还有就是你的病人潘威，不同的年龄，不同的性别，受害地点不同，死亡方式也略有不同。相同的，除了我和凶手都精通解剖学之外，就是这个……"

等李晓伟终于看清楚章桐手中平板上停下的那个特殊画面的时候，他突然感到不寒而栗：画面中，死者的口腔部位，牙齿都没了，黑洞洞的，仿佛在呐喊。

"牙齿……"李晓伟小声说道，"牙齿都没了！"

章桐点点头，叹了口气："这是这系列案子中唯一没有对外公布的地方，也就是说，知道这个的，除了我们警方就是凶手了。"

李晓伟有些出神："牙齿……为什么……难道说又是牙仙？"

"我不相信有牙仙这一说，这世界上根本没有鬼！"章桐说，"可是你的病人，潘威的死，却又非常蹊跷，我想他或许是知道些有关这个案子的情况的。"

"没错，牙齿，和我对你说的那个故事，一模一样！"李晓伟有些难以抑制的激动，他伸手指着平板，人在椅子上坐得笔直，"我的病人没有骗我，看来确实有牙仙杀人！"

话音刚落，屋子里一片寂静。章桐无奈地看着李晓伟，突然叹了口气："李医生，你多久没好好睡觉了？"

"我……我……我记不清了……"李晓伟吞吞吐吐地回答。"我看你是太紧张了。要不要休息一下再说，现在时间也不早了。"章桐指了指平板上的时间，"都已经快两点了，我也该走了。"

"这么晚了，你去哪儿？"

"找旅馆啊。我现在是在休假，你说对不？至少得像个样子。"章桐苦笑，伸手去抓自己的登山包。

李晓伟突然有些担心："这么晚，你一个人不安全，就住我这儿吧。"

"你这儿？"章桐看了看狭小的房间。

李晓伟尴尬地摸了摸头发："条件是简陋了点，不过你放心，我睡阳台，房间留给你。"

章桐一愣，随即明白了李晓伟的良苦用心，不由得笑了："那就恭敬不如从命啦。李医生，我知道你是正人君子，多谢了。"

这一晚，或许是换了床睡觉的缘故，也或许是因为有心事，章桐其实并没有真正睡着。她不敢闭上双眼，最后实在是太困了，干脆就微微合上双眼，然后在脑子里一遍又一遍地重复着尸检报告中的相关细节。她有种感觉，凶手之所以这么费尽心机，肯定是为了一个不可告人的目的，而真相就在脑海中那布满伤痕的尸体上，触手可及！

夜深了，远在城北的梅园公墓里，一片死寂。白天的时候，这里还能偶尔见到一些人来祭奠自己逝去的亲人，可是到了夜晚便万籁俱寂，伸手不见五指，哪怕连流浪狗都不会前来光顾。

梅园公墓很大，面对一个天然形成的宝塔湖，几乎占据了整片山头。据说20多年前初建时还特地请了一个颇有名气的老僧前来看风水。如果不是因为福利待遇和工资水平相比别的工作要高好几个档次的话，顾小白宁可脑子撞坏了也绝对不会选择来这里工作的。

守夜的工作更简单，只要时不时地看一眼监控屏幕就可以。顾小白诅咒前不久那个缺德的小偷，要不是他想钱想疯了，竟然去挖坟盗取骨灰盒敲诈勒索的话，公墓方是绝对不会另外设立守夜班的。

他无聊地看着几乎一动不动的黑白监控屏幕，昏昏欲睡。突然，第七号屏幕上有什么东西晃动了一下。顾小白猛地一个激灵，条件反射地从椅子上坐直了，双手揉揉眼睛。没错，是一个活生生的人！红外线监控探头可比人的眼睛管用多了。顾小白瞥了一眼电脑上的时间——凌晨3点。这个时候，难道又是来盗骨灰盒的？顾小白感觉自己的后脊梁骨直冒凉气。想去查看，双脚却死死地钉在了地面上寸步难行，连站起来的力气都没有。

顾小白是绝对不会承认自己害怕的，他双眼死死地盯着那个人影，生怕遗漏掉任何画面，心里在琢磨着下一步自己究竟该怎么办。

让顾小白深感意外的是，虽然看不清楚那人的长相，但是从背影和动作上可以大致判断出应该是个个子矮小、瘦弱的人。而且这个人并没有忙着打开墓地盖板，而是拿出蜡烛和纸钱，在应急灯的照射下，开始做着祭奠的必要工作。

谁大半夜的会跑到墓地来祭奠？顾小白目瞪口呆。他分明记得墓地的门都是关着的，虽然是防君子不防小偷的栅栏门，上面也只是象征性地挂了一把大铁锁，但是要想进来的话也必须把大铁锁给撬开……可是，想想这里只不过是公墓而已，有必要这么大费周章吗？

顾小白想去看个究竟，但双脚依旧不听使唤。这样的过程持续了大概半个多小时，很快，那人简单收拾了一下后，就转身匆匆离开了。

以防万一，也是出于好奇，顾小白迅速调看别的监控镜头，果然，看见这个人正匆匆走向关着的大门，很快就从门上爬了出去。应该是外面有车停着，虽然那已经是监控探头的视野范围之外，但是可以从屏幕上所显现出来的两束倒车的灯光判断。顾小白长长地出了口气——还好，不是鬼！

这里毕竟是公墓，远离人烟的荒郊野外，光凭两条腿走到最近的小卖部也要二十分钟以上。

天亮以后，顾小白特地去了趟第七号监控探头所在的位置，他站在水泥露台上，看着眼前这个特殊的墓地，心里不由得直犯嘀咕。

墓主人叫黄晓月，相片上看是个年轻的女孩，墓碑上的亡故时间是 1985 年的 9 月 8 日，正好是 30 年前的今天。粗略推算下，死者死时年仅 25 岁。

交接班的时候，老员工陈伯听了顾小白的描述，不由得皱眉，嘴里直嘀咕："不对啊，那只是个衣冠冢，根本就没有骨灰盒，而且要是我没记错的话，家属已经快 20 年没来交墓地租金了，听行政办公室的人说，好像家人都已经搬走了。为了一个衣冠冢大半夜跑来祭奠，脑子烧坏了吧？"

顾小白哑口无言。

心有不甘的顾小白在下班后又绕到了那个特殊的墓地前，琢磨了一会儿后，他耸耸肩，临走时随手拍了几张相片，接着编发了一条说明传到了自己的微信朋友圈里——半夜三更来公墓祭奠一个衣冠冢，至于吗？吓死老子了！有谁知道这个衣冠冢的故事吗？

中午，顾小白还躲在宿舍床上睡觉，手机提示有一条新的短信消息，他迷迷糊糊地顺手拿过手机，点开，顿时清醒了——想知道你微信朋友圈中所提到的那个衣冠冢的故事吗？我叫王勇，电话号码188×××××××，随时恭候！

好奇害死猫，顾小白的脑子顿时清醒了。

半小时后，睡眠不足的顾小白红着眼在楼下的肯德基店里见到了给自己留言的王勇。"别废话，你真的知道那个衣冠冢的故事？"一上来，顾小白就直奔主题。王勇一言不发，笑眯眯地给顾小白递过来一张收费单据，上面写着：咨询费50元。

"骗子！"顾小白扭头就要走。

"别啊，我就是干这行的，靠挖人家的秘密吃饭！"王勇叫住了顾小白，"再说了，你一个背景干干净净的小白怎么会突然之间对这个感兴趣，肯定也是有原因的，对吗？如果你有秘密可以和我交换的话，我可以在这个价钱上给你打五折，也就是25元。怎么样，很公平合理，对不？一顿套餐的价钱啊！"

"我哪有什么秘密……"虽然说心里一百个不乐意，但是人的好奇心是没有办法被抑制住的。顾小白犹豫了好久，终于一咬牙，点点头，屁股重新坐回到了椅子上："好吧，我们怎么交易？"

"这是我的名片，"王勇双手捧着自己的名片恭恭敬敬地递送到对方的面前，"以后你要是有别的猛料，想赚点外快的话，尽管找我。"顾小白看了看名片，又抬头看了看王勇的笑脸："你这种人就不怕遭到报应，像电视剧中演的那样被人灭口？"

"这个世界就是这样，饿死胆小的撑死胆大的。"王勇笑得很开心，他打开了随身带来的小型录音设备，"来，先说说你昨晚上的所见所闻吧，或许我还可以给你更多的折扣哦！"

"一个叫黄晓月的女人，死了大概30年了，家属也早就不管她的墓地了，结果昨天晚上，确切地说是今天凌晨，有人前来祭扫她的墓地。"顾小白一脸的沮丧，"那个钟点出这事儿，差点没把我给吓死。"

"你看清楚对方的长相了吗？"王勇问。

"黑灯瞎火的，我怎么看得清啊，再说了公墓那么大，黄晓月的墓地只是个衣冠冢，还在山顶的那头，离我的值班室要走十多分钟的，等我赶到那里，那人早就跑了！"顾小白皱眉看着王勇，"他没偷什么东西，就只是祭拜而已，理论上我也不该干涉的。"

"那他乘坐的交通工具你看清楚了吗？"王勇不甘心地追问。

"没有……哎，我说你怎么像个警察啊，问个不停，明明该是我来问你的，不然这钱我不就花得太冤枉了。"顾小白一脸的不乐意。

"有来有去嘛，你那么急干吗？不问清楚你昨天晚上的经历，我怎么告诉你这个黄晓月的故事？"王勇得意地嘿嘿一笑。

"我只不过是好奇，现在倒好，算是被你彻底给拉到这个坑里来了。"顾小白长叹一声，左右晃了晃有些僵硬的脖子，这才无可奈何地说道，"他的交通工具应该是汽车，因为我们公墓的位置很偏，那么晚，离人多的地方光是步行就得半个小时，我想这家伙肯定是有备而来的，而且在监控探头中我也看到了疑似汽车尾灯的光束。不过你不用费心去当什么名侦探柯南了。"

"为什么？"王勇顿时来了兴趣，他笑眯眯地看着顾小白，静等着他告诉自己答案。

"很简单啊，我们那个鬼地方离最近的公路都有十多分钟车程，根本就没有监控探头给你看。最近的一个监控探头离我们墓园有20多千米，而在这段距离内，足足有五个路口可以供一个人消失。"顾小白愁眉苦脸地说道，

"你就别白费功夫了。"

"哟，真没想到你了解得这么清楚？"王勇感到很意外，脸上不由得露出了惊讶的神情。

"大惊小怪干吗？"顾小白瞪了他一眼，"如果你每星期要花五天时间在这么一个无聊透顶的地方度过的话，我相信你会比我了解得更清楚的。好了，说说黄晓月的故事吧，我感到奇怪的是，为什么她只有衣冠冢？难道说她没死？"

王勇摇摇头，神秘兮兮地说道："没找到尸体！所以说，即便她死了，也是一个屈死鬼！"顾小白目瞪口呆："你瞎说，死人不会开车！"

"这么说你昨天晚上看到的那个人是个女人！"王勇把脸一沉，压低嗓门步步紧逼，"你怎么那么肯定那辆车一定是阳间的车呢？"

顾小白听了这话脸色惨白，转身就跑，跑到门口突然想到什么又转回身来，朝王勇的桌上丢了一张50元的纸币，然后就跟见了鬼一样头也不回地跑了出去。

王勇双眉一挑，看着揉成一团的50元面额纸币，脸上露出了得意的笑容。

王勇知道自己挖到了一个大金矿，他相信只要顺着自己所掌握的线索步步向前，就会不费吹灰之力地赚到更多的钱。这个世界上没有谁是不喜欢钱的。

章桐不记得自己究竟是什么时候睡着的。她窝在沙发里，笔记本电脑开着，一边的咖啡早就凉透了。

一个人真的不能有太多的心事。工作十多年，自己经手的案子几乎上千，要这么大海捞针地去找那只想置自己于死地的黑手，真是难比登天，可是除了这个方法，章桐实在是想不出其他更好的。

强打起精神，她拿过钢笔，打算在拍纸簿上记下刚才看的案子尸检报告上的一些要点，可是划拉了两下，纸上却没有字迹，原来是钢笔没水了。章桐皱眉来到李晓伟的写字台边，拉开抽屉打算找支笔。

有时候，秘密被揭开时没有任何征兆。当章桐看到那张发黄的相片时，从最初的无意一瞥到冷不丁地心头一震，她已经全然忘记了自己打开抽屉的初衷。

这个女人很面熟。相片中的年轻女人和那稚嫩的小男孩，从面部的遗传特征来看，显然就是母子俩，而从小男孩的脸部轮廓上也可以很明显地看出李晓伟的影子。但是这看似很普通的一张老相片让章桐疑惑不解。

私人侦探王勇的话又一次在章桐的耳边响起："你已经得到了自己应得的。李医生，按照那个匿名雇主的话，接下来，就是你该偿还的时候了。好好想想，李医生，你究竟得罪过谁？我看你还很年轻，难道说是你的家里人？所以呢，给你一句忠告，好好想清楚，不要真的事情发生了，再来懊悔。那样的话说不定就迟了。"

章桐没有再犹豫，她掏出手机，对准相片，摁下了拍照键。拍完照片后，又把相片塞了回去，然后用力关上了抽屉。自己肯定在哪里见过这张相片！

窗外，天空灰蒙蒙的，不知道什么时候开始下起了大雨，雨滴打在窗户玻璃上，发出噼啪的声响。

章桐匆匆给李晓伟留了一张字条，背着登山包就离开了李晓伟的家。

走出肯德基餐厅的时候，天空下起了雨。王勇咬牙狠狠地咒骂了一句，然后一头钻进了自己的大众牌皮卡车里。

车子已经买了好几年了，王勇全指望着自己生意兴隆，然后赶紧换一辆新的，现在看来，生意总算有了转机。

他刚想发动汽车，转念一琢磨，在市局档案室工作的战友应该还没下班，这时候给他打个电话还来得及。王勇便掏出了牛仔裤兜里的手机。

电话很快就接通了。可是当他好不容易把来意讲清楚后，曾经一起在部队里服役的兄弟却一口回绝，似乎连松口的余地都没有。

王勇皱了皱眉，他不死心，面对能给他带来金钱的秘密，他从来都不会轻易放手的。

"涛哥，既然不让我看档案，我也不难为你，要不，你回答我两个问题，好不？反正都已经过去那么多年了，我想应该也不算是什么秘密了，你说对不对？而且我现在干的这一行你也清楚，我这个人可是很讲原则的，绝对不会出去乱说。你难道还不相信我吗？"

许久，电话那头传来一声重重的叹息："真拿你没办法，说吧，趁我们头儿现在不在办公室里。"

"第一个问题，那个赵家瑞案中失踪的黄晓月，已经确定死亡了吗？"

"法律意义上是死亡了，因为失踪满四年，无论是否因为意外事件，其家属都可以向法院申请宣告死亡，而黄晓月的家属是在女儿失踪五年后向法院申请宣告死亡。我记得还搞了个什么衣冠冢，像模像样地买了块墓地安葬了女儿在世时穿过的衣服之类，当时在媒体上还是很轰动的。但是严格意义上来说，我们警方并没有见到黄晓月的尸体，所以按照当时的法律，在这样的情况下，除非直系亲属出面，我们警方是不能宣告她死亡的。"

"好，那下一个问题，黄晓月真的牵涉进了赵家瑞的案子中吗？她最终有没有被确认为赵家瑞系列杀人案中的最后一个死者？"因为激动，王勇的声音有些颤抖。

"我记得赵家瑞案件的卷宗中记载得很清楚，找到的死者遗骸是11具，而不是如赵家瑞在警局所供述的12具，但是黄晓月确实是失踪了，只是可惜，赵家瑞到死都没有说出最后一具尸体的下落，就一再坚持说人是他杀的，杀了丢哪里记不清了，他的案子最终也就只定了11条人命，而黄晓月的卷宗上现在还写着：失踪，家属向法院申请宣告死亡。其实说到底，赵家瑞从被捕、判刑到最后被执行死刑，对自己所有案子的杀人动机根本只字未提，而那11具尸体大部分是被人陆续发现的，除了他自己供述的以外，他都爽快地点头承认了。还有那个黄晓月，知道吗？她竟然是赵家瑞的老婆，你说多么有戏剧性！这种人连自己刚过门没几年的老婆都杀，简直毫无人性，只是可惜，没有发现尸体就不好认定杀人……哎呀，看我啰啰唆唆说了那么多！你别再来害我了，老弟，这事你可千万别出去乱说啊，搞不好我会丢饭碗的，下回请我喝茶。"电话应声挂断。

王勇没有一点生气的感觉，反而像极了一条嗅到了猎物的猎犬，嘴角露出了得意的笑容。他刚打算给李晓伟打电话，可是很快就打消了念头，迅速用语音发出一条短信给那个神秘的邮件地址，接着就把手机随手丢到副驾驶座上，然后把皮卡车开上了高架桥。

叫你不把我当回事，总有一天你会来求我的！信心满满的王勇把新的目的地输入了导航仪。他很清楚自己还差最后一环，只要能找到当年的医院档案，那么一切谜团就犹如多米诺骨牌一般悉数解开了。

晚上回到家后，王勇刚打开电脑就听到了邮箱发出的悦耳的叮咚声，在反复读完邮件后，王勇的脸上露出了得意的微笑，看着手上这张发黄的老档案纸，他的耳边分明听到了钱的声音。要知道这可是世界上最动听的声音了。

相片中的女人非常年轻，不会超过25岁，和李晓伟有着明显的基因遗传关系，那宽宽的额骨和鼻骨，简直就是一个模子里刻出来的。章桐感到心烦意乱，便干脆合上面前的笔记本电脑，向后仰靠在椅背上，闭上了双眼。

难道说她真的没有死？可是都过去这么多年了，又为什么不跟家里人联系呢？

这张脸，自己不会记错，她叫黄晓月，是30年前一起凶杀案的疑似被害者，父亲工作笔记中有她的一张翻拍的小相片，当时曾经被用在寻人启事上。之所以印象这么深刻，是因为警察自始至终都没有找到她的遗体。这件事在当时的舆论媒体上掀起过很大的风波。

最主要的是章桐对自己父亲章鹏亲手办理过的每一起案件都记忆犹新。因为没有发现尸体，本着"疑罪从无"的原则，所以当时还兼任副局长的父亲并没有同意把死者的名字加入赵家瑞连环杀人案的被害者名单中去。但是当时参与办案的人坚决反对，并且十分肯定地说黄晓月已经失踪多日，更何况赵家瑞亲口说出了黄晓月已经被害的消息。而作为一个社会关系极其简单的女孩子，突然杳无音讯绝对不会是一个好兆头。

在父亲的工作笔记中，这个案件的结尾处是一个大大的红色问号。章桐深信父亲当时肯定是对此心存疑虑的。

还有就是，根据记录，黄晓月失踪时的婚姻状态是已婚，子嗣一栏却是空着的，表示没有子嗣。

那这一张相片又意味着什么？黄晓月如果仍然活着的话，没有理由不找自己的家人。也就是说黄晓月隐瞒了自己已经有了一个儿子，也就是李晓伟。

章桐查了李晓伟的户籍资料，上面显示他是被人收养的，收养时的实际年龄是4岁。

事情的发展变得越来越扑朔迷离了。

外面的雨越下越大，远处似乎传来了阵阵雷鸣。章桐感到有些饿了，就站起身，想找点吃的东西。

印象中冰箱里还有块蛋糕，可是打开冰箱后，看着外包装上的保质期，章桐还是打消了把它吃下去的念头。下碗面吧，她一边磨磨蹭蹭地走向厨房，一边嘴里嘀咕着。

经过玄关的时候，门铃突然响了，章桐不由得皱眉，自己家里一般不会有访客，这个时候会是谁？

打开门，隔着防护链条，章桐吃惊地看着李晓伟，他浑身湿漉漉地站在她的面前，显得狼狈不堪。

"怎么是你？你来这儿干吗？"章桐皱眉问，她顺手拉开了防护链，请李晓伟进了屋。

十多分钟后，眼看着大口大口喝着姜汤的李晓伟渐渐恢复了平静，章桐双手抱着胳膊靠在门框上，一脸的疑惑："李医生，你怎么来了？还有，你究竟是怎么知道我住在这里的？我记得我没告诉过你我家的地址啊。"

"我怕你出事，就问了小潘。"李晓伟口气中略带埋怨，"你为什么要走啊？回家后看见你不在，我就赶紧出来找你了。"

"是吗？不过反正我也要回家的。老麻烦你也不好。"章桐笑了笑。

正在这时，电脑发出了滴滴声，不一会儿，小潘的头像就在电脑屏幕上出现了："章姐，你在吗？"章桐冲着李晓伟点点头，赶紧穿过沙发来到写字桌边，点开屏幕。正等得有些焦急的小潘一见章桐来了，连忙晃了晃手中的报告单："你判断的没错，章姐，这张相片应该是30年前的。通过面部数据点的采集和对应的鼻子扁平程度以及颧骨的宽度统计显示，相片中的女人和孩子是母子俩，他们面部有很明显的遗传特征……"一边说着，小潘一边在镜头前晃了晃手中的相片。

章桐感到有些尴尬。

"还有啊，三个死者的牙齿，都是被同一种工具一个个拔除的。应该是拔牙钳，专业的牙医工具，不过网上都可以买到。这里要说明的是，经过毒物生化检验，结果显示死者体内并没有麻醉剂。"

"这怎么可能？"李晓伟脱口而出。

他的出现让小潘颇感意外，在镜头里发出了"哎呀"一声，章桐再想把镜头挪开却已经来不及了。"你们……"

章桐懊恼地转头瞪了李晓伟一眼，小声嘟囔："我们没事，李医生就是顺路经过来坐坐，马上就走的。你继续说吧，没事。"李晓伟一脸的狼狈，连忙点头附和。章桐问："小潘，你说没有麻醉剂的残留物，难道说已经排出体外了？"小潘摇摇头："姐，没那么简单。无论哪种方法都试过了，死者体内都是干净的。也就是说，在凶手解剖过程中，死者的行动能力已经完全丧失了，所以没有办法反抗。"

章桐轻轻叹了口气："这样看来那就只有一种可能了：神经剥离。他们成了实验室里的小白鼠！"

关上电脑后，屋子安静得都能听到人的呼吸声，窗外雨声不断。许久，李晓伟哑声问道："你为什么要调查这张相片？你看到它的时候知道相片中的女人是谁吗？"

章桐点点头："是你的母亲，相片是你3岁半的时候照的。有人雇了王勇调查你。你应该还记得王勇说过的话。"

"我当然记得。他说过可能和我的家族有关。我母亲在我3岁半的时候去世了，怎么死的我不知道，我那时候还小，没有什么记忆。这么多年来每年清明我也没给她上过坟、烧过纸，一直都是阿奶抚养我长大。她现在身体不好，小时候我问过她好多次关于父母的情况，她都很生气，我就再没问过了。"

"户籍资料显示，你是被方淑华也就是你阿奶收养的，收养年龄是4岁，那你父亲呢？"章桐问。

"也死了，是听我阿奶说的。我直到现在还能经常梦见我的父亲，但是因为他很少回家，所以我对他的印象不深。奇怪的是，大多数都是晚上的记忆，支离破碎的。"李晓伟苦笑，"所以呢，可以说我对我的家人几乎一无所知。阿奶的记忆又是一片糊涂，我不能指望她告诉我什么。"

"你从我母亲身上调查出了什么？"李晓伟突然疑惑地问道。

章桐想了想，最终还是决定直接告诉他："她是赵家瑞案的第12名受害者，你母亲叫黄晓月，失踪那年25岁，根据当时的记录显示，推断是已经被害了，所以五年后家属向法院申请宣告死亡。其间一直没有找到尸体。你是学犯罪心理的，应该很清楚连环杀人案的凶手对自己手中遇害者的具体人数有所保留，是再正常不过的事了……"

"我知道，杀一个也是死，杀十个也是死，产生让死者家属无法安葬自己亲人的报复性心理是顺理成章的事。"

章桐同情地看着他："黄晓月生前的合法丈夫是赵家瑞。而且根据当时的案件卷宗显示，她的社交圈子非常简单，并没有什么绯闻男友的存在。"

"胡说八道！"李晓伟几乎是怒吼出了这四个字，话音未落，他面部的表情突然僵住了，也不知道过了多久，他迅速伸手拉过章桐脚边的一只垃圾桶，打开盖子，然后在章桐惊愕的目光注视下，抱着垃圾桶一阵狂吐，直吐到最后瘫软在地板上为止。

第九章　DNA

昨晚，李晓伟是在章桐的沙发上度过的。

李晓伟告诉章桐，自己在来她家之前，就已经请好了20天的假。他现在只想知道自己母亲的下落，如果真的死了的话，至少也该有个自己可以拜祭的地方。

早上醒来，李晓伟一睁开眼睛就看到章桐正坐在自己对面的椅子上。

"那你有什么打算吗？"章桐问。

"我们互相帮忙，你看怎么样？"李晓伟坐起来，伸了个懒腰，信心满满。

"帮忙？"章桐一头雾水。

李晓伟点点头："没错，我帮你找出潘威，也就是我的病人死亡的真相，而你，帮我找出我母亲的下落，怎么样，公平吧？"

章桐不由得眯起了眼："你难道真的相信潘威说的那个有关牙仙在外面四处杀人拔牙的把戏？"

"不，你错了！"李晓伟认真地说道，"潘威是个典型的妄想症病人，而我，是在他发病大半年以来唯一一个和他交谈最多的人，或者说，是最了解他的人。打个比方吧，在过去的大半年时间里，我用一个妄想症病人的思维方式走进了潘威的世界。"他伸手指了指自己的脑袋，微微一笑，"而一般人，是绝对到不了这里的。"

"所以呢？"

"潘威绝对不可能自杀！"李晓伟看着章桐，"他的尸体是你解剖的，我相信你也有同感。"

章桐愣了一下，随即点点头："没错，他是左撇子，但是他的右手拇指和食指上却有电流通过的痕迹。而一个人是绝对不会因为自杀而突然改变自己多年形成的生活习惯的。并且他的头部右侧有被重物敲击的痕迹，半圆形的，类似于球状物。"

"你的意思是凶手在打昏了他以后，再抓住他的手把电线塞进他的嘴里伪造自杀的假象？"李晓伟一愣，这还是他第一次这么直接地听到潘威的死亡经过。

章桐点点头："说到这个，我有个疑惑，一直得不到解答，那就是从昏迷倒地到触电身亡，时间不会很长。32颗牙齿，再熟练的牙医也不可能像摘豆角那样速度飞快啊。更何况我在死者的身上并没有发现反抗的痕迹，毒物检验中也没有发现迷幻药的残留。你说，谁会乖乖地躺在那儿任由别人把自己的牙齿拔得一干二净然后张开嘴巴含着电线呢？"

李晓伟突然伸出了一根手指："有，用我们心理学上的话来说，那就是——痛感消失！形象点说就是我们人体的各种感觉都由一个总的阀门控制，我想，你也是医生，不用我告诉你那个开关在哪里了，对吗？"

章桐不由得目瞪口呆："我怎么这么蠢！"她连忙掏出手机，拨通了小潘的号码。

"潘威的尸体还在吗？"

"在。"

"等下你到局里后马上做个头部血管造影，他剩下的颅骨部分创面损伤不是很大，我想应该足够了，然后发到我手机上。"章桐语速飞快地吩咐道。

"没问题，对了，"小潘压低了嗓门，小声问道，"章姐，不是我多嘴，你是不是被停职了？局里大家这两天都在那么传。"

章桐心一紧，却仍然故作镇定地说道："别听他们谣传，我只是休假，你做好自己的事就行了，这段时间你多辛苦一点，拜托了。"

"放心吧，章姐，我一直都支持你的，不管发生什么，你都要坚持下去，我等你回来。"电话很快被挂断了。小潘的话依旧在章桐的耳边回响，有那么一刻，心里暖洋洋的，她的眼泪几乎流了下来。

李晓伟的声音在背后响起："我也支持你！章法医，那家伙我们一起来对付！你放心吧！"

章桐突然转身看着李晓伟，皱眉说道："不，我看你绝对不是单纯地出于对自己的病人负责！"

"是吗？"李晓伟笑了，只是有些许不自然，"那你说是为了什么？"

"没什么，你别心虚。我只是说对于一个还称不上是朋友的人略有隐瞒非常正常，更何况是自己的秘密，你说对不对？"章桐的目光深不见底，"反正我不介意，毕竟都过去30年了，我帮你就是。黄晓月毕竟是你母亲，而你的父亲，你肯定也想知道更多关于他的事情，对不对？"

李晓伟面露惊讶，随即转忧为喜："那就一言为定。"

"赶紧吃点东西，我们去潘威的家，和他老婆谈谈！"

"我记得你不是说过他单身吗？"章桐好奇地问。

李晓伟笑了："没结婚就不能同居吗？看来你比我还老古董。"不经意的一句玩笑话，章桐的脸却突然红了。

潘威的单身宿舍干净整洁得让人怀疑这里是否曾经住过人。如果不是门口还贴着黄白相间的警戒带的话，说这里几天前是一个命案现场真的没有多少人会相信。

房间里已经有人了，而且还不是一个人！

童小川突然发觉自己这个堂堂的刑警队长在一个哭闹不止的小孩面前的窘态简直可以用"束手无策"四个字来形容。而孩子的哭闹声所产生的噪音分贝绝对不亚于装修公司所使用的冲击钻。

"他不可能自杀！"眼前这个30多岁的年轻女人一边哄着怀里吵闹不休的两岁光景的小男孩，一边头也不抬地一口回绝道，"所以你们别胡说八道！阿威他是脑子有问题，但是还不至于把电线塞进自己嘴巴里去！"

"为什么？"童小川感到很好奇，目光时不时地看向眼前这个几乎站都站不稳的头发稀疏发黄的小男孩，心里嘀咕这孩子都两岁了，怎么还站不稳？得了什么病也说不准。不过这么凶的女人养出营养不良的孩子来一点都不奇怪。

"道理很简单啊，你说一个每天不愁吃穿的傻子，整天笑呵呵的，还有啥想不开的，你说对不对？"女人从自己的鼻孔里发出了一声重重的"哼"，童小川和助手卢强不由得面面相觑，面露苦笑。"对不起，你是……他的保姆还是他的亲戚？"

女人一瞪眼："要我说多少遍？我是潘威的女人，这是他的宝贝儿子，如假包换！"

童小川一头雾水，便伸手指指自己的笔记本："户籍资料上显示潘威不是没有成家吗？你怎么说是他老婆呢？"

"是吗？"女人对此却一点都不感到意外，她弯下腰，全神贯注地擦拭着小男孩手中刚才掉在地板上的糖块，然后旁若无人般地一口塞进自己嘴里，边嚼边嘟囔，"不奇怪，我们属于'先上车后买票'那一类。"

"先上车？"童小川一时之间没有反应过来。身旁站着的卢强连忙凑到他耳边小声说了几句。童小川这时候才总算弄明白了眼前这个孙二娘般的年轻女人的真正身份原来只是潘威的同居女友。他想了想，犹豫不决地说道："那你知道潘威的真实病情吗？"

"知道啊，不就是想象力丰富一点吗？就是经常会自己和自己说话，别的又没什么。对我们娘儿俩挺好的，要啥给啥。要不是这次突然遭天杀的出了事，他说年底要和我领证的。"说着，正忙着给小男孩擦鼻涕的女人抬起头，盯着童小川，目光咄咄逼人，"现在，你们警察来告诉我，一个正准备结婚的男人怎么会突然选择自杀？"

卢强显然是被女人的气势给吓了一跳："林女士，你既然声称是潘威的同居女友，为什么潘威被害的单身宿舍里并没有发现你和孩子的痕迹呢？而且，潘威为什么要向公司申请单身宿舍？"

女人摆出一副无所谓的样子，伸手把正试图挣脱女人怀抱的小男孩给拽到大腿上，然后腾出一只手从挎包里摸出自己的钱包，甩给卢强："看，里面的相片，就是我们一家三口的合影，还有啊，这是单身宿舍，你明白吗？公司条件不允许。对了，我忘了跟你说了，阿威的工作就是编程，制作游戏程序，所以有时候需要安静，可是我们自从有了这么个小崽子以后，几乎没有一分钟是可以安安静静做点自己的事情的。所以，你说那是单身宿舍也好，说是'避难所'也好，自然也就找不到与他工作无关的东西了。"

卢强尴尬地涨红了脸："那你们现在的……地址？"

"上官弄28号。"女人没好气地从牙缝里蹦出了这么几个字，眼皮都懒得抬一下，伸手抓过钱包塞进裤兜里，"我可以走了吗？警官，孩子回家还要吃奶！"

小男孩在一边助威似的闹得更起劲了，童小川忙不迭地点头。

打发下属送走潘威的同居女友后，童小川看看卢强："只有一个办法了。"

"童队，你的意思是？"

"找到最了解死者的人！"童小川目光坚定，狠狠地掐灭了手中的香烟。

"谁？"

童小川一瞪眼："你怎么这么笨，他的心理医生啊！那个神经兮兮的李医生！赶紧给我找来！"

看着卢强向警车一路小跑而去的背影，童小川不由得长叹一声，摇摇头，嘴里自言自语："说你是菜鸟还真是菜鸟，根本就不是干专案的料！"

中午，天气变得有些闷热了起来，乌云密布，眼看着一场大雨即将来临，章桐不由得暗暗叫苦。上官弄28号，在一家面粉厂的后面，李晓伟和章桐好不容易才找到这么个摇摇欲坠的号码牌。整条弄堂里黑漆漆的，违规搭建的电线横七竖八，就像蜘蛛网一般遍布在弄堂的上空，有时候不得不低着头才能躲过被电线挂住的风险。当然了，顾得了上面自然也就无法顾及自己的脚下，章桐刚想张嘴提醒他，李晓伟的皮鞋就一脚踩到了新鲜的狗屎。

"什么鬼地方！"李晓伟忍不住抱怨了一句。

"人住的地方啊，难道你就没去过这种地方吗？"章桐幸灾乐祸地看着李晓伟，"我出警的时候什么地方都去过，这些还真不算什么。"

李晓伟的目光自然就落到了章桐的双脚上，他突然很佩服这个女人的沉着和机敏，因为她的脚上穿着一双雨靴，而此刻，头顶的人工蜘蛛网根本就抵挡不住越来越密集的雨珠。

屋内传出了孩童哭闹的声音，李晓伟冲着章桐使了个眼色，便上前敲门。"有人在家吗？请开开门！"门应声打开，出现在门缝里面的是潘威同居女友不满的脸："怎么了？你们是哪里的？我想中午睡个觉都不行！"

"是林玉芝女士对吗？你好，我是潘威的医生，曾经给他治过病，请问能进来和你谈谈吗？"李晓伟非常有礼貌地讲明了自己的身份和来意。林玉芝不由得愣住了，她仔细打量了一下身材高大却略显瘦弱的李晓伟，随即恍然大悟："我认识你，你来过一次！你是阿威的心理医生！"李晓伟悬着的心总算放了下来。

走进小屋，章桐的眼前猛地一黑，屋里昏暗的光线让她一下子失去了方向感。林玉芝吃力地抱着孩子，腾出一只手来摸着墙角打开了灯。这是里外两进的民居，因为过于低矮狭小，所以屋里显得非常凌乱不堪，尤其是孩子的衣服、奶瓶、尿布被扔得到处都是。章桐问道："林女士，这是你的房子吗？"

林玉芝摇摇头："阿威租的，每个月要300块呢！"

"那你们以后怎么办？"李晓伟关切地问道。

"能怎么办？我得把这小崽子养大啊，出去找事做呗。"女人的目光中充满了迷茫，"因为阿威的病，所以他家里没有愿意接纳他的亲人了。再说了，我们都没结婚，没名没分的。"

"林女士，我们今天来，是想问问阿威的情况。方便和我谈谈他吗？"李晓伟问。

林玉芝疑惑不解地看着李晓伟和章桐："你们想知道阿威的事干什么？"

章桐想了想，从挎包里摸出了自己的工作证："我是警局的法医，我怀疑你男人不是自杀，你是否能帮助我们找到真相？"

林玉芝一愣："上午的时候，我去了阿威的单身宿舍，是公司的人叫我去的，说什么要收拾一下他的遗物。就在那里，一个姓童的警官和我刚谈过，你们是哪里的？"

李晓伟看了看章桐，然后柔声地说道："林女士，我只是作为他的心理医生出面调查，算作警方证据的一种间接补充吧，有合理的证据，我们也会提交给办案的警察的。那么，现在你能和我们谈谈潘威吗？他究竟是怎么发病的？还有，我更感兴趣的是那个叫礼包的人。你看，能不能把你所知道的和我们说一下？"

林玉芝犹豫了半天，终于长叹一声："那好吧，阿威都死了，也没啥好隐瞒的了。既然他在世的时候那么信任你，我就全部告诉你吧。

"在别人眼中，阿威就是个废物，性格懦弱、没出息暂且不论，也没钱，但是在我看来，他是这个世界上最好的男人，因为他关心我。有一次，因为我贪图凉快，外出少穿了一件衣服，结果感冒了，阿威知道后，竟然心疼地哭了！"林玉芝笑着看着李晓伟和章桐，略微停顿了一下，轻轻说道，"你会因为女朋友生病而哭吗？应该不会吧？但是他会！阿威是个很懂得体贴人的男人，所以，我就选择和他在一起了。"

李晓伟的脑海中闪过了潘威请自己吃蛋糕时候的样子，就因为有一次在交谈中无意讲出自己喜欢吃蛋糕，让他颇感意外的是潘威竟然记住了，后来每一次看门诊，他都会给他带上一块蛋糕，当然了，李晓伟从没有收下过。

想到这儿，又想起潘威不明不白地惨死，李晓伟也随之伤感起来。他抬头看了看章桐，轻轻叹了口气。

"至于礼包嘛，我本来也不知道他是谁，直到有一次我无意中看到他一个人在那里絮絮叨叨不知道说些什么，那样子让我感到有点害怕。事后我实在憋不住，就问他刚才在和谁说话，阿威笑眯眯很正常地回答我说，那是他哥哥，叫潘杰，小名礼包。"说到这儿，林玉芝突然停住了，皱着眉，似乎有点犹豫自己该不该继续说下去。

听到这个意外的消息，李晓伟有点惊讶，他向前探了探身子："难道说，他哥哥在以前出过意外？"

林玉芝点点头："没错，我也猜到了。但是这并不是问题的根本所在，知道吗，李医生？让我感到有点无法理解的是，他居然跟我说他哥哥和他有时候分开，有时候共用一个身体。所以他可以经常和哥哥说话，他哥哥会教他很多东西。"

"不奇怪，他哥哥的意外肯定多少是为了他，出于自责，又因为年幼，无法接受残酷的现实，他就形成了典型的人格分裂妄想症。"李晓伟长叹一声，"那大概是什么时候发生的事？"

林玉芝想了想，说道："他说过，在他10岁的时候，夏天。但是对于哥哥的死因，阿威再也没有谈起过。"

章桐突然问道："潘威做过地包天牙齿纠正手术吗？"

"没有，你怎么会问这个？他的牙齿很正常，就连牙疼都没有，他身体很健康，还跟我说领证后要带我们娘儿俩去韩国旅游，现在看来，都无法实现了。我真是命苦！"看看酣睡的孩子，林玉芝满面愁容。

"潘威突然发病大闹办公室的事，你知道吗？"李晓伟问。

林玉芝点点头："我知道，他同事给我打电话了。如果不是有人那么无聊的话，阿威也不会发疯！"

"无聊？"章桐感到莫名其妙。

"是啊！明明知道阿威听不得拔牙的事，还就在他面前不断地讲，翻来覆去地讲，这跟没事找事有啥区别，你说是不是？"林玉芝没好气地抱怨，"我看这种人就爱欺负老实人，他该对阿威的病负责才对。"

"林女士，你知道潘威为什么会对拔牙这么敏感吗？"李晓伟问，他知道这是整个问题的中心点，只要知道这个答案，所有的难题就都将找到答案。

本以为林玉芝会多少犹豫一下或者干脆说不知道，但是让人感到意外的是，她想都没想，竹筒倒豆子般直接就给出了答案："牙仙的故事。拿来哄孩子的，结果这小崽子照样一觉睡到大天亮，反而把阿威自己给吓得不轻，晚上还经常被惊醒，满屋子四处找自己的牙齿……你说可笑不可笑？"

李晓伟和章桐面面相觑，谁都没有笑。

雨停了，可是尽管如此，顺着屋檐而下的积水依旧在不大的小弄堂里形成了一道密集的雨帘。走出狭小低矮的林玉芝家，章桐一声不吭，只是默默地跟在李晓伟的身后。

一直走到外面的大路上，李晓伟忽然停下了脚步，转身认真地看着身高几乎比自己矮一个头的章桐："你有心事！"

"你查过潘威的家族病史吗？"章桐问。

李晓伟微笑着点点头："我问过他，他说没有家族病史，且家里已经没有别的人了。我看他的症状是符合妄想症的，而且他的各项器官指标都很正常，没有发现什么奇异怪诞的行为。说白了，他唯一不正常的地方，就是他那个别人看不见的朋友。"

"不，我总觉得哪里不对劲，让我好好想想……"章桐双眉紧锁。正在这时，手机铃声响了起来。她犹豫了一下，点开接收页面，是一幅人脑部的血管造影图。仔细看过后，章桐的神情立刻变得严肃起来。她把手机递给了李晓伟，李晓伟看了看，不由得目瞪口呆："这不可能啊！你确定机器没出错误？"章桐摇头："那仪器是最先进的，比你们医院里的都好，这点不是你该担心的事！抛开受损的那片颅骨，你注意到他的脑部海绵体了没？"

李晓伟点点头："没错，显示这个人曾经死过一回，脑部血管流通曾经中断过一次。但这根本是不可能的事啊！他活得好好的，而且根据这个海绵体阻断的位置来看，如果发生，也是大约一个月以前的事，但是他上周还来看我的门诊，还是活生生的人啊……"

章桐盯着李晓伟，想了想，问道："这个故事，就是阿瑞的故事，应该是潘威上周突然告诉你的，对吗？"

"没错。"

章桐收起手机，转身向弄堂里快步走回去。

"哎，你去哪儿？"李晓伟急了，连忙追过去，"等等我啊！"

章桐头也不抬，伸出一根手指，语速飞快："脑部出现这种情况后能被救活，只有一种可能，就是在有医学背景的人的主导下并且大剂量服用冠心病药物，我们必须马上找到这个人！很有可能后面的案子都和这个人有关。"

章桐感觉自己的心跳得厉害。很快，林玉芝的家就出现在面前，这一回，章桐没有敲门，直接推门就走了进去。林玉芝坐在乱糟糟的床上默默地抹着眼泪，被突然闯进来的两人吓了一跳。"最近潘威除了去看心理门诊外，还去医院看过别的什么病没？"章桐劈头盖脸就问道。林玉芝伸手一指桌上的药瓶，七七八八一大堆，茫然地摇摇头又点头："都在这儿了。"

章桐扑上前一通猛翻，没多久，她兴奋地嚷嚷了起来："找到了找到了，倍他乐克、卡托普利、单硝酸异山梨酯……"说着，全然不顾一头雾水的林玉芝，转身摇晃着药瓶问道，"这些都是严格控制的处方药，没有医生处方根本买不到，林女士，潘威最近有没有做过什么手术？我是指一个月前。"

"具体我不清楚，只是三个月前，说是有个医生能治好他的疯病，只要在脑子里做个小手术就行，也不用开刀的。他就去了，回来后确实好了一段时间，那段时间里没有犯病，和正常人没什么两样，可是这样的情况持续没多久就又复发了……"林玉芝抱起被惊醒的孩子，一边哄着一边回答。

"你说的复发是指什么？"李晓伟皱眉问道。

"自说自话，感觉总是有个鬼跟着他似的。"林玉芝头也不抬，伸手从床底下拽出一个小尿盆，开始旁若无人地给孩子把尿，"我看啊，那个鬼应该就是他哥！"

"这些药瓶我能拿走吗？"章桐问。

"都拿走吧，留着也碍事，反正没人吃了。病历本就在药瓶子旁边。"

章桐掏出个塑料袋，把桌上所有的药瓶不管空的还是满的统统装了进去，最后把一本病历塞了进去，对着李晓伟说："走吧！"

李晓伟想了想，叹了口气，从自己裤兜里摸出钱包，抽出一些钱，轻轻放在了桌面上，这才转身跟着章桐离开了小屋。

没过多久，章桐又跑了进来："林女士，您的孩子，恕我冒昧，能不能让我看一下？您放心吧，我是医生，不会伤害到您的孩子的。"

巷子口，急得如同热锅上的蚂蚁的李晓伟终于看见了章桐，便迎上前去，两人一起并肩朝外走："怎么样，顺利吗？"

章桐嘀咕了句："她骗我，她的孩子骨龄应该已经两岁三个月了，骗我说才一岁，营养不良不说，毛发还特别稀少。而且我怀疑她的孩子患有严重的神经系统疾病。"

"哪一类的？"李晓伟感到有些不可思议，"我怎么没看出来？"

章桐突然站住，伸手抓住李晓伟的胳膊用力一拧。"哎哟！"李晓伟对此可完全没有心理准备，顿时疼得发出一声惨叫，章桐却像个没事儿人一样把手松开："疼吧？"

"当然啦！你想干吗？"李晓伟一脸的委屈。章桐却神色严峻了起来："那孩子刚才因为贪玩，从床上掉了下来，导致左肩关节脱位。"

"你说什么？那后来呢？要不要叫医生！"

章桐瞪了他一眼："我就是医生，恰好我也懂得复位，所以就顺手给他复位了。"

"这……你怎么看出他患上了神经系统的毛病？"李晓伟更糊涂了。

"刚才我拧你胳膊，你立刻感觉很疼是吧？那小孩却不疼，而且自始至终就跟没事儿人一样，还冲我笑。"章桐认真地看着李晓伟，"你说，这还正常吗？"

李晓伟脸上的笑容慢慢消失了。

快到下班时间了，警局刑警队办公室里依然人头攒动。

童小川还没有来得及吃午饭，所以在征求了李晓伟的同意后，干脆就把快餐盒放在了办公桌上，一边吃一边问问题："李医生，说说你的病人潘威吧。"

李晓伟一愣："潘威？我已经告诉过你们了啊，他得的是妄想症，病情不是很严重，平时服药就能完全控制自己的行为举止，对社会没有危害性……"

"别给我上课，李医生，这些大道理我们都懂，我问的是潘威生活中有没有仇人？"童小川有点不乐意了。

"当然没有，就一个同居女友，还有个孩子。"李晓伟神情坦然，"而且据我所知，就连活着的直系亲属都没有了。"

童小川放下了手中的勺子，眯缝着眼看着李晓伟："李医生，我虽然是门外汉，不懂得什么心理治疗之类的玩意儿，但是我至少明白一个道理，那就是任何事情都是有原因的。你说一个平时生活中没有仇人、没有恩怨纠纷的老实人突然死了，而且还是精心掩饰的他杀，没有任何征兆，你不觉得奇怪吗？"

李晓伟急了，连忙摆手："我可没杀他，你们不能冤枉我！"

"你胡说八道什么呢？李医生，要是怀疑你杀人的话，你就得去隔壁坐着了，而不是在我的办公室这么简单。"童小川忍不住调侃道。隔壁是讯问室，坐在一边的卢强嘿嘿偷笑。

"那你们找我干吗？"李晓伟问。

童小川说："很简单啊，因为你是最了解他的人。我们查过他的家族史，父亲意外失足坠亡，母亲失踪，他从小就在外婆家长大……"

李晓伟点点头："他和我说过这个，外婆是他唯一的亲人，在他11岁的时候去世了。接下来他就被送去了福利院。"

"他没有外婆，也没有亲人，至少户籍资料中显示如此。因为潘威刚出生就被人收养了。但是，李医生，他哥哥的死因，你知道吗？"童小川紧紧地盯着李晓伟的双眼，似乎所有问题的答案都在李晓伟的目光中。

"他哥哥？"

"潘杰！"

李晓伟愣了一下，摇摇头："我没听他说起过这个人，我也还是从他同居女友那里才听到的。"

"我记得你曾经说过潘威最主要的病症就是和一个人不断地说话，就好像这个人是真实存在的一样，对吗？"

李晓伟点头。

童小川笑了："这个人就是他哥哥，比他大三个月的哥哥潘杰！也就是你曾经说起过的礼包！你知道礼包是怎么死的吗，李医生？"李晓伟彻底蒙了，他茫然地摇摇头。

"是被13岁的潘威用榔头给活活砸死的！"童小川轻轻拍了拍手中泛黄的卷宗，全然不顾脸色煞白的李晓伟，继续说道，"还有他养父，当时有目击证人说是被他从家里的楼顶上推下去摔死的，而他家的楼顶到地面，足足有四层楼那么高，他的养父是头下脚上这么下来的，地面是坚硬的水泥地……"

李晓伟突然紧张了起来："那他养母呢？他养母在哪儿？"

童小川合上了卷宗，摇摇头："失踪了，后来再也没有消息，估计也是凶多吉少。"紧接着，他双手十指交叉，饶有趣味地看着李晓伟，"我的李大医生，你现在还可以完全确定你的病人潘威所患的是简单的妄想症吗？"

看着李晓伟一脸沮丧地离开办公室，卢强一边收拾满桌子的卷宗，一边嘴里嘟囔："卢队，我觉得我辛辛苦苦地把李医生找来也没起多大作用啊？"

童小川一脸的神秘："谁说的？你看看这份档案再下判断吧。"他伸出食指敲了敲桌上的一张发黄的照片。

卢强满脸疑惑："潘威的母亲？"

220

童小川点点头："确切地说应该是潘威的养母。黑色头发，身高163厘米，苗条，肤白，职业是护士。下夜班后不知去向，当时一直没有找到她的尸体。"

"……难道说……"卢强吃惊地看着他。

"齐肩黑发，身高160厘米以上，苗条，肤白，她生前的职业是护士。"童小川不动声色地说道。

"那她的尸体呢？"

童小川轻轻叹了口气："后来找到了，在老君滩上。根据卷宗纪录显示，赵家瑞承认她是第七个死者。只是很可惜，她和别的尸体一样因为高温，被发现时已经腐败得惨不忍睹。"

"那后来是怎么确认身份的？"卢强紧张地问道。

"那时候还没有 DNA 系统，根据卷宗上的记录，是她的衣着被家属认了出来。"童小川伸了个懒腰，揉了揉发酸的脖子，"还好，凶手最后伏法了，这个系列大案算是圆满结案。"

"童队，你说的是不是赵家瑞的案子？"卢强伸手扶了扶自己的眼镜框，"我记得在警校里老师还讲到过这个案子。"

"没错，30年前轰动一时的系列杀人大案，当时的经手法医就是我们章法医的父亲！"童小川嘿嘿一笑，"你说是不是无巧不成书啊？"

星巴克咖啡馆一角，章桐看着电脑上的相片，目瞪口呆。

她已经在这儿坐了足足两个小时，全神贯注于自己的工作，以至于都没有注意到窗外突然而至的瓢泼大雨，雨点猛烈地撞击在窗玻璃上，街上的行人加快了脚步，有的人干脆奔跑了起来。但是这一切都仿佛与章桐没有任何关系。手边的咖啡早就冰凉，她浑然不觉，目光中交织着疑惑和惊愕。

这是一张已经被处决的囚犯的存档相片，虽然是死后照的，五官变得僵硬恐怖，皮肤惨白且早就没有了生者的气息，但是一点都没有改变那生来就固有的脸部骨架轮廓和五官特征。

真的得感谢那神奇的 DNA，这张脸，章桐太熟悉了。与生俱来的遗传基因忠实地在他后人的脸上得到了完美的再现。章桐记得很清楚，去年参加同行年会的时候，有人就曾经在会上提到过这么一个观点，那就是一个人的外貌会遗传给有直系血缘关系的后人，那么按照这个理论观点推断的话，他的行为举止应该也会被复制遗传。因为万能的 DNA 所显现的信息是无穷无尽的，不仅仅体现在外表上。

如果这个大胆的推测只是对于一个普通人来说的话，那并没有什么特殊的地方，大家只会惊叹——你真像你的父亲。章桐记得自己在年会上听到这个观点的时候也只是一笑了之。可是对于一个系列杀人案的凶手，一个手上捏着 11 条人命的凶手，一贯坚持科学至上的章桐突然感觉到有点毛骨悚然。

因为她完全可以肯定——李晓伟的父亲就是赵家瑞。章桐拨通了小潘的电话，只响了一下，电话就被接了起来。章桐不等电话那头的人说话，直接问道："李晓伟医生的 DNA 中 Y 染色体信息确定匹配上赵家瑞的 DNA 了吗？"

"是的。"小潘回答。

章桐的心一沉，问道："对了，我记得档案室的头儿还欠我们一个人情对吗？"

"没错，章姐。还有，你啥时候来上班啊？我都快忙坏了。两天没回过家了，身上都要发臭了。"小潘抓住这个难得的机会连忙吐苦水。

"我的假期明天就结束了。记得帮我问档案室要赵家瑞案子的所有档案，包括尸检资料……以你的名义。"

"没问题。"小潘想了想，继续说道，"照顾好自己，章姐，不管发生什么，我都支持你！"

章桐轻轻叹了口气："谢谢。"

随着夜幕降临，安平市运河边上出来散步的人也逐渐多了起来。夜晚的城市和白天有着很大的不同，彩色的霓虹灯似乎正在努力地掩盖这个城市中隐藏在黑暗里的无数秘密。

王勇的车缓缓地停在开源大桥的桥洞里，现在是晚上9点08分，这个时间点恰到好处，无论你在街上的哪个角落里停下车，昏暗的光线下，只要注意避开监控探头，就不会有人热心地给你贴上违停罚单，周围往来的人也绝对不会注意到坐在车中的自己。

王勇耐心地等待着，他知道对方一定会来。整整一周的时间里，王勇每天都会在这个时候出现。离自己的皮卡车不到5米远的距离就是那张让他感到激动万分的长椅，而再过七分钟，那张长椅上坐下的人，就是自己的神秘雇主！

七分钟是很快的。而为了自己所期待的这一刻，他已经想好了无数种的开场白。

看着眼前出现的人，王勇先是一愣，随即脸上露出了得意的微笑。他拉开车门下车，笑眯眯地走向不远处的长椅，那样子，就像一只正在逐渐接近自己猎物的狮子。他不会退缩，因为自己的手中已经拥有了足够多的可以用来谈判的砝码。

"您好，我是王勇，您雇的私家侦探。"王勇大方地伸出了右手，上身微微向前倾，"非常荣幸为您服务。"他看到一丝笑意在对方的目光中荡漾而起，只是奇怪的是这笑意让他感到很不舒服。

第十章　杀人犯的儿子

虽然章桐不喜欢冒险，但是她还是决定赌一把。

大楼外面阳光灿烂，新近种下的草皮挂满露珠，在阳光下舒服地伸展着四肢，要不了多久，在冬天来临之前，警局大楼前的整块空地上就都会长上草。

天空是淡蓝色的，一如这难得的雨后初晴。树木隐约显现出这一年之中最后的生气。章桐却没有心思去欣赏眼前这难得的景致。她快速绕道转到后门的入口处，这里平时没有人通过，除了法医处的人以外，别人根本没有进出的钥匙，原因很简单——这里是运送尸体进出的唯一通道。

今天值班的是法医处的工作人员李德生，他平时少言寡语，所干的活无非就是运送尸体和清理现场。在记忆中，章桐进警局工作的第一天，李德生就已经在这里工作了。见到章桐，他只是礼貌地点点头，就把目光投到了别的方向。

章桐脚步匆匆，实在是没有时间。必须抢在停职令下达之前把自己的疑问都一一解开。而之所以走后门，那也是避免一些不必要的麻烦。

顺着坡道走进负一楼的时候，章桐最后抬头看了一眼楼上的会议室窗户。现在是早上8点刚过，小潘在电话中提到8点有一场关于这四起案件的案情分析会，到时候他会把汇总资料带回办公室给章桐。

小潘是章桐可以完全信任的人之一，但是有时候章桐对此也有着很深的负罪感。直到打开办公室门的那一刻，章桐终于松了口气，一叠高高的卷宗正放在她的办公桌上。尽管电话中小潘再三强调有电子档，但是章桐还是想都没想就拒绝了。

今天将是最漫长的一天。

警局会议室里，空气明显变得很压抑。因为今天这次会议一开始时就宣布所涉及的内容需要绝对对外保密。

从理论上来看，人类的指纹可以被留在任何一个平面之上，这一点是毋庸置疑的。而唯一的区别就只是停留时间的长短而已。

相比起皮肤来说，解剖刀刀柄上的指纹会比较容易提取，因为皮肤的表层有可塑性、渗透性，加上水分、毛发和油脂的阻隔，所以即使有指纹也不一定能完整提取到。而解剖刀的刀柄不同，它所特有的表面结构几乎完美无缺地保留下了使用者的指纹和一部分掌纹。

"这是陷害！"小潘终于忍不住了，他站起来毫不犹豫地反驳，"你们不能以指纹来判定就是章主任做的。再说了，她为什么要杀人？没有动机！"说是案情分析会，却只有三个人——童小川、张局和小潘。

张局点点头："小潘，你别激动，我也相信章法医没有犯法……"小潘却并没有在听张局说话，他皱眉想了想，探身拿起一卷透明胶带，然后在大家不解的目光中撕下胶条缠住自己的右手五个手指，这么来回几下，接着撕下，又把手指摸过的胶带面粘贴在了张局的笔记本上，最后拉开。小潘转头不满地瞪着童小川："你去检查这本笔记本吧，我刚拿过，你可以在上面找到我的五个指纹和部分前掌纹。这把戏，我们见得多了！"

见此情景，童小川显得很尴尬："你别激动，小潘，这只是合理性怀疑。"

"去他的合理性怀疑，你藏着掖着证据不说话，耽误了多少时间，这摆明了就是跟章姐过不去。"小潘伸手一指证据袋中的解剖刀，"更不用说每年我们使用过很多把这种刀具，按照规定三个月就必须淘汰一把，这把刀说不定就是我们以前使用过的。

"再加上你们刚才所说的。我也想过，局长，作为一个旁观者而不是章法医的伙伴和助手，我可以肯定这不是章法医做的。这些证据只能表明凶手想把这口黑锅给她扣上。不排除是私人恩怨。"小潘神情严肃。

"为什么这么说？我们有证据证明这个人有医学背景，懂解剖知识，知道警察办案方式，有足够的反刑侦技能，并且可能是个女性。章法医虽然与这些被害者没有直接的个人恩怨，但是并不排除是出于义务警察心理所为。"固执的童小川并不想轻易放弃自己的判案方向，他伸手敲了敲桌面上的三张相片，"这三个死者都曾经分别牵涉进章法医经手的案件中，而且这三起案件都以证据不足而'流产'了。再加上这三个人的死亡方式几乎如出一辙，凶手没有精湛的脑部医学技术是根本做不出来的，所有的证据都指向她。所以，只有两种可能，要么是她布局杀的，要么凶手就是冲着她来的。"

小潘想了想，从手机中调出一张相片，然后放大了摆在桌子上："我现在也没有必要隐瞒了，这是死者潘威的脑部血管造影，是章法医在休假期间叫我做的，你们看当中的海绵体，有没有什么异样？"

童小川和张局长面面相觑，摇摇头："你是专业的，还是你来说吧。"

小潘伸出一根手指，分别指了指相片中的两处地方："看到没，有两个节点，这表明潘威脑死亡过两次！"

说着，他把潘威的相片拉到另外三张相片中间，神情严肃地说："所以，这四个人的被害，是一个人干的，而这个人，绝对不是章法医！因为我们俩谁都没有本事让一个脑死亡的病人复活，谁都不会去承担这个风险，所以这绝对是疯子才能干得出来的事，一个天才般的疯子！"

"天才般的疯子？"童小川惊讶地问。

小潘点点头："就是全科的医学天才，或者说就是医学学霸。很抱歉，我和章法医做不到。"

童小川忍不住笑了："说起全科医学天才，那个神经兮兮的李晓伟医生就是这样的学霸啊，我查过他的学校档案，这家伙可是全医学院成绩最好的医科毕业生，全科的天才……"突然，他脸上的笑容消失了，声音也变得犹豫不决，"全科的天才，全科的天才……难道说……是他？可是这里面应该有个女人的……"

局长不满地看了自己下属一眼："你太急功近利了！"

小潘看着童小川，神情严肃："童队，作为一个法医技术员，我承认自己并不擅长评价活着的人，但是这一次我一定要对你说：你怀疑章姐，又不公开你的证据，你就是个蠢货，因为她是我见过的最认真、最执着、最坦率的法医，这个职业就是她的一切！还有，你放心吧，她对官场不感兴趣，不会跟你竞争副局长的位置的。再见！"

童小川的脸上一阵红一阵白。

小潘关上门离开后，张局长想了想，转身对童小川说："我想你该派个人跟在章法医身边，我担心她的人身安全。毕竟现在案子还没有什么头绪。"

童小川点点头："对不起，张局，我太莽撞了……"

张局长叹了口气："你还提那个干什么，以后注意点就是了。现在一切又回到起点了，重新开始，好好干吧。"

法医办公室的门被用力撞开了。小潘一进门就满脸的怒气，嘴里嘟嘟囔囊："章姐，我这回可算是替你出了口气。"

章桐头也不抬："你干什么了？"

"好好教训了一下那个高傲的童小川，我就知道这家伙老是盯着你，担心你和他竞争副局长的位置。"小潘在章桐身边的椅子上坐了下来，愤愤地说，"小肚鸡肠！"

章桐一听不在意地说了句："我对官场不感兴趣，咱们好好做事，别想那么多了！"

"就是嘛！"小潘悻悻然地说道。

正在这时，有人出现在办公室的门口。"章法医，你上班啦！"说话的是童小川的助手卢强，他满脸堆笑，手里抱着个大纸箱子。

"你来这儿干吗？"小潘伸手指指卢强的箱子。

"童队说你们缺人手，张局就安排我来帮忙，直到案子结束为止。我负责几个部门之间的沟通、跑腿和当你们的贴身保镖。"卢强笑眯眯地抱着箱子径直走向一张空的办公桌，"以后，就请大家多多关照啦！我什么都能干的，你们放心吧。"

小潘和章桐不由得面面相觑："我们需要保镖吗？"

卢强一脸的惊讶："你们不知道吗？我们接到通报说云台地区都出现好几次了，现场技术人员遭到潜藏的歹徒袭击，据说有一个技术员因此还进了医院ICU病房，脑部重伤到现在还没出来。"

章桐微微皱眉，看着自己铺满一桌子的文档，干脆就不去掺和小潘他们接下来的瞎侃了。

城东物流仓库区。

今天接班的又迟到了！值班员王少阳从最初的每十分钟左右看一次墙上的挂钟，到后面缩短为平均每三分钟一次，他感觉自己的忍耐性变得越来越差。

肯定昨晚又去喝酒了，不然怎么每次一到他接班就迟到？王少阳变得焦躁不安，他叹了口气，逼着自己把注意力集中到面前的一排监控屏幕上。

每天从早上5点开门到晚上10点关门，其间的进出车流几乎没有间断过。从集装箱车到小型皮卡车，整个物流仓库区承载着安平市和外地所有的货品往来。

物流仓库区北面的一块300平方米的区域，鲜有人问津。除了每月的例行检查，平时也只是稀稀拉拉的人流进出。这里是仓库租赁区。本来活儿就轻松，所以只有三个保管员双班倒轮流负责，工作也无非就是看看监控屏幕，或者隔几个小时巡逻一次。

这里和前面的装载区几乎是两个不同的世界。不过如果有人来提货，那就另当别论了。接班的老丁几乎和所有不安分的男人一样，不是好色就是贪杯。年龄大了，注意力自然也就慢慢集中到了杯中之物，一次两次迟到，也就算了，次次迟到，王少阳再好的性子也会被逼疯。

现在偏偏又有人来提货，看着一辆小型皮卡车慢慢悠悠地在仓库外面的坡道下停住，王少阳嘟囔了句："倒霉！"伸手从墙上取下一个最大的钥匙圈，推开门走了出去。

现在是早上8点35分，这个开门提货的活儿本不该属于自己的。

王少阳的心情糟透了！

带着押运员走过长长的走道，最终停在了标号为327的仓库门口。卷帘门被打开的那一刹那，眼前的景象让两人不由得吓了一跳——一台30升左右的冷柜就放在仓库的正中央。仓库保管员王少阳和押运员面面相觑。

"你们什么时候送来的东西？"王少阳皱眉，伸手一指，又拍拍登记簿，"保管费交了吗？"

"别开玩笑，我们都半年没来了，这冷柜是谁的？"矮胖的押运员一头雾水。冷柜没有上锁，王少阳大着胆子上前打开了冷柜，押运员犹豫了一下，最终也凑了过去。

打开冷柜的刹那，寒气扑面而来，一双眼睛只剩下黑洞洞的眼眶，它正隔着厚厚的密封袋死死地瞪着打开冷柜的两个人。这分明就是一具尸体，一具几乎只剩下骨架的干尸！

两人对视一眼后，不约而同地惨叫一声，转身跌跌撞撞地跑出了327号仓库。直到后来面对赶来的警察，王少阳还是有点不太相信自己的眼睛。

他委屈地说："一点都不臭啊，又怎么可能是尸体，随便死个猫狗啥的也会有味儿啊……"听了这话，做笔录的警员耸耸肩："我只负责笔录，这个问题，等下问法医吧。"

法医解剖室。

尸体表面已经清洗过了，所有从尸表提取到的微生物证据被依次登记后，也早在两小时前被送往技术室检验了。尸体上布满了刀伤……章桐心烦意乱。这是一具年轻女性的干尸，年龄不超过30岁。

正常尸体的皮肤是有弹性的，一经切割便会收缩，所以每次解剖前，章桐都会用记号笔在尸体皮肤上小心翼翼地标记上准备切割的地方。但是眼前这具在物流仓库冷冻柜里发现的尸体的皮肤状况实在太糟，接连换了好几支记号笔，一点标记都没有留下。

"章法医，怎么会这样？"在一边观看解剖过程的童小川小心翼翼地问道。章桐没吱声，伸手拽过一把软塑料米尺测量颈部右下方到肩膀再到肩胛骨的尺寸，然后折回测量另一侧。她只能尽力而为了。

门被推开了，小潘托着装满试管的托盘，胳膊下还夹着一份薄薄的文件夹走了进来。经过童小川身边的时候，他头也没有抬，只是哼了一声就算打过招呼了。

傻瓜都看得出他并不欢迎童小川的到来，但是为了工作，童小川也只能尴尬地睁一只眼闭一只眼了。章桐从工作台上拿过解剖刀和镊子，开始工作。

她当然明白童小川最纠结的问题，因为不只是他，所有在现场看到这具尸体的人都大吃了一惊。不然的话，刚碰了钉子的童小川是不会硬着头皮来解剖室陪同尸检的。

尸体已经呈现出木乃伊的形态，在法医学上，它有一个特殊的名词：干尸。一般干尸出现的前提条件是尸体急速丧失水分，微生物繁殖受阻，尸体皮肤随之呈现出黑褐色的皮革样化，全身软组织干燥萎缩变硬，体重变为死者生前重量的十分之一。而它被发现的地点一般为大楼的顶楼或者干燥而颗粒粗大的土壤和沙粒中，自然条件完全干尸化则需要六个月至一年的时间。眼前的这具干尸本身是完全遵循了演变的自然规则，但是让章桐感到疑惑的并不是这个。

"死亡时间六个月以上，"她瞥了一眼小潘递过来的检验报告，双眉紧皱，回头看着童小川，"我更正一下，结合从尸体身上的密封袋中取到的虫卵以及尸体本身穿着织物的检验判断，她可能死了有30年了。"

"30年？你确定没搞错？"童小川的反应是在意料之中的。

章桐点点头："应该是1985年前后，因为我记得那年秋天曾经流行过一场很严重的流感，为此很多人都打了疫苗，当时所使用的是裂解型流感灭活疫苗，1986年的时候，这种疫苗在全国范围内就逐渐停止使用了。因为这种疫苗的副作用太大，尤其是对孩子。而我在尸体的眼组织残留物中提取到了这种已经被淘汰的疫苗样本，这是实验室的报告。"说着，她示意小潘把报告递给童小川。

"她应该是刚打完疫苗后没多久就被害了。"章桐一边开始切割，一边继续说道。

"30多年的尸体怎么还能保存得这么好？"童小川伸手一指解剖台上的干尸。

"这具干尸在两年前被移动过，在此之前，我想她应该是处于一个密闭且干燥、高温不通风的环境中，因为缺乏水分，尸体的腐烂进度停止并且很快干枯成为木乃伊状，但是特殊的环境导致微生物无法在尸体上面产卵。我们都知道，微生物也是需要氧气的，而死者原本带进去的虫卵也迅速死亡，所以，她几乎是被定格在了30年前的样子，只是干枯了而已。实验室那边对虫卵的检验也证实了这点。"章桐说道，"我们在现场之所以没有闻到臭味，那是因为把这具干尸挖出来的人，直接把她放进了一个密闭的塑料收纳袋里了，同时用抽气泵抽干了袋内的所有空气。"

童小川皱眉："那死因还能查出来吗？"

章桐伸手取出已经干缩成一小团的脾脏和肝脏，把它们分别放在早就已经准备好的玻璃容器中，加入福尔马林液体。十多分钟后，章桐伸手又取出了脾脏，然后指着上面的刀痕，转头对童小川说道："光是脾脏上这贯穿的三刀就已经足够让她致命了。"

"那……你估计有多少刀？"童小川问，他的声音微微有些颤抖。

章桐仔细看了看干尸，长叹一声："不知道，应该不下20刀，她是被活活捅死的。"

"我的老天，这叫我怎么去查？"童小川一脸沮丧。

"你知道赵家瑞吗？"章桐突然问道，"30年前被处决的一个连环杀人犯。作案手法与之类似，那时候不是有一具尸体一直没有找到吗？这个死者符合年龄特征。她的名字应该叫黄晓月吧。"

上官弄。

李晓伟已经在这条破旧狭窄的弄堂口徘徊了一个上午，凭着直觉，他知道林玉芝肯定还有什么瞒着自己的。但是他不知道自己究竟该怎么开口。

时间在悄悄地流逝，李晓伟也变得烦躁不安起来。不知道为什么，他意识到章桐看自己的眼神在微妙地变化着，有些话也不像当初那样能对自己说了。

正在这时，手机铃声急促地响了起来，李晓伟接起电话。电话是医院打来的，阿美的声音显得很慌张："李医生，你快回来吧，医院出大事了！"

"我在休假！"

"李医生，我知道你在休假，但是这个事情很紧急，快来吧，医院出大事了！"阿美焦急地说道，"主任叫你快回来，警察也来了。"

"你说什么？到底发生什么事了？"李晓伟脑袋嗡嗡作响，连忙向自己的车跑去。

"电话里说不清楚，李医生，你快来吧！"

电话挂断后，李晓伟发动汽车小心翼翼地开出城中村，想着自己本来平静如水的生活瞬间被搅得天翻地覆，难道说是冥冥之中的巧合？抑或是早就安排好的一场骗局？李晓伟心乱如麻，他突然开始怨恨起了已经惨死的潘威，不管他到底是怎么死的，这样一来可好，再也没有人告诉自己真相了。

远处，乌云密布，隐约可以听到雷声阵阵。天气预报说接下来一周都会下雨。

市第一医院门诊大楼。

李晓伟的车冲进门诊大楼前停车场的同时，他就看到了正站在门口急得如热锅上蚂蚁的护士阿美。

"李医生，你可来了！有人疯了，正在拼命砸你的办公室呢，快去看看吧……"阿美惊恐不安，"那家伙，他手里有斧子，口口声声说要宰了你，真是太可怕了！"

"报警了吗？"李晓伟加快了脚步冲进门诊底楼大厅。

"当然报警了，派出所的人就在里面，对了，院长也来了，还有保安，可是根本就没办法接近他啊，这老头疯了！"阿美跟在李晓伟的身后一路小跑，气喘吁吁，"院长通知我赶紧把你找来！"

"办公室不止我一个人用，你们怎么知道是针对我的？"李晓伟话音刚落，眼前一条醒目的横幅让他目瞪口呆，白底红字被高高挂在门诊楼大厅的上方：杀人犯的儿子，滚出医院！墙上的橱窗也被人用石块砸了个粉碎，原本放自己相片的地方，如今已是一片狼藉。

李晓伟感到天旋地转，气得浑身发抖，怒吼了一句："谁干的？这些到底都是谁干的？"

大厅里一片安静，围观的病人家属们脸上露出了复杂的表情。

突然，一个中年男人冰冷的声音从楼梯上传了过来："你是赵家瑞的儿子吧？杀人犯的儿子还配做医生？笑话！父亲是杀人犯，儿子也不会是什么好东西，滚出去！你没资格在这儿上班！"

话音刚落，一盆仙人掌向李晓伟飞了过来，阿美眼尖，赶紧用力推了李晓伟一把，只听见"啪"的一声，人群中传出一声惊呼，瓷砖地面上满是破碎的花盆碎片和泥土。

"你胡说八道什么，我才不认识什么赵家瑞呢！"李晓伟拼命克制着自己的愤怒。

中年男人从楼梯上走了下来，围观的人群自动给他闪出了一条道路。中年男人身上穿着一件洗得早就看不出原本颜色的工作服，满脸皱纹，眼神中充满着仇恨。

他的一只手拿着把斧子，另一只手则拿着一张放大的相片，相片中是一个年轻的女孩，年龄在十八九岁的样子。

"大家看看，这是我姐姐季庆云，死的时候才30岁，如果不是他那个该死的杀人犯父亲，我姐姐到现在还活着！我姐姐火化的时候只有她的头，身体到现在还没找到……"中年男人声泪俱下，"惨啊，我姐姐到死，眼睛都没有闭上！这杂种，知道判死刑了，就是不肯说出我姐姐的其余遗骸在哪里，眼睁睁地看着我姐姐到现在都死无全尸！你们说，这样冷血的杀人犯的儿子，还配给我们看病？还配穿这身白大褂？"

旁观的人们脸上逐渐露出了同情，大家议论纷纷，投向李晓伟的目光也变得奇怪多了。中年男人又拿出了一张相片："大家看看，长得这么像，保不齐以后这家伙也会成为杀人犯！"

这是一张从报纸上翻拍下来的相片，场景是法庭的庭审现场，居中特写是一个头发被剃光的中年男子。虽然相片因为是翻拍的变得有些模糊，但是丝毫不影响看清男人的脸部特征和表情。

李晓伟浑身一震，他仿佛看到了30年后的自己……这眼神，他太熟悉不过了，因为无数次梦中，他都见到过这双眼睛。胃里一阵翻江倒海，李晓伟突然挤出人群，来到门口的时候，他终于忍不住了，抱着冰冷的大理石柱子拼命干呕了起来。

不，我没有杀人！我父亲是杀人犯并不表明我也会成为杀人犯！我和父亲没有关系！我根本就不认识这个男人……突然，他的眼前出现了一块干净的手帕。"擦擦吧。"

李晓伟感激地抬起头，章桐正目光复杂地看着自己。

"谢谢……"

"走吧，陪我吃饭去！"说完这句话后，章桐便头也不回地走向李晓伟的车。李晓伟突然有一种想放声大哭的冲动。车开出医院大门的时候，李晓伟的眼泪瞬间流了下来，他知道，自己或许再也无法回到过去平静的生活中去了。

半小时后，一家僻静的餐馆里，人不是很多。两人靠窗而坐，看着满桌子的食物，李晓伟一点食欲都没有。

"你需要吃点东西。"章桐认真地说道。

"他为什么要毁了我！"李晓伟喃喃自语，"我长得像那个人又怎么样？我是医生，我不是杀人犯，也不会去杀人，他为什么要这么做！"

"你是他的儿子，这一点是可以肯定的。"章桐小声说道，"因为你从小就被人送到了福利院，所以你的生物样本信息按照法律规定在你成年后被输入了系统数据库。虽然后来你被人收养了，但是这个记录是不能抹去的。对不起，我忍不住做了比对，可以确定你就是赵家瑞的儿子。"

"天呐……"李晓伟顿时面如死灰，他知道 DNA 对于一个人来说到底意味着什么，他喃喃地说，"别人到底是怎么知道我的父亲和我的关系的……"

章桐想了想，说道："他们应该也会找调查员查这个事吧，而那个王勇，我想，是个眼中只有钱的家伙，他才不会顾及后果。"

听了这话，李晓伟脸色阴沉了下来。

章桐轻轻叹了口气，她的脑海中浮现出档案上赵家瑞的眼睛，神奇的DNA 确实让李晓伟长了一双和他父亲一模一样的眼睛。

"我想，我们是遇到了共同的敌人了！"

李晓伟默默抬起头。

章桐继续说道："赵家瑞案件中11个受害人还有一个共同点，就是浑身上下被切割了将近70刀。根据案卷记录，当时赵家瑞直到执行死刑，都没有说出真正的杀人动机，其实他被捕后直到判刑，根本就没有怎么谈自己做过的事情。警方在对外公布的资料中，也没有说出当时只找到了十具半的尸体。"

"你为什么要告诉我这些？"李晓伟皱眉看着章桐。

章桐平静地说道："因为这个要把你毁了的人，同时也想毁了我。我查过记录，当时赵家瑞，也就是你的父亲，他的案子是我父亲做的法医鉴定。"

"那个医院的闹事者？"李晓伟问道。

章桐的嘴角划过一丝轻蔑的笑容，摇摇头："不，不是他，他只不过是被人利用的一枚棋子罢了。"她挥手叫来了服务生，利索地买了单。

"我下午单位还有事，先走了。李医生，记住我的忠告：你只有比他更冷静，才能看出他的破绽。你是心理医生，别忘了这个。我相信你比我聪明，我们晚上再谈。你回去好好休息一下吧，暂时先别想那么多了。"

李晓伟点点头，哑声说道："谢谢你！"

章桐莞尔一笑，转身离开了餐厅。窗外，雨越下越大，推门走出餐厅的时候，章桐脸上的自信消失了，她轻轻叹了口气，挥手拦了一辆出租车，弯腰钻了进去。

"请问你去哪儿？"司机礼貌地问道。

章桐伸了个懒腰："枫树下关爱中心。"

出租车飞快地消失在厚厚的雨雾中。

第十一章　自律神经障碍

位于城郊的北苑有一个特殊的地方，外面看上去很普通，几栋平常的小红楼，门前一排高大的枫树在每年秋天的时候都会挂满红色的枫叶，周围的一切显得那么生机盎然，哪怕冬天已经距离不远。

或许是因为种植了枫树，这个小红楼群就被命名为枫树下关爱中心。但是住在这里的每一个病人从住进来的第一天开始就知道自己是绝对不会活着离开的，因为这是一家临终关怀中心。

无论过了多少年，退休法医卓佳欣始终都坚信一样东西不会变，那就是人的记忆。

随着年龄的日益增长，对于生活中的很多事情，卓佳欣做起来都不像年轻时那么利索了。而晚期胰腺癌也使他每天都不得不面对难以言状的痛苦，但是他拒绝使用哌替啶。

章桐推门走进病房的时候，退休的卓法医正大汗淋漓地和看护据理力争，表示自己绝对不会接受哌替啶，哪怕活活疼死。

"横竖都是一个死，我跟你说过多少遍了，我不要打哌替啶！再说了，疼也是疼在我身上，跟你一点关系都没有，你赶紧给我走！走！听到没有！"倔强的老头拼命地挥舞着已经形同枯骨的双手，一点儿面子都不给对方。

看护认识章桐，因为脾气古怪的卓法医自从入院以后到现在，就只有章桐一个访客。有好几次，她都以为章桐是卓老的女儿。

看护冲着章桐无奈地摇摇头："别的病人都巴不得打针，他却这么固执，我们也拿他没办法。"

哌替啶，盐酸哌替啶，人工合成的阿片受体激动剂，临床合成的镇痛药，被称为温柔的吗啡，因为它的麻醉镇痛作用仅仅是吗啡同等剂量的三分之一。但是它的副作用和吗啡不相上下，容易使人上瘾，也容易使人逐渐失去意识，处于浅睡眠的状态中。

在别的地方，哌替啶只是一个名词，使用被严格控制，但是在类似于枫树下这种临终关怀医院，哌替啶是病人唯一可以逃避痛苦的救命良药。"卓叔叔，你还是这么固执，打了针睡一觉就不疼了，多好！"章桐笑眯眯地在老人的轮椅前坐了下来，她当然清楚晚期胰腺癌的痛苦。老人开心地笑了："孩子，你不懂，有时候痛也是一件好事，至少提醒我自己——我这条老命还在！"

章桐愣住了，老人的笑让她有种想哭的冲动。她把头微微向上扬，然后深吸了一口气，那种酸酸的感觉才稍微淡去了些。这些细微的举动并没有躲过老人的双眼。

"孩子，你有心事？"老法医柔声问道，"说说吧，看我能不能帮上你的忙。你大老远地从市里跑来一趟也不容易。"

章桐尴尬地笑了："卓叔叔，看来真是什么事都瞒不过你的眼睛啊！"

老人调皮地眨眨眼睛："这就是我不想用哌替啶的原因，我得保持脑子清醒。"

章桐想了想，从挎包里掏出平板电脑，找出了几张相片，然后递给了卓佳欣："卓叔叔，你还记得这个人吗？"

老人戴上了老花眼镜，然后盯着相片看了很长时间，最后他轻轻叹了口气："我当然记得，处决的那天我是监场法医，是我亲手把他的尸体送上车的。"

"卓叔叔，这个案子是我父亲经手的，为什么你也会记得这么清楚？是不是因为这是1985年性质最恶劣的一个案件？"章桐试探性地问道，她对老人的记忆实在没有太多的把握。

老人摇摇头："不，他死的时候哭了！"

"赵家瑞是一个罪大恶极的杀人凶手，在他手里有11条人命，据说上法庭都是带着笑的，被当时的媒体形容为'极度冷血'。他怎么会哭？"章桐好奇地问道，"难道是出于本能害怕死亡？临终忏悔？"

"我后来听说是一个记者的几句话引起的。听典狱长说在死囚牢里的那一个多月时间里，赵家瑞表现很不一般，心理承受能力非常强，不像别的囚犯那样又哭又闹寻死觅活的。他很坦然，还每天坚持锻炼身体，见人就笑着打招呼，根本就不像一个死囚。但是这些表面上的平静在最后一天都被打破了。"老人慢悠悠地说道。

"打破？"

老人点点头，苦笑："有个记者，从他入狱开始就一直跟着他采访，几乎每天都去找他，谈了很多很多。刚开始的时候，还是有人反对记者介入的，因为赵家瑞虽然说对自己干的那些事都承认了，但是并没有说出12条人命案中最后那一具尸体的下落，以及自己的详细作案过程，反而是一副'赶紧处死我吧'的样子。他们走访过很多当事人，都没有办法……

"直到后来，有人提出说让记者介入，我们注意监听，因为有些人面对警察有很好的心理素质，但是面对局外人，或许就不会有那么高的警惕性，结果呢，还是一无所获。他什么都没说。"因为肉体上难以抑制的疼痛，老法医的额头上渗出了细密的汗珠，但是他的脸上依旧挂着平和的笑容。

"赵家瑞有个软肋，就是他有孩子。据说这个记者最后就是抛出了这张王牌，才彻底摘下了赵家瑞这个杀人狂淡定从容的面具的。我在处决现场等他的时候，他是被人像麻袋一样拖进来的。"说到这儿，卓佳欣突然抬起头，认真地看着章桐，"我想，这个孩子应该是他最想保护的人吧。在临死前，这家伙总算还有那么一丁点儿的人性！"

章桐的眼前浮现出了李晓伟痛苦的眼神，不由得长叹一声："是啊，在那个时候，父亲做出这么可怕的事情，拥有一个杀人犯的父亲，孩子肯定也会遇到更让人难以想象的糟糕局面。"

"孩子，说实在话，你有没有考虑过杀人基因的遗传？"老人话锋一转。

章桐愣住了："不会，肯定不会！人与人是不同的个体，所接受的环境、教育都是不一样的，父亲是杀人恶魔，并不一定表明孩子就是……"章桐越说声音越小，突然感觉到自己的言语那么软弱无力。她不得不把目光转向了窗口的那盆兰花。这盆兰花似乎是整个房间中唯一带有一点色彩的东西了。

老人摆摆手，轻叹一声："不要那么绝对，很多东西是我们无法了解的。我还没糊涂到那个地步。孩子，基因遗传分为显性和隐性，显性基因所体现的就是人的长相，隐性基因就是人的生活习惯、举止和认知方法。你和你父亲有着几乎一样的五官特征，脸部结构也很相似，还有一点，你知道吗？你不服输的个性和你有时候说话的样子，真的是你父亲的翻版……这些，你又怎么解释？我想，在你内心深处，肯定也有过相同的质疑吧，我说得对吗？"

章桐无奈地低下了头，喃喃自语："没错，卓叔叔，而且我认识这个孩子，赵家瑞的儿子。不过他现在是一个心理医生，人还不错。我实在难以接受把他和他的杀人狂父亲联系在一起，我很矛盾。"

"你和你父亲一样……都太善良了……"老人默默地闭上了双眼，"说起那家伙，真可惜，走得太早了。"

屋外刮起了风，并且有越来越大的趋势。虚掩着的窗户被一阵风吹开，用力撞击墙角，发出了刺耳的噼啪声。章桐站起身，走到窗前准备关窗，脑子里突然闪过一个念头，关上窗户后转身看着老法医："卓叔叔，你刚才说赵家瑞杀了12个人，对吗？"老人点点头。

"卓叔叔，卷宗上写着11具尸体，我反复查看过的，找到的准确数字是十具半，还有一个死者的躯体没有找到，所以下葬的时候只有头颅。你为什么说是12个人呢？"章桐皱眉问道。

卓佳欣睁开双眼，看着章桐："那个失踪的人就是赵家瑞的妻子黄晓月。因为实在找不到她的下落，但是有人又听到了她的惨叫声，满地的血迹证实也是她的血型，粗略估计有4000毫升以上的血液。你想，一个人要是流那么多血的话，从理论上讲早就已经死亡了。但是因为没有找到那个女人的尸体，就无法认定是凶杀案。直到赵家瑞被捕后供述自己的罪行时，说出了黄晓月的名字。但是他仅仅是说出了名字而已，并没有交代出尸体在哪里。所以最终，也就只上报了11条人命案。"

说着，老人费力地扭动了一下麻木的臀部，换了一个比较舒服的姿势，然后接着说道："其实也不奇怪，他就是这么一个古怪的人。"

"他为什么要杀害自己的妻子黄晓月？"章桐问。

老人的目光一阵闪烁，似乎在犹豫着什么。

"卓叔叔，你是现在唯一能告诉我这个案子的具体情况的人了。"章桐面带恳求。

"你为什么要问这个案子？都过去这么多年了。"

"因为现在有人继续在以他的杀人方式杀害别的无辜的人！"章桐不想

让老人过于担心自己，便刻意隐去了针对自己的那一部分，"不只如此，还拿走了死者的牙齿。"

"牙齿？"老人一脸的茫然。

"卓叔叔，你听说过牙仙的故事吗？"

"这倒没有，听刑警队的大李他们说，当地群众传说赵家瑞的父亲就是被牙仙害死的，不过这都是道听途说，没人相信。"老人目光茫然，若有所思地回忆道。

"但是，卓叔叔，他们说的很有可能是真的，只不过牙仙并不存在。我查过当时的卷宗，赵家瑞的父亲虽然被定性为失足摔死的，但是在死前，他的牙齿都消失了。"章桐皱眉说道，"一个活人绝对不会因为摔跤而磕掉整口的牙齿，你说对不对？"

"这个……恐怕我就爱莫能助了，丫头。"卓佳欣忍不住长叹一声。

章桐点点头："没事，卓叔叔，你和我父亲一起处理过赵家瑞案件的尸体，还有一点我想证实一下，当时的11具尸体的头部是不是做过神经剥离手术？"

"你是说通过对人体脑神经的剥离切割来达到自己的目的？"老人惊讶地转过轮椅，面对章桐，"尸检是我和你父亲一起做的，我可以肯定这倒没有。"

"你听说过先天性无痛症吗？"老人突然问道。

"听说过，但是现实中很少见。这种病又叫遗传性感觉自律神经障碍。据说这种疾病类型的患者，因为神经痛感传递受到了阻滞，所以痛觉也就随之丧失了，但其他的智力、冷热感、震动、运动感知等感觉能力则是发育正常的。这种病经常伴随着无汗症，看似稀松平常，但是十分危险，因为患者根本就感觉不到疼痛，身体上的病症也就很容易被忽视，所以得这种病的人死亡率特别高。卓叔叔，你问我这个干什么？"章桐好奇地问道。

"只有自己感觉不到痛苦，才会没有同情心，也才会对别人有过多的杀戮。你回去好好看看那些手绘的尸体解剖图，上面详细标记了凶手切割受害者的具体位置。我想，你会找到答案。"卓法医的声音越来越低。

章桐知道自己该离开了，老人毕竟身患绝症，身体很虚弱，她实在不忍心再继续打扰他了。"卓叔叔，我走了，你多保重，我下周再来看你。"

老人没有说话，闭着双眼，鼻息也逐渐变得平缓。章桐轻手轻脚地来到门边，刚想打开门离开，老人的声音又一次在背后响起："虽然说赵家瑞从来都没有谈起过自己，但是有一点可以肯定的是，他的孩子，是他当初豁出命也要去保护的人，我担心……"

章桐点点头，心情沉重地关上了门。

有钱的感觉真不错。走出酒吧的那一刻，搂着自己看中的女人，王勇感觉整个世界都是自己的。他早就已经打算好了，等明天拿到钱后，立刻就去换一辆新的越野车，要带四个驱动的那种，开在马路上绝对拉风！男人嘛，有了钱就是要学会享受的。至于说自己停在停车场里的那辆破皮卡车，无所谓了，明天再来开走也不迟。

打扮得花枝招展的年轻女人在王勇的怀中痴痴地傻笑。如果不是她的搀扶，王勇估计早就已经趴地上了。酒喝得太多了，天旋地转的，王勇发觉自己的头越来越沉，双脚就像踩在棉花上不听使唤。

酒吧门口虽然停满了车，但是王勇叫的网约车始终都不见影子。

"王先生，你确定叫车了吗？"年起女人撒着娇问道。

"当然啦，没叫车的话我们……我们去哪儿啊，BA3574，是一辆丰田卡罗拉，黑色的，你帮我看着点啊！"在酒精的作用下，王勇感觉自己的舌头整整大了三圈，毫不夸张地说要是再喝下去连话都说不出来了。

一辆车在王勇身边停了下来，黑灯瞎火的，王勇看不清楚颜色，只是嘴里嘟嘟囔囔含糊不清地嘀咕了几句后就拉开车门倒在了后车椅上。年轻女人并没有上车，而是从开着的车窗里接过一沓钞票，莞尔一笑，转身就又钻进了酒吧。

几分钟后，一辆车牌号为BA3574的黑色丰田卡罗拉停在了酒吧门前，他等了十多分钟，在电话总是显示关机的状态下耐着性子又等了一会儿后，就自认倒霉地把车开走了。

车辆行驶过程中车的零件碰撞所发出的"哐当"声惊醒了王勇，他忍着头痛努力想睁大自己的双眼，眼前却是让人郁闷的一片漆黑。

"哎，我在哪儿啊？我到底在哪儿？"他隐约感到了一丝不安，试图坐起来。但身体纹丝不动，而且奇怪的是自己的意识那么清醒，好像根本就没有喝酒一样，这可是从来都没有过的事。

"我在哪儿？为什么我动不了啊！有人吗？"耳畔除了汽车开动的声音，别的，无声无息，自己就好像被活活地困死在身体里一样。王勇的心顿时悬到了嗓子眼。

眼前突然闪过一丝光芒，应该是车外街面上的路灯吧，照射在散发着臭味和机油味的后排车椅上，虽然只是很短暂的一瞬间，但是王勇像是被雷劈了一样，整个人都僵硬了。他看得很清楚，自己现在所坐的车并不是什么丰田卡罗拉网约车，而是自己的那辆停在酒吧停车场里等着明天去取回的破皮卡车！因为这辆车已经跟了他好几年了，车里的每一块污渍他都了如指掌！

王勇本能地感觉事情不妙，脑海中闪过三小时前，雇主嘴角的那一抹意味深长的笑意，王勇如坠冰窟，不由得浑身发抖。

就在这时，皮卡车停了下来，发动机熄火的刹那，周围死一般的寂静。也不知道过了多久，脚步声响起，后车门打开，灯光再次亮起，只是变得刺眼，让人根本无法直视。

可怕的是他现在连闭上双眼的功能都诡异般地消失了，就像一具活生生的人偶。

他的眼珠死死地盯着上方，一动不动，不只是眼珠，四肢也无法再动弹，身体就好像不再属于他一样。就着头顶刺眼的灯光，他依稀看到了一个闪烁着银光的长长的东西被塞进了自己的嘴巴，紧接着，它缩回去的时候，带走了一颗血淋淋的牙齿。

那是拔牙钳！王勇心里一惊，他本能地发出了瘆人的惨叫，耳边却只传来了沉闷的嗡嗡声，像极了一只困在笼子里的野兽。

还没等他弄明白到底发生了什么，拔牙钳又一次伸了进去，这一次却是直接捅开了他的喉咙。王勇的恐惧迅速遍布全身，因为他竟然一点感觉都没有！

拔牙钳再一次缩回去的时候，又带走了一颗血淋淋的牙齿，如此反复，新鲜的血液如潮涌般灌进了他的咽喉，他惊恐万状，想闭上嘴巴，至少屏住呼吸，可是嘴巴却已经不再属于他了。

救救我，救命啊……

王勇拼命喊叫，却是徒劳。除了那逐渐放大的瞳孔外，他的整个躯体丝毫无法动弹，任由对方用专业的牙医工具利索地取下了他所有的牙齿，他却感觉不到一丝疼痛！难以言状的惊恐让王勇昏了过去。

为什么？自己明明是在温柔乡，为什么转眼之间掉进了万劫不复的地狱？王勇到死都无法弄明白。

凌晨，江边，风很大，江水拼命拍打着岸边的礁石。

一辆黑色的皮卡车在江边停了下来，司机没有开灯，他钻出车门，走到副驾驶位置的一边，把身子探进去，用力地把一个人挪到了空出来的驾驶座上，然后在踏脚板上忙碌着什么。最后，他发动车子，在车辆启动的那一刻用力关上车门，小车就一头向江边冲了过去，时速定在了80迈。很快，小车以一个漂亮的弧度冲向了滚滚的江水中，没多久就不见了踪影。江水又恢复了原来的样子，就好像那辆车从来都没有来过一样。

司机在风中缩紧了脖子，实在是冷。他可不想在江边久待，转身快步向山崖上走去，那里有一条只有少数"驴友"才知道的小道，可以直通另一条公路。他确信自己的所作所为除了天知地知，不会有除了自己以外的另外一个活人知道。

这就是秘密！而靠窃取别人秘密换钱花的人注定是要付出惨痛代价的。

早上，阳光明媚，空气格外清新。落地阳台的门开着，微风阵阵，白色的纱帘轻柔地飞舞。章桐走出卧室，看到茶几上放着一张纸条。章桐打开，是李晓伟留下的，此时章桐脑子里满是李晓伟的脸，挥之不去。

遗传这个东西，确实是无法解释。章桐记得有人在医学年会上曾经提到过这个问题，基因遗传是否会同时复制犯罪基因？有人提出犯罪是后天的，但是很快就有人反驳说两个相同的个体处在同样的环境下接受同样的教育，不同的个性就有可能会造成犯罪，而这个单人个性偏偏离不开遗传。

李晓伟简单地收拾了一下行李后，便离开了章桐的家，他强迫自己不回头，但是他知道，章桐一直就站在阳台上，目送他钻进自己的车离去。

喜欢一个人非常容易，或许是因为外表，或许是因为内在，从那么一个无法预知的巧合开始，喜欢的种子可能就开始种下了。他不知道这一次离开后，什么时候才能再见面。他已经想好了，自己的事业已经毁了，反而没有了牵挂。有些事已经纠缠了自己很久很久，到了该去勇敢面对的时候了。

想到这儿，李晓伟深吸一口气，打开了车载音响，在林肯公园充满野性的歌声中，用力地踩下了油门。车像箭一般行驶在晨光中空空荡荡的滨江大道上。

中午，江边。

秋天是一年中最美的季节，但是坐在大众牌皮卡车驾驶室中的王勇已经什么都感觉不到了。确切地说在水里泡了九个多小时后，他终于被一个钓鱼的人发现。很快，随着大众皮卡车被吊出水面，被泡得有些膨胀的王勇也终于出现在了大家的面前。

"我认识这个人！"看着缓缓落地的皮卡车，章桐皱眉嘀咕了一句。

"你认识死者？"童小川简直不敢相信自己的耳朵，因为最近这段时间每一具被发现的尸体似乎都和章桐有关。

"你那么盯着我看干什么？我确实认识他。"章桐伸手一指驾驶室中几乎面目全非的王勇，"他叫王勇，是个私家侦探。"小潘站在一旁忙着拍照。

"私家侦探？"童小川皱眉问道，"章主任，我看你最近或许真的得去灵山做个法事了。"

章桐好奇地看着童小川："做那玩意儿干吗？有用吗？迷信破不了案子的。"

小潘终于憋不住了，他强忍住笑，对章桐说道："姐，我想我们童大队长的意思是从城中村那具尸体开始，每个死者似乎都多多少少与你有关，现在你居然又认识这个死者，有点晦气。"

童小川尴尬地笑了笑："我开玩笑呢，章法医你别误会。"

看着童小川和卢强慢慢走向围观的人群，小潘不由得小声说道："章姐，童队是属于少根筋那种类型的人，我看你以后尽量不要和他当面起冲突最好。"章桐却神情专注地查看着死者的脖子，似乎根本就没有听到小潘好心的忠告。小潘碰了一鼻子灰，摇摇头，拿起胸前的相机继续工作。

突然，章桐转身看着小潘，神情严肃地说道："告诉童小川，需要马上封现场，这是凶杀案，不是意外事故！"

"李晓伟？那个心理医生？失踪了？"在解剖室门口，身穿一次性手术服的童小川就像老鹰抓小鸡一般薅住了卢强的衣领，"你有没有搞错，眼皮子底下的人你都看不住？"

卢强委屈地抱怨："头儿，你又没有叫我看着他，找不到他也很正常啊。"

童小川刚想发火，身后却传来了章桐冷冷的声音："闹够了没有，这里是解剖室，要打架出门右拐，回你们办公室里闹去！"

在这个一亩三分地，章桐是话说了算的人，童小川涨红了脸，只能压低嗓门对自己的下属狠狠地教训道："我给你一天时间，给我立刻把他找出来，哪怕挖地三尺！听明白没有？"

卢强一脸哀怨地点点头，转身快步离去了。

"现在的年轻人，不好好训教就是不成器。"童小川一边偷偷看着章桐，一边嘴里嘟嘟囔囔地靠近解剖台，王勇的尸检工作就差最后的缝针收尾了。

"结果怎么样？"

"他杀！"

看童小川还是一副没有回过神来的样子，章桐想了想，然后顺手摘下乳胶手套，冲着他招了招手："童队，你过来，我给你演示一下。"

童小川刚接近，章桐便迅速双手合并以一个45度角的位置向对方的脖子用力压了下去。童小川没有丝毫防备，被狠狠地撞在了解剖室的墙角柱子上，疼得叫了起来："章法医，你想干什么？疼死我了！"

章桐厉声说道："别动，你现在是死者，你已经被我注射了足够多的咪达唑仑，所以任我摆布，你动弹不了。"

"咪达唑仑？"

小潘嘀咕了句："强效镇静剂，5毫克就能放倒一匹马。"

童小川以一个怪异的姿势贴紧冰冷的柱子，怕得罪章桐又不敢挣扎，只能继续问道："那章法医，你刚才的动作……"

"我现在没有用力，但是凶手那时候至少加了十成力在手掌上，你的颈动脉只要三分钟内不供血，你就完全昏迷了，身体单薄一点的就此死了也说不定，再醒过来的时候，在咪达唑仑的作用下浑身瘫软，脑部虽然有意识，但浑身上下再也动不了了。不过，凶手为了以防万一，"说着，章桐迅速用左手朝上托起童小川的下巴，右手反方向摁住他的第三节脊椎骨，"这两个位置同时用力，不用一分钟的时间，你就彻底瘫痪。打个比方吧，此刻你人还活着，脑子还有思维，和正常人无二，但是你已经和你的身体完全脱节了，此刻的身体就成了你的棺材！你连你的眼皮子都眨不了。"

说到这儿，章桐才把手松开。

童小川心有余悸地摸了摸自己的脖子，这才放心地左右活动了一下："章法医，那接着呢，凶手对他干了什么？"

"他把死者的牙齿一个个都拔光了。死者那时已经感觉不到痛苦了。"章桐淡淡地说道，重新戴上了乳胶手套。

"那他的死因？"童小川愣住了。

"他是被活活吓死的！"

"就这么简单？"童小川目瞪口呆。

"对。"章桐晃了晃手中的剪子，平静地说道，"我想这就是凶手要的结果，带有一种惩罚性质。死者绝对不是淹死的，因为他的肺部和气管里都是干干净净的，很显然是死后入的水，他的皮卡车属于抛尸现场。而他全身瘫痪后就连呼吸也变得无法自主，这个时候即使他还活着，时间也所剩无几了，几分钟之内，他就会因为呼吸肌无法运作而被活活憋死。"说着，她又伸手指了指死者，"现在看来他已经算是中了头彩了，不用承受这些痛苦，因为过于恐惧而引起的心脏猝死反而使他得到了解脱。"

"能并案吗？"童小川皱眉说道。

章桐摇摇头："在前面死者的身上没有发现咪达唑仑，颈动脉上也没有发现压痕，虽然牙齿也被拔去了，但是很显然不是一个手法，所以光凭这些，我不能判定是同一个人干的。"

"童队，我想充其量只能算是模仿犯！而且是深知前面死者的具体死亡方式的模仿犯。"小潘在一旁忍不住插嘴道，"我个人认为这个凶手具有一定的医学背景，知道从哪里下手可以让对方直接昏迷或者死去。"

"章法医，你觉得呢？"童小川问道。

"很显然他要的不是从身体上惩罚死者，而是从心灵上，而过度的恐惧是可以引发猝死的。"章桐一边仔细查看着死者的颈部，一边头也不抬地说。突然，小潘注意到章桐的手在微微颤抖。他不由得皱眉，这个细小的动作只意味着一点，那就是此刻的她正在极力掩饰着自己内心的不安。

很快，童小川就满腹心事地离开了解剖室。案情分析会被安排在了一个小时后，到时候有的是时间让他提问题。

解剖室里又一次安静下来，只能听见不锈钢手术剪、手术刀在托盘上发出的清脆的叮当声。许久，他小声问道："章姐，你有心事？"章桐没吱声。

"那你是不是怀疑失踪的李晓伟医生？"小潘干脆放下剪子，抬头看着章桐。

章桐也不否认："没错，我确实很担心是他。"因为戴着口罩，所以小潘无法看清楚章桐这时候的脸部表情。

"章姐，我是你带出来的徒弟，所以我对你的判断是绝对不会怀疑的。我只想让你告诉我，难道你真的认为这案子是李晓伟医生做的吗？"小潘神情严肃地说道。

章桐默默地摘下了口罩和手套，开始了清理工作："在这之前，我在休假的时候就曾经和李晓伟医生谈起过前面的案子，包括作案手法。我想，如果真是他做的话，那么我就是犯了一个不可饶恕的错误。"

"你都和他说了？"小潘不由得目瞪口呆。

"虽然不是全部，但是我想，也足够拿来模仿了。"章桐长叹一声，陷入了深深的沮丧与无奈中。看着小潘目光中的失落，她知道自己现在解释过多也没用，在这整件事情中自己一直都是被牵着走的木偶。

这种明知前面是个坑，却又偏偏要硬着头皮逼着自己朝里面跳的滋味真的很难受。章桐感到了难以言状的挫败感。

不过从心底，她还是愿意相信李晓伟绝对不可能是这么冷血的杀手。只是，该死的他现在到底去了哪里？

"李晓伟，男，34岁，警官学院犯罪心理学讲师，兼市第一医院心理科医生，参加工作时间为四年。毕业院校为安平医科大学心理系。平时为人和善，无不良嗜好，同事评价也很不错。根据户籍登记资料显示，李晓伟从小就被人收养，收养人名叫方淑华，李晓伟叫她奶奶，去年因身体不好住在养老院，家中房子已经变卖用来支付养老院费用。李晓伟现在登记的正式居住地址是警官学院宿舍区 2 栋 201 。"说到这儿，童小川略微停顿了一下，"有足够生物证据证实，李晓伟的 DNA 中的 Y 染色体和30年前被处决的杀人犯赵家瑞完全吻合，所以并不排除李晓伟就是赵家瑞和黄晓月的亲生儿子。"

话音刚落，整个会议室顿时一片嗡嗡声，大家面面相觑，虽然时间过去很久了，但对于很多人来讲，赵家瑞这个名字，依旧还是一场可怕的梦魇。

张局皱眉问道："确定了吗？"

童小川没吱声，只是伸手指了指章桐。

章桐本来一直双手抱着胳膊默不作声，见此情景也只能无奈地叹了口气，点点头："没错，李晓伟的父亲就是赵家瑞。这是系统里 DNA 数据配对的结果。但是这并不表明父亲是连环杀人犯，子女也会成为杀人犯，这么推论是不科学的。"

童小川问："那这个王勇，章法医，你是怎么认识他的？"

"之前，李医生对我说有人跟踪他，就是这个私家侦探王勇。后来我们在交涉后得知王勇是接受了某个神秘雇主的委托，对李晓伟进行跟踪调查。但是对于这个雇主，王勇自己都说无法知道更多的详情。"章桐接着说道，"不过，对于这种人的话，不能百分百相信。他是靠贩卖别人的秘密生存的，所以他有这样一个结局，我一点都不觉得奇怪。"

"那章法医你的意思是他是被人报复杀死的？"张局问道。

"不排除这个可能，明明有很多种方式可以杀了王勇，但是凶手偏偏选择这种费时费力的方式，还要让他活着看自己受折磨，灵魂被牢牢地禁锢在自己的躯体之内，却又无法呼救，可以说，这个凶手对他是恨之入骨了。"

"我的下属走访下来得知，王勇在被害当晚曾经出现在 1918 酒吧一条街，监控镜头中显示 10 点 47 分的时候，他是被酒吧陪酒女搀扶着坐上自己的皮卡车走的，不过走之前明显是醉成了一摊烂泥。"童小川看了看自己面前的记录本，继续说道，"我们也找到了那个陪酒女阿兰。她讲述说当晚有人给她微信转了两百块钱，要她去勾引一个在吧台前喝酒的男人，并告知了详细体貌特征，而那个男人就是死者王勇。那个神秘人要求在几点几分左右把王勇搀扶出酒吧，最后保证让他上一辆皮卡车，并且承诺再给陪酒女阿兰一笔钱。酒吧里的监控证实了她所说的话。"

"找到那个人了吗？"张局长有些激动，因为这是一个很明显的案件突破口。

童小川苦笑："张局，现在可不像您当初那个年代了。我请网监查过这个微信号，结果呢，是被盗的，包括那两百块钱，也是从那个倒霉蛋的微信账户里划出去的，这个倒霉蛋自始至终对这件事都一无所知。"

"那个陪酒女呢？她能认得出驾驶皮卡车的人吗？监控里她不是对着驾驶室做了个亲昵的动作吗？"张局心有不甘地指着监控截屏相片，问道。

童小川摇摇头："对于这种谁有钱便是自己爹的人，这叫职业习惯。她见谁都会做这个动作，才不会去看对方长什么样呢。真可惜，停车场偏偏没有监控探头。"

"我看，这家伙应该是个电脑高手啊！"痕迹检验工程师方小木在一旁小声嘀咕着。

"前面几起凶案，都是冲着我来的，和李医生一点关系都没有，"说到这儿，章桐抬头看了看坐在对面的童小川，"而且在尸体身上，我看不到任何报复性的手法，相反，虽然死者是被活活解剖致死，但是事先都被剥离了相关的脑神经组织，期间甚至还得到过救治，所以整个过程，都不会感受到痛苦。我想，凶手的目的只是报复我，让我看到他渴望复仇的内心世界。他与死者之间毫无恩怨可言，同样死者对于他来说也只不过是个被利用的工具罢了。但是这个王勇不一样，很明显可以看出凶手就是要他活着，活着看自己受到折磨。因为中枢神经瘫痪导致心脏供血随时都可能中断，再加上大量镇静剂在体内的共同作用，死者的生命就变得非常脆弱。"

"脆弱？"卢强问。

章桐点点头："在没有心肺呼吸机的帮助下，任何一次细小的心脏跳动频率的改变，都很有可能导致心脏的停跳，所以，他是被活活吓死的。"

童小川小声嘀咕了句："这死法也忒悲催了点儿。"

章桐目光专注地盯着自己面前桌子上的警帽上的帽徽，一字一顿地说道："严格意义上来讲，王勇案件的凶手只能被定性为故意伤害致死，不属于故意杀人。在这一点上，凶手很聪明。"

张局没弄明白："章法医，那有关死者牙齿被拔掉的事，如何解释？"

章桐摇摇头："目前来看，除了牙仙这个传说以外，我还真的找不到更合理的解释。通过死者的口腔痕迹可以看出都是用专业的拔牙钳做的，只是这种拔牙钳，网上到处都可以买到，所以这条线索目前为止我觉得没有任何价值。"

"至于说到那个死在宿舍的电脑程序员潘威，我们也调查过他当晚的活动，不过，因为监控资料不全，再加上他的宿舍所处的位置又是一个死角，案件可以说是进入了一个死胡同。但是法医方面又坚持是谋杀，我实在是想不出更好的解释来。"童小川愁眉苦脸地说道，"我的人把楼上楼下所有当晚在家的人都问遍了，包括他的同居女友，没有进展，都说不知道。话说回来，这家伙又是一个被确诊的妄想症患者，突然想到自杀也是情有可原的，我觉得并不一定要在现场找到什么遗书之类的证据，你们说对不对？因为没有人能真正懂得妄想症病人的脑子，难道不是吗？"

　　听了这话，章桐只是耸耸肩，轻声说道："尸体上的证据就是这么说的，我的结论都是结合证据得出来的，不是我自己的凭空瞎想。"

　　"潘威和这个案子的唯一联系就是李医生所讲的故事吧，章法医？"童小川问。

　　章桐点点头，事实确实如此。

　　散会后，章桐整理好会议资料，刚准备离开房间，童小川突然拦住了她的去路。"有什么事吗？"

　　"刚才在会上，有件事我没有说。"童小川靠着桌子，摸出了烟盒，目光看着会议室的窗外。

　　"什么事？"章桐皱眉，她隐约感觉到了一丝异样。

　　"方淑华，就是收养李晓伟的那个女人，你见过吗？"

　　章桐摇摇头："她去了养老院，身体不太好。"

　　"卷宗记录上显示她应该是赵家瑞案件的专案组成员之一，我不知道她后来为什么会想到去收养赵家瑞的儿子，但是这么一来我真的开始有点担心她的人身安全了。"童小川愁眉苦脸地说。

第十二章　凶手另有其人

雷声阵阵，窗外下起了瓢泼大雨，雨雾把天地间连成了一条线。

这是一间狭小阴暗的乡村旅舍，黄色的灯光在哗哗的雨声中微微闪动。因为不是旅游旺季，所以旅社中一大半的房间都空置着，旅舍的小酒吧里更是门可罗雀。李晓伟在里面坐了整整一个下午，都没有看见除自己以外的第二个客人前来光顾。

李晓伟知道自己需要一个安静的空间让脑子思考一下，不能再这样混乱下去。阿奶的生活已经拜托保姆冯姨照顾，冯姨对阿奶忠心耿耿，他可以放心些。医院那边也请了足够长的假期。李晓伟知道自己已经没有了后顾之忧。手机来电记录中显示已经有将近30个未接电话，除了自己的护士阿美以外，就是章桐的来电，李晓伟干脆就把电话设置成了免打扰的状态。

眼不见心不烦。他需要的是专心而不是犹豫不决，因为李晓伟明白自己已经没有后路可走。

如果可以的话，这么做就当是为了章桐吧。想到这儿，他轻轻一笑，从兜里摸出20元钱压在杯子底下，然后冲着酒保点点头，站起来摇摇晃晃地离开了酒吧。

回到房间关上门后，他打开了电脑，在等待启动的同时，铺开白纸，摘下笔帽。他需要用笔来记录一些东西，因为有时候笔远远比电脑来得更加安全可靠。

电脑启动时的嘎嘎声虽然轻微却意味非常，李晓伟深吸一口气，神情凝重，他知道眼前正在打开的是一个只属于自己的特殊的潘多拉魔盒。

这是一家特殊的养老院，非常注重保护老人的隐私。

章桐走进大门，出示证件后来到三楼，伸手摁下了302房间的门铃。很快，大门就打开了，只不过出现在面前的是一张中年妇女的面孔，四五十岁的样子，她目光茫然地看着章桐问道："你找谁？"

章桐愣了一下，想了想，便从随身挎包里拿出了自己的工作证，伸手递给对方："我是安平市公安局的，想找下李晓伟医生。请问他在不在？"章桐知道李晓伟肯定不在，不只是不在，就连自己的电话对方都不肯接。

中年妇女摇摇头："我是住家阿姨，李医生说他要外出几天，让我照顾他的阿奶。你过几天再来找他吧，或者你可以直接打他电话！"看她想要关门，章桐连忙用脚顶住门，在对方流露出不快的表情之前，赶紧诚恳地说道："那我就找方淑华。这名字你应该听说过吧？"

中年妇女微微皱眉，不过也不好说什么，便退后一步："好吧，你进来吧，赶紧关门，方姐身体不好，着凉的话就不好办了。"

章桐尴尬地点点头，赶紧低头钻进了门。她还是头一回这么厚着脸皮走进人家家里。

方淑华对章桐的出现并不感到很意外，她只是轻轻一笑，伸手指了指自己面前的沙发："坐吧，丫头，就知道你会来的。"

章桐却感到有些吃惊："您认识我？"

"你是章鹏的女儿，我早就听说过你了，只不过啊，我年纪大了，有时候记性不好了。"方淑华长叹一声，又缩回到自己的安乐摇椅里去了。

章桐心中一震："您认识我父亲？"

方老太太微微一笑："一起共事过，他常提起你，你是他的骄傲。他和我们打赌说以后一定是你接他的班，现在看来果真没错。"

提起自己的父亲，章桐鼻子一酸，眼泪差点流下来："那您还记得赵家瑞的案子吗？"

"我当然记得。他杀了12个人，在当时都引起轰动了。但是像他那样的人犯案，其实一点都不奇怪。"老人慢悠悠地说道，"那样糟糕的一个童年，长大了肯定也不会快乐。"

"您调查过他？"章桐吃惊地问道。

"那是必需的，更别提这个案子这么大。"老人笑了，目光中流露着一丝得意，"那时候啊，我们都可有成就感了。毕竟是安平市历史上最大的一个案子，你说对不对？"

章桐用力点点头。时间一分一秒地过去，房间里放在五斗橱上的三五牌台钟发出有节奏的滴答声。突然，方老太太睁大了双眼，用犀利的目光看着章桐："孩子，你知道先天性无痛症吗？"

章桐感到有些茫然，这是自己这三天内第二次听到无痛症这个特殊的词："我知道，这个病症很特殊的。"

"我跟你父亲不止一次提到过，赵家瑞就是一个很典型的无痛症患者，不然的话，无法解释那么多死者身上那些纵横交错、密密麻麻的刀伤，就因为赵家瑞他自己感觉不到疼痛，所以才会拼命地用刀去切割别人的肉体，他明摆着就是在病态地追求痛苦的刺激。这就是他的真正作案动机，但是没有人听我的！你知道吗，没有人听我的！"或许是太过于激动，方淑华紧握着

258

摇椅扶手的手掌变得更加白了，目光中充满了激动。

"我想证明我的观点，只是很可惜，他的尸体后来被捐献了，不然的话，你父亲一定会确诊这种病的，我相信他。"

听了这话，章桐这才恍然大悟："难怪你后来特意收养了他的儿子，因为你怕李晓伟也得上他父亲一样的病，然后也一样去杀人！我看过福利院的收养档案，你是指定要收养他的。我想这才是你收养李晓伟的真正理由吧，对吗？"

老人的目光中闪过了一丝亮晶晶的东西，可惜很短暂，她发出一声长长的叹息，又微微阖上双眸："你真的很聪明，阿伟没有看错你。"

"那李晓伟知道您的初衷吗？"章桐不甘心地追问道。

方淑华不由得苦笑："他是个没心没肺的家伙，傻乎乎的，我就知道是我把他宠坏了。"

章桐若有所思地看着方老太太，半晌，喃喃地说道："阿奶，如果李晓伟被证实也是先天性无痛症的基因携带者的话，您会怎么办？"

方老太太微微一愣，随即靠在椅背上，伸了个懒腰，然后慢悠悠地晃动着摇椅，冲着章桐笑笑："如果他有这方面的任何特征显露出来的话，就不会有现在的他。可惜啊，可惜他目前还没有表现出来，看来我这辈子都不会有机会去证明自己的观点了。"

看着老人眼中深深的失落感，胃里一阵翻江倒海的感觉袭来，章桐匆忙说了声对不起，随即站起身冲出了房间。来到屋外墙角，此时她再也忍不住了，不顾身边走过的路人投来异样的目光，她开始蹲在墙角拼命地呕吐起来。

眼泪顺着眼角无声地缓慢滑落。收养一个人并且把他亲手养大就只是为了看对方是否具有和其父亲一样的遗传病症。

孩子是无辜的。

"你说什么？章法医，你的话我听不明白。"童小川皱眉看着自己面前办公桌上的一盆多肉植物，他其实根本就不喜欢这种丑兮兮的所谓的绿色植物，要不是后勤硬性规定说刑警队每个人的办公桌上都必须放一盆植物的话，童小川才不会硬逼着自己成天瞪着它发愁呢。

电话那头章桐的声音时断时续，尽管如此，童小川最终还是勉强弄明白了她的特殊要求：需要当年赵家瑞一案专案组的所有成员名单。虽然按照程序规定，法医并不直接参与办案，但是眼前这个案子很特殊。

"章法医，你要那个名单干什么？"

"我刚去见了方淑华，我想，我知道凶手当初的杀人动机了。"停顿一下后，她又认真补充道，"我还要赵家瑞的所有资料，包括他的医疗档案，所有你们能找到的，我都需要。童队，我们时间不多了，在凶手下一次下手之前，我们一定要抓住他。"

童小川惊愕地看着凑到自己面前的卢强，挂断电话后，卢强迫不及待地问道："章法医怎么说？"

"目前还无法确定，你去下田波那里，把赵家瑞案的相关档案全都搬过来，包括专案组人员名单，就说我说的，马上就要。"卢强赶紧一溜小跑离开了刑警队办公室。

童小川伸手在乱七八糟的抽屉里摸索了老半天，终于摸到一个被压扁的香烟盒，脸上随即露出了欣喜的神情，虽然里面只剩下了一支烟。他一边叼着香烟，一边掏出打火机正准备把它点燃，突然，脑子里闪过一个可怕的念头。童小川顿时脸色铁青，愣了一两秒钟后，便手忙脚乱地把香烟往桌上一丢，掏出手机开始拨打章桐的电话。

电话那头却只传来了单调的嘟嘟声，始终都无人接听。童小川急出了一身冷汗，赶紧从椅子上站起来，冲到门口，对着大厅里大声嚷嚷道："还有人吗？赶紧给我来人！赶紧的！"

他一边焦急地四处张望，一边心里直骂自己愚蠢：章桐的父亲是专案组成员之一，他虽然死了，但是章桐还在，作为他的直系亲属，凶手的杀人名单上肯定也已经写上了她的名字。而前面的三个死者就已经很明显地表露出凶手的报复心理。

"天呐，章法医要是因为这个而出事的话……"童小川一边小声嘀咕一边冲着向自己跑来的下属吼道，"赶紧定位技侦大队章法医的手机，我要马上找到她，确定她没事！"

话音刚落，童小川身后传来了小潘吃惊的声音："章姐到底出什么事了？你别吓唬我，童队，玩笑可不是这么开的！"

童小川一咧嘴，赶紧转身笑眯眯地看着他："哦，潘法医啊，你放心吧，你们头儿没事，我只是想马上找到她，案子都搁着没破呢，她又偏偏不在……"

小潘本来就对童小川没什么好感："今天她轮休，人不在单位很正常。"说着，他把手中王勇的尸检报告往童小川手里一塞，嘴里干巴巴地蹦出两个字，"签字！"

隔着一条马路，坐在车里看着对面坐在站台上等公交车的章桐，他的目光中充满了迷茫。

章桐身高163厘米，身形偏瘦，齐肩短发，一个人发愣的时候总是爱歪着头，目光若有所思地注视着身边的某个地方。她算不上标准的美女，却绝对耐看。难怪李晓伟会那么喜欢她。

这就是章鹏的女儿，他微微点头，伸手拿过仪表盘上的纸，右手拿起笔，用牙齿咬开笔帽，然后一笔一画地在上面写道：她一个人？想了想，他又在问号下面用力地划了两道。

这时，一辆开往市区的公交车正缓缓进站，看着章桐上车后，他的心忽然就有了一种淡淡的失落感。他一遍又一遍地在章桐的名字上画圈，心情复杂，而没有开车追赶公交车。因为在他看来，既然已经知道公交车的目的地了，就没有再去浪费时间和精力的必要了。就像和魔鬼签订了契约一般，各取所需就好。

市局的玻璃大门被用力推开，一个中年妇女神色慌张地冲了进来，见到穿警服的人就一把拽住："我要报案！我要报案！我老公出事了……"得到指点方向后，她就沿着走廊一头扎进了报案值班室。

"警官同志，我要报案，你们快去医院，我老公出事了，出大事了……"中年妇女语无伦次地嘟囔着，焦躁不安。

"先坐下，请慢慢说！你先生现在人在医院里是吗？他人怎么样了？"既然听说人已经在医院了，接警的刑警队警员阿水就放心了许多，他站起身，指了指自己面前的凳子，做了个"请"的手势。

中年妇女一边擦着汗并不急着坐下来，反而声音带着哭腔说："他人还活着，但是已经和死人差不多了，警官同志，我求你了，快去吧，去晚了就真的完蛋了！"

见此情景，阿水也不再拖延，便匆匆和总机打了个招呼，带着笔录本跟着中年妇女走了出去。走到大厅的时候，两人和章桐擦肩而过，阿水点头打了声招呼。章桐突然停下脚步，皱眉想了想，转身叫道："阿水，等等！"

"章法医，有什么事吗？"

章桐却上下打量着中年妇女，转而问阿水："是家暴案吧？"

阿水有些茫然，他摇摇头："不是啊，是她老公出事了，人在医院，生命有危险，所以需要我出警去看一下。"

"是吗？那快去吧。"章桐挥了挥手，看着两人的背影逐渐消失在大厅外面的楼梯上，摇摇头，不由得感到很奇怪，"明明被人打得多次骨折，为什么就偏偏不是家暴案呢？"

"章法医，你在嘀咕什么呢？"张局正好路过，见此情景便好奇地问道。

"张局，刚才一个来报案的女的身上多处陈旧性骨折，明显是外力造成的，却不报家暴，只是说她老公出了意外，我担心这个事情远远没有我们想象的那么简单。"章桐担心地说道。

听了这话，张局长的脸上也露出了同样凝重的神情。

真是怕什么就来什么，下午章桐站在解剖台旁，身穿一次性手术服，戴着口罩、手套和帽子，低头看着刚从医院急诊室送来的尸体发呆。"你确定是上午来报案的那个中年女人的丈夫，对吗？"章桐头也不抬地问道。小潘查看了一下登记资料，点点头："没错，就是从医院急诊室直接送过来的。死因……"

"怎么了？"章桐突然意识到他说话有些吞吞吐吐，不禁皱眉问道，"死因有什么问题吗？"

"不，恰恰是没有问题。"小潘看着章桐发呆，"章姐，难怪刚才阿水无意中说到医院急诊室的医生对我们的出现感到很意外呢，现在看来果真如此。"

"别婆婆妈妈的，快说，死因对方定性是什么？"章桐有些不耐烦了。

似乎生怕自己看错，小潘又一次比对了一下医院开的死亡证明："肯定没看错，死因是中风！"

"中风？他才多大啊！而且身体素质不错……等等，你再仔细看一下抢救病历，核查送到医院时病人是否处于清醒状态。"章桐突然意识到了什么，她转到尸体头部旁，仔细查看死者的颈动脉位置附近的情况。

"他被送到医院的时候糖皮质激素只有3，瞳孔放大，对外部刺激无任何反应，急诊医生只能对他进行插管手术和打镇静剂……"

"他用的镇静剂是什么？咪达唑仑？"章桐皱眉。

"一般急诊室都用这个啊，全麻抢救，更何况他的情况特殊……"突然，小潘呆住了，看着章桐怪异的神情，他满是懊恼，"我真蠢，那还需要检测咪达唑仑的体内含量吗，姐？"

章桐戴着乳胶手套的双手轻轻掰开死者的嘴巴，指着黑洞洞的口腔和满是裂口的牙床："那你说呢？"

一看见章桐推门走进来，惊愕之余，中年女人的眼神就开始下意识地躲闪了起来，在她身边依偎着一个十一二岁的小男孩，明显有些营养不良，脸上挂着鼻涕，穿着脏兮兮且极不合身的运动服，脚上的廉价白色胶鞋早就已经磨破了口子，双眼始终都透露着警惕的目光。

章桐没有说话，径直快步走向中年女人，突然伸手准确无误地抓住了她的右臂然后顺势向上一提，中年女人顿时一声惨叫，脸上满是痛苦的神情。

章桐抬头看向童小川和卢强所坐的位置，点点头："屡次暴力所引起的外伤陈旧性骨折，肌肉坏死，已经严重影响右上肢的基本伸展功能，根据受伤位置完全可以肯定是家暴引起的。"

一听这话，中年女人顿时面色苍白，一边护着右臂，上身一边出于本能而向后退缩，似乎是在躲避着什么。小男孩急了，上前猛推章桐，连踢带咬，嘴里愤怒地叫嚷着："放开我妈妈，不许你伤害她！不然我叫牙仙来收拾你！"

话音未落，屋子里的人都惊呆了，童小川这才恍然大悟，他快速翻找着公文夹中的死者相片，等翻到有关死者口腔部位的特写那张后，他顿时神情严肃了起来，刚想开口，章桐却冲他摇了摇头，示意让她和孩子交流。

房间里顿时安静了下来，而中年女人则在童小川严厉的目光制止下咬住了嘴唇，暂时没有吱声。章桐来到小男孩的身边，笑眯眯地看着他，柔声说道："我叫章桐，你能告诉我你的名字吗？"

小男孩犹豫不决的目光停留在了母亲的身上，中年女人随即点点头，他才小声咕哝了一句："我叫帅宇康。"

"那你能和阿姨说说你遇到牙仙的经历吗？"

小男孩听了，咬着嘴唇犹豫了好久，才双手插在裤兜里，吞吞吐吐地说道："前几天晚上，爸爸打我和妈妈，我害怕，就离家出走了，后来，因为肚子实在太饿了，出来找吃的，就遇到他了。"

"你为什么肯定他就是牙仙？你知道有关牙仙的故事吗？"章桐不动声色地继续问道，"你放心，你的秘密，我是绝对不会告诉这个房间以外的人的。要不，我用秘密跟你交换？"

小男孩先是犹豫，过了会儿居然点点头笑了："成交！你可不许骗我啊。他都跟我说了的。"

"说什么了，能告诉阿姨吗？"章桐微微有些激动。

"他就是牙仙。他说能帮我实现一个愿望，代价是他要拿走牙齿。"小男孩开心地笑了，"我就知道他不会骗我。"

"你能告诉阿姨你的愿望是什么吗？"

"我想让我爸爸永远都不要再打我和妈妈，我想让他永远被关起来。我说了，只要牙仙能帮我做到这点的话，他就可以带走我爸爸的所有牙齿。"小男孩认真地说道。

章桐心里一凉，看来牙仙说的确实没错，他的父亲是被永远地关了起来，只不过被关在了自己的身体里罢了。最后一个问题，也是章桐最不愿意却又非常想知道答案的问题："你见过牙仙，那他长什么样，你还记得吗？"

小男孩出人意料地用力点点头："他还跟我说了他叫什么。"

章桐神色凝重地站起身，来到童小川的身边，压低嗓门说道："我需要四张差不多的相片，其中一张是李晓伟医生的。马上就要。"

"没问题。"

很快，卢强就拿来了四张五寸的相片。章桐一张张依次在小男孩的面前摆放，同时柔声问道："不急，慢慢看，然后告诉阿姨，你见过其中的哪个人？"

小男孩毫不犹豫地把手伸向了李晓伟："大概和他长得差不多，但是衣服不一样。那天他穿的是黑色的风衣。"

"你很勇敢，最后再跟阿姨说一下，他告诉你他的名字叫什么了吗？"章桐感觉到自己脸上的笑容就像被生生冻住了一样。

小男孩笑了："他说他叫李医生。"

房间里几乎所有人的心都悬到了嗓子眼，童小川更是一脸的凝重。

章桐愣了好一会儿，这才无奈地站起身，看着表情严肃的童小川，心情沮丧到了极点。难道杀人基因真的能够跟随 DNA 遗传？

送走中年女人和小男孩后，刑警队办公室里鸦雀无声，章桐转身刚要走，却被童小川叫住了："章法医，请等一下。"

"还有什么事吗，童队？"

"死者帅嘉勇的死因，你还没有告诉我，我是指真正的死因。"说着，他伸手指了指自己面前摊开的笔记本。

"他的死因和王勇的一模一样，都是颈动脉受到外力压迫时间过长而导致中枢神经受损，颈椎骨断裂后压迫中枢神经系统最终引起全身瘫痪。"想了想，章桐又补充道，"这种瘫痪是不可逆的。"

"不可逆转？"童小川问道。

章桐点点头："也就是无药可救。"

"什么样的人才能一口气完成这么一套连贯的动作？"

大家心里其实都很清楚，童小川的问题只有一个答案。

章桐并不傻，她轻轻叹了口气："必须是系统接受过专门医学培训的人。"

"这些就足够了，我马上派人找李晓伟！"童小川愤怒地一拍桌子。

一旁的卢强却小声嘀咕道："童队，你冷静点，你不能光凭着他是杀人犯的儿子和一个十一二岁的孩子的指认这两点就贸然抓他，这样的证据是没有说服力的。"

"我请他回来协助调查不行吗？难道说非得等他跑了才去四处找他？"童小川皱眉看着他，"你做事有点脑子好不好？"

傍晚，夕阳西下。李晓伟犹豫了好一会儿，才终于打开车门走下了车。

眼前是一栋陈旧的居民小楼，灰暗的外墙，裸露在外的各种下水管道给人一种摇摇欲坠的感觉，阴暗低矮的楼道更是让进来的人无形之中产生了一种压抑感。

老式的居民楼似乎都长着一样的面孔，横排六间，每一间的实际面积不超过 60 平方米。站在这样的楼道里，李晓伟突然觉得自己住的房子虽然也小，但是相比之下就成了世外桃源。

刚走上三楼，李晓伟就冷不丁地踩到了一个肉乎乎的东西，还没等他反应过来，一声凄厉的猫叫声响起，李晓伟这才发现自己的脚边飞似的跳开了一只黑猫，它跃到铺满灰尘的窗台上，一边舔着自己被踩疼的尾巴，一边向李晓伟投来愤怒的目光，时不时还夹杂着低沉的怒吼。

"嘭——"302室的房门应声打开，一个男人的咒骂声随即响起，"想找死啊，又来欺负我家的猫！看我不把你……"

他没有再继续说下去，只是呆呆地看着楼梯口，很快，他就认出了站在那里的李晓伟，他毫不犹豫地冲了过来，一把薅住了他胸口的衣服，凑上去咬牙切齿地怒骂："见过不要脸的，没见过你这么不要脸的，医院里你倒是溜得很快啊，居然还敢上门来找事儿，我看你是活腻了！"

"冷静点，我不是上门来找麻烦的，请问你是季庆云的哥哥季庆海，是吗？"李晓伟没有挣扎，他知道这个时候的挣扎只会火上浇油。所以，他没有表示出害怕，也没有做出本能的反抗动作，相反，只是任由对方摆布。

"是我，怎么了？上门调查户口来了？"中年男人斜睨着李晓伟，没好气地说道。

"不，你冷静点，我想我是唯一能帮你的人！"李晓伟感觉到自己都快窒息了。

"阿海，放开他！"一个满头白发、拄着拐杖的老妇人出现在了门口，她冰冷的声音不容半点质疑。

季庆海刚想开口，老妇人却慢慢地转身进屋了，被踩疼了尾巴的黑猫慢悠悠地跟在老妇人的身后也走进了房间。

季庆海无奈，只能愤愤地松开手，狠狠地瞪了李晓伟一眼："别再让我见到你！"说着，转身头也不回地下楼去了。很快，楼下就传来了逐渐远去的摩托车马达轰鸣声。

李晓伟微微犹豫了一会儿，看看开着的低矮的房门，一咬牙便低头钻了进去。

让他感到十分意外的是，和阴暗且杂乱不堪的楼道相比起来，房间里干净整洁得有些不可思议。简单的楠竹家具桌椅板凳一应俱全，屋子一角淡雅的檀香，再配上复古的竹制卷帘，回头又一次仔细打量舒服地坐在躺椅上的老妇人，李晓伟不禁暗暗赞叹。

"坐吧，年轻人。"老人身穿蓝底碎花长衫，虽然拄着拐杖，但是行动起来一点都不拖沓。她给李晓伟倒了一杯茶，伸手做了个"请"的手势。

"不好意思，阿海对你无礼了，请多包涵。"老人慢悠悠地说道。

见状，李晓伟不由得心中一紧，坐在自己面前的应该就是死者季庆云的母亲，他的眼神中闪过一丝歉意。看着老人满头的白发，李晓伟还是决定暂时先不讲出自己的真正来意。

“我是社区卫生院的李医生，这次上门是特地来看看您老的身体的。”李晓伟很庆幸自己做了心理医生，别的没学会，说起谎来倒是能够做到面不红心不跳了。

“是吗？那可真让李医生费心了，我是老糖尿病患者了，也没几天活头了。”老人缓缓说道。这时候，李晓伟才意识到老人体重严重偏轻，而身边的垃圾桶里有一只空的胰岛素盒子。他不由得暗暗叫苦。老人却笑了，她认真地看着李晓伟，柔声说道：“我知道你是谁，放心吧，别看我头发都白了，我还没有老到痴呆的程度呢。”

李晓伟脸上的笑容顿时僵住了，他尴尬地咳嗽了两声：“哦，是吗？阿姨，您还记得啊！”

“怎么会不记得呢？上次来看我还麻烦你帮我带了很多药呢！这年纪大了，腿脚不方便了，出门也就成了一种奢望。”老人笑眯眯地看着李晓伟，顺手摸了摸自己的膝盖骨，一脸的歉意。

“对了，看我这记性，差点忘了这茬了。李医生啊，真对不起，我家阿海不懂规矩，冒犯你了，我向你道歉。”

李晓伟心里一沉，老人的记忆已经明显出现了紊乱的迹象，她似乎已经完全忘记刚进门的时候就已经向李晓伟道过歉了。不过既然说到这个，他还是决定硬着头皮顺便问下去：“阿姨，您的女儿，季庆云，您还记得吗？”

老人点点头：“他们说她死了，下葬的时候只有一个脑袋。”

“那个杀人犯，他没说出您女儿余下的遗体去哪里了吗？”李晓伟小心翼翼地问道，他知道，问道的关键就在这里。

老人突然认真地看着李晓伟，半晌，摇摇头，长叹一声：“为什么你们就不听我的话呢？明明不是那个人杀的！凶手另有其人……不过啊，阿云早就投胎了的，过去了就过去吧，别想那么多了。”

“阿姨，我不明白，您说什么？”李晓伟蒙了，他茫然地看着老人，“凶手是谁？难道不是赵家瑞？"

这一次，老人却很果断地说道："不，我女儿绝对不是赵家瑞杀的。"

"为什么？"李晓伟惊讶地问道。

老人却笑了，笑得很诡异："年轻人，我看你也是聪明人，杀十个人都是一样的手法，为什么偏偏第十一个人却身首异处呢？要我说啊，当年赵家瑞临死前不是故意要隐瞒我女儿尸体的其余部分的下落，而是因为他确实不知道，也就是说：赵家瑞，你父亲，他肯定不是杀害我女儿季庆云的真正凶手！"

听了这话，李晓伟震惊不已。

半晌，他结结巴巴地问道："阿姨，那个时候，警察知道这个事吗？"

"我跟那个法医说了，真遗憾，他并不相信我所说的话。我也没有证据，因为我只找回了我女儿的头颅而已。"老人长叹一声，"而光凭一个人的头颅是无法知道她的确切死因的。"

"那，阿姨，为什么他们会认定您女儿季庆云也是赵家瑞所杀？"就好像有一双无形的手正牢牢地掐着自己的喉咙一般，李晓伟突然又有了那种喘不过气来的感觉。

"要是我没记错的话，是他自己承认的。我只是觉得很奇怪，明明不是他做的事情，他为什么要承认？"老人喃喃自语，"这么多年了，我唯一想不通的就是这个问题。"

夕阳不知不觉中已经移动到了老人布满皱纹的脸上，把她的脸蒙上了一层绯红的血色。老人身边的黑猫则始终警惕地注视着李晓伟的一举一动，时不时地露出自己锋利的尖牙。

跌跌撞撞地走出居民楼，李晓伟直到用力关上自己的道奇车门，才长长地出了口气。车外，夕阳映照着变幻的云霞，一切都变得如梦似幻，李晓伟却感到了一阵难以名状的恐惧。稍稍冷静下来后，他摸出手机拨打了那个熟悉的号码。

　　电话很快就接通了，不等对方开口，他便迫不及待地冲着手机话筒嚷嚷道："章法医，我要马上见你……很重要！非常重要！是的，所以我必须马上见你……我想，我终于找到案子的突破口了。"

第十三章　活成了你的样子

晚上7点多一点，清明桥旁的咖啡馆。店里的客人不是很多，老板是个三十出头的年轻人，开这家咖啡馆或许只是为了图个闹中取静吧。一有空闲的时间，老板就一边专心致志地擦拭心爱的咖啡机，一边颇有兴致地反复听那张已经有些年头的老唱片。见到一些老顾客进门，就热情地和对方打招呼。

生活本不就是应该这么悠闲吗？

歌曲都很熟，但是章桐只叫得出其中一首的名字：*Shape of my heart*。她喜欢看老电影，所以她记得这部经典作品，因为电影中有句台词给她留下了深刻的印象——我所认为的最深沉的爱，就是我把自己活成了你的样子。而自己这么多年来也正是这么做的。

时间过得真快，父亲已经离开20多年了，刘春晓也离开自己快五年了。一个人总是生活在记忆里又有什么不好呢？至少那么做，就不会觉得太孤单。想到这儿，章桐轻轻地一笑，端起手中的咖啡细细地抿了一口，然后缓缓地合上了双眼。

"喜欢这里的咖啡吗？"是一个男人的声音，温柔但绝对不是李晓伟。

章桐睁开眼睛，意外地看到眼前坐着一个穿着紫红色毛衣、面带笑容的年轻男人，年龄和李晓伟差不多，甚至眉宇间都带着一分神似。自己好像在哪里见过他，章桐心中不由得微微一动。

"还行吧。"

"看你经常来这里呢。"或许是觉得自己有些冒昧，年轻男人伸手指了指正在忙碌的老板，后者也冲他笑着点点头，"我是老板的朋友，这家店的合伙人。看你一个人在这里坐了很久了。"

章桐轻轻一笑："谢谢，是的，因为离我家近，上班经过就常来买咖啡喝。我在等我朋友。"

"哦？朋友啊，看来是有事耽误了呢！"说着，年轻男人站起身，礼貌地点点头，"那我就不打扰你了，有空常来坐坐。"

"谢谢老板。"

年轻男人转身离开后，章桐又陷入了沉思。

离约定的时间已经过去了半个多小时，虽然感到有些意外，但是章桐一点都不担心，她知道李晓伟肯定会来，因为就像他曾经说过的那样：一根绳上的两个蚂蚱，在这件案子中，他们两人都是被人猎捕的对象。并且，也只有章桐才能够真正地帮他。这就是信任，非常简单，难道不是吗？

再次转过视线的时候，果然，法式落地长窗外看得清清楚楚，李晓伟在街对面停好车后，就匆匆忙忙地横穿马路准备向咖啡馆走来。

只是他的身体总保持着一个特殊的角度，似乎有些呼吸困难，在等红灯的时候，他的脸不断地流露出痛苦的神情。虽然转瞬即逝，但是章桐看得清清楚楚。她抱着胳膊靠在沙发椅背上，皱眉看着推门向自己走来的李晓伟。

"刚才出什么事了？"章桐认真地看着李晓伟的眼睛。

"没什么事啊，没出什么事。"李晓伟嘿嘿一笑，拉开椅子刚想坐下，胸口的疼痛让他不由得倒吸一口冷气。

"还能瞒得了我吗？"章桐重重地叹了口气，下巴抬了抬，"喏，你的左面第六根肋骨断了，下颚有明显的淤青，呼吸严重受影响，讲话都很勉强，所以，是不是你开车的过程中出车祸了？"

听了这话，李晓伟这才尴尬地点点头："是啊，一辆不知道从哪里来的车子，司机估计是喝醉了，突然逆向行驶，加足马力压了黄线不说，还狠狠地撞了我的车屁股，还好我反应快，不然的话至少五吨重的铁沙子现在就成了我的坟墓了！"

章桐想了想，伸进自己的大挎包里摸了半天，找出一个小塑料包，然后站起身，绕到李晓伟身边："别动，双手举高！"

"你……你想干吗？"李晓伟有点慌张。

"放心。"章桐一边嘟囔着，一边利索地给他绑上了胸带，最后满意地退后一步上下打量了一番，点点头，"看来我给活人绑的技术也不错。"

李晓伟神情尴尬地低头看看自己胸口的粉红色胸带，愁眉苦脸地对章桐说道："章法医，你随身带着医用胸带干什么？"

章桐摆摆手，回到自己座位上坐了下来："我经常要上瑜伽课，又记性不太好总是忘记带，所以就干脆放包里了，反正也不重。对了，到底在哪里发生的事？"说着，她伸手指了指李晓伟的胸口。

"梁清路口，我刚开车下桥的时候。"李晓伟小声嘀咕道，"真没碰到过这么倒霉的事。"

"我打你电话你为什么不接？不知道几乎整个警局的人都在找你吗？"章桐有些生气，所以心情很不好。

"是吗？我还真没注意到呢。"李晓伟嘿嘿一笑，却立刻又疼得一咧嘴，

"感谢你能来见我。"

章桐无奈地耸耸肩："说吧，有什么重要的事，这么火急火燎地要见我？"

李晓伟突然神情严肃地看着章桐，认真地说道："章法医，你有没有想过，赵家瑞连环杀人案中，加上赵家瑞，也就是我父亲在内，其实是有两个凶手存在的可能性？"

"两个？"章桐刚想笑，仔细看着李晓伟，这才意识到他脸上严肃的表情，便皱眉问道，"证据呢？"

李晓伟把刚才拜访过季庆云母亲的事和盘托出，最后他轻轻地说道："尸检报告你应该比我更清楚，前面10个死者的被害手法都如出一辙，唯独这第11个死者，也就是季庆云，却被分尸，除了头颅以外的剩余部分至今都不知道下落。以前，我们都认为是赵家瑞故意为之，但是现在我们不得不同时面对另外一种可能性，那就是有两个凶手存在！我们都知道连环杀手的杀人方式都是模式化进行的，而前面10个人，也正是验证了这种观点，所以，季庆云是唯一的突破口。我记得她的档案中记录说她的死亡是赵家瑞讲出来的，而在这之前，她一直处于失踪的状态。所以，我可以由此推论，赵家瑞在季庆云的被害案中只是处于一个知情者的位置，而不是实施者。但是他又为什么要背下这个黑锅？他到底想保护谁？"由于太过于激动，再加上语速过快，李晓伟的脸疼得几乎都扭曲了。

章桐摇摇头："我看你就歇歇吧，肋骨断了需要静卧禁言才会好。"

李晓伟不由得咧嘴苦笑："谢谢，我也是医生，我当然懂。但是时间来不及了。"说着，他若有所思地看着章桐，"我不知道那个还在外面晃荡的凶手到底想干什么，但是我有一种很不好的感觉。"

章桐点点头，神情凝重："是的，看来他不达目的是不会罢休的。"

"对了，局里那帮警察四处找我干什么？我又没有干什么坏事。"李晓伟端起咖啡刚想喝时才回过神来，突然记起了章桐几分钟前跟自己说的话。

"牙仙！有人说你是牙仙！"章桐颇有兴致地看着李晓伟。

"胡说八道！"

童小川皱眉看着平躺在警局医务室床上的李晓伟，目光在他身上的粉红色胸带和苍白的脸色之间来回移动。

"我说李大医生，到底出什么事了，你怎么这么一副倒霉样？"说着，他又回头看向章桐，"章法医啊，这家伙严不严重啊，要不要送医院，躺这儿不会出事吧？"

章桐摇摇头："不用，他只是断了一根肋骨，静养就行了，最好是平躺。再说了，你不是要找他问话吗？我就把他带回来了。"

童小川抿着嘴，愁眉苦脸半天没吱声。正在这时，门被推开了，卢强探头进来顺手把一份报告塞在了童小川的手里："头儿，交警队的报告。"

童小川点点头，伸手打开报告，只瞥了一眼，脸色顿时沉了下来："李医生，你真的确信这场车祸只是因为后面的司机喝多了？"

李晓伟一脸茫然地看着章桐。

"交警队的报告怎么说？"章桐问。

"根据现场的车轮印判断，车子冲向你的道奇车直到碰撞发生，最后车辆逃逸，整个过程中都没有刹车痕迹，而且从车辆行驶轨迹上判断，肇事车辆一直保持着正常轨迹行驶，中途并没有发生什么偏移打滑的痕迹，根据监控探头所拍摄下来的录像判断，说他事发当时是全速撞上你一点都不夸张，"说着，童小川神色严峻地看着病床上的李晓伟，"李医生，你也是有脑子的人，你说谁会在下桥的时候全速开车的？所以目前来看就只有一个可能，那就是对方想要你的命。"

李晓伟急了，伸手一摁床沿就想坐起来，因用力过猛牵动胸口，于是又

276

疼得龇牙咧嘴，只能勉强靠着枕头斜躺着。章桐轻轻叹了口气："李医生，难道你忘了王勇说过的那个神秘雇主了吗？"

听了这话，李晓伟顿时脸色铁青。

"什么雇主？"童小川一头雾水。

"说来话长。童队，等下回办公室后我会跟你说。"章桐斜靠在墙上，小声嘀咕道，"现在嘛，我建议你抓紧时间问，不然一会儿这家伙麻药劲上来了，打雷都别再想吵醒他了。"

童小川长叹一声："好吧好吧。"说着，他从随身带着的公文包里拿出几张相片，依次交到李晓伟的手里，"你看看，里面有没有你认识的人？"

李晓伟一脸茫然，不停地摇头："我都没见过……没印象……没见过……"最后，他抬头看着童小川，"童大队长，有什么事你就直说吧，不用拐弯抹角。"

"三天前，辖区发生一起意外事件，死者帅嘉勇在下班回家的途中被人发现倒地不省人事，送医不治最终死亡，死因被定为中风导致的脑梗死。"在简单讲述事件前因后果的过程中，童小川的目光始终都没离开过李晓伟的脸。

"这不就是意外吗，和我有关？"李晓伟的声音越来越弱，很显然麻药起作用了。童小川翻出那张小男孩帅宇康的相片，在李晓伟面前晃了晃："这个男孩，你真的不觉得眼熟吗？"李晓伟想了想，随即肯定地摇摇头："我从来都没见过他。"

"那他为什么见过你，并且一眼就认出你来，还称呼你一个奇怪的外号：牙仙？"童小川越说越激动，可是目光一转，他就沮丧地低下了头，因为李晓伟不知什么时候已经阖上了双眼，沉沉地睡去了，甚至还发出了轻微的鼾声。

童小川懊恼地回头看着章桐："章法医，他要多久才能醒过来？"

"他实在太累了，再加上那点剂量，我想至少需要三个小时吧。"章桐无奈地摇摇头，"走吧，让他睡会儿，有点精神头再说。"

这一次坐在会议室里，虽然各个部门的头儿都来了，但是章桐明显感觉心情比上次好了许多。只是五分钟前省里来的一个电话让她有些忧心忡忡。

张局冲着章桐点点头："章法医，请开始吧，这一次我们想从法医的角度来整体听听你的看法。"

章桐便站起身，冲着坐在投影仪后的小潘打了个手势，两边的窗帘自动放了下来，投影仪响起了沙沙的转动声。

"这一系列案件非常复杂，也很微妙，因为它们和30年前的那个系列杀人案有着不可分割的关联。我先说一下最近发生的几起针对我的案件，死者李江、郑豪民和兰小雅，死因都是失血过多所引起的多脏器功能衰竭，身上被划了至少30刀，通俗点说就是放血，不过他们在这过程中并不会感到多少痛苦，因为生前受到过医学专业手法的处理，被人为损伤了人体内的12对脑神经和31对脊神经，这导致死者丧失了包括痛感在内的所有感觉，当然了，这是逐步发生的，但是死者在整个过程中的神志是清醒的。"看着投影仪上不断显现出的抛尸现场相片和解剖相片，章桐轻声补充道，"所以，从另外一个角度来讲，可以说这个凶手属于相对的仁慈型。"

"死者为什么要被划那么多刀，而不是捅？"张局皱眉问道，"要知道有时候杀一个人只要在要害部位捅一刀就解决问题了，这么多刀，不就是折磨的性质吗？"

章桐点点头，指着尸体解剖相片中的特写："'划伤'和'捅伤'是两个不同的概念，如果就单纯地伤害程度来说，'捅伤'绝对要比'划伤'严重得多，但是后者所产生的出血量远远大于前者，只要伤口足够深，创面足够大，那受害者的痛苦是可想而知的。只是我不明白的有两点，其一，凶手明明在折磨死者，却又为什么要刻意减轻死者所受到的痛苦？其二，凶手为什么要拿走死者的牙齿？三个人的牙齿都没了，这又代表着什么？"

说着，章桐看了看童小川："后来我和童队经过沟通后一致认为，减轻死者痛苦这一点再加上死去的三个人都曾经是我所经办的案子中的相关人，凶手应该是冲着我来的。但是从死者身上的'伤口'和'牙齿'这两个特殊的信息来看，他真正要找的，或许是我的父亲，只是因为我父亲在20多年前已经死了，所以可以理解为是父债子还。"

"赵家瑞案件中的死者并没有丢失牙齿啊？"高工问道。

听了这话，章桐点点头："高工说得没错，确实没有丢失，但是赵家瑞父亲的身上却发生过相同的一幕。赵家瑞父亲的死亡在当时虽然被定性为酒后意外，可是无法解释死者生前一口牙齿到底去了哪里？话说回来，针对现在死者身上发现的类似情况，不妨推定为凶手是在刻意告诉我们这件事和赵家瑞有关，因为赵家瑞的父亲在他的人生轨迹中肯定起了很大的作用。最起码的一点就是家暴。而幼年时的家暴对于一个人的成长是有很大影响的。虽然说现在这些情况已经无法得到直接证实，但是可以得到很多旁证。非常自信的凶手就是在用尸体告诉我们：这个案子和赵家瑞有关！"

童小川点点头："章法医说得没错，事后我查看过相关的档案，除了牙齿丢失以外，死者的死亡手法和30年前的赵家瑞案件如出一辙。"

"可是赵家瑞明明已经被处决了啊！"痕迹鉴定工程师小九忍不住问道，"难道说我们多了一个传说中的 COPY-CAT（模仿犯）？"

"不排除这个可能，但是同时也不排除当年赵家瑞案件有疑点的可能！"章桐这话一出，会议室里顿时议论纷纷，大家交头接耳，面色凝重。

"章法医，说话要有根据，不能凭空瞎猜疑，虽然30年前我们的刑侦技术手段确实有一定的缺陷，但是你也不能就此一棍子打死啊。"果然有人开始了抱怨。

"我可没有这么说，而且，我们做技侦的，讲的就是科学证据。"章桐一边指着身后投影仪上的12张死者相片，一边冷静地说道，"赵家瑞当年所承认的12起凶杀案中只找到了11具尸体，第12具尸体在上周才被人发现，而其中10具尸体的死因都是一样的——失血过多引起的多脏器衰竭，身上至少30刀都绕开了致命的部位，虽然没有检查出神经受损的迹象，但那或许是因为时间太久了，有些证据已经无法收集到了。"

房间里一片寂静，章桐走到季庆云的相片前停了下来："她叫季庆云，被害时30岁，生前是老师，晚上外出教课后一直未归，家人都认为她失踪了。直到赵家瑞在半年后供述罪行时讲出了季庆云的名字，并且找到了她的头颅，众人才得知她已经死亡，但是仅此而已，只有头颅。而只根据头颅的话，当时的法医是很难找出死者的真正死因的，也正因为如此，季庆云的母亲直到现在都认为她女儿不是死在赵家瑞的手里。理由很简单，一个连环杀手，有一套近乎于模式化的杀人手法，为什么偏偏到季庆云这里就被打破了呢？我查过尸检档案，上面讲得很清楚，在死亡时间上，死者季庆云既不是第一个，也不是最后一个死者，所以说，除了赵家瑞刻意为之外，只有一种可能来解释当初为什么赵家瑞只指认了死者的头颅所在地，而并没有指出身体部分的藏匿处，那就是在季庆云这起案件上，赵家瑞只是一个知情者，并不是一个杀人者，他不知道全部的抛尸点，却承担了所有的责任。"

张局点点头："这样确实能够解释得通。但是他为什么要承认不是自己做的案子呢？难道真的是因为杀一个也是死，杀十个也是死，都是死，多一个也无关痛痒？"

"我想，如果真的有第二个人存在的话，那人应该就是他的最爱吧。"一边的童小川说道，"不过赵家瑞的妻子也死了，死在他的手里，而当时他的孩子还小，这样一来的话，那会是谁呢？"

"还有一点，赵家瑞的杀人动机。在案发前，因为身体比较弱，干不了

280

重活，所以他就开了一家小杂货铺，生意并不是很好，但也能勉强度日。他为人和善却很孤僻，话不多也很不合群，平时几乎没有什么娱乐活动。被捕前三年结婚，当时很多人并没听说过他有孩子，妻子就是刚发现不久的死者黄晓月。"童小川说着，注意到章桐紧盯着赵家瑞的相片陷入了沉思，忍不住问道，"章主任，你发现了什么吗？"

"当时卷宗里记录赵家瑞为心理变态的杀人狂，却并没有直接指出他杀人的真正动机，你们注意看他的相片，他的眉毛，明明是刻意文上去的，而他的头发，要是我没看错的话，是假发！"章桐语速飞快地说道。

"这又有什么特殊的地方吗？"小九皱眉想了想，突然一拍桌子，"等等，难道说他是无痛症患者？"

"小九，原来你也知道这种病？"章桐笑了，"真是佩服。"

小九腼腆地笑笑："你可别夸我了，我只记得以前我的导师曾经提到过这种病，但是很罕见。其中的特征之一就是全身无汗，部分患者浑身上下没有毛发。"

"是的，先天性的无痛症，是一种遗传性的感觉自律神经障碍，因为身体内痛感的传导受到阻滞，也就是说丧失了痛觉，但是其他方面，比如冷热、震动、运动感知之类的我们一般人都具有的感觉能力则发育正常。总体来讲这种病症确实非常少见。"说着，章桐抬头看着童小川，"如果能确认赵家瑞确实患有这种病症的话，那就完全可以解释他当年的杀人动机了。"

童小川脸上的表情渐渐凝固住了，他难以置信地摇摇头："天呐，只是为了在别人身上寻找痛感是什么样的感觉，竟然用这种残忍的方式！人为什么会这么冷血？"

章桐长叹一声："恐怕是的，因为他根本就感觉不到肢体上的痛苦。而对于一个活生生的人来说，如果毫无痛感的话，就会觉得自己活得不真实。我认识一位已经病入膏肓的老人，胰腺癌晚期，每天都被痛苦折磨着，骨瘦如柴，因为是临终病房，为了减轻他的痛苦，医生给他配了足够量的哌替啶，但是他拒绝了，宁肯痛得满头大汗。他对我说过，只有感觉到痛的时候，他才知道自己还活着。而一个没有痛感的人，根本就无法区分生与死的界限。不过这还不是我最担心的。"说到这儿，章桐不由得神情凝重，她轻轻放下了手中的一个黄色文件夹，环顾了一下整个会议室，哑声说道，"我们都知道李晓伟医生是赵家瑞的儿子，而先天性无痛症本就属于遗传性病症，一般都体现在五号基因的变异上。我已经把李晓伟医生的基因图谱送到省里去做筛选了，虽然还没有拿到正式结果，但是在刚才开会前，我接到一个电话，证实了李医生五号染色体上的 FAM134B 发生了明显的变异，而这种 FAM134B 基因常见于我们的背根节神经元中，这种神经元是负责将感觉信息传递给中枢神经系统的初级感觉神经元，这种基因变异会导致背根节神经元无法表达，从而致使该部分神经元逐渐凋亡，后果就是阻碍了人们对痛感的感知。不过在这里要提醒的是，这种病症的体现不是一出生就有的，只是我们平时不一定会注意到罢了，换句话说就是痛感的消失是缓慢却又不可逆转的。而带有这种变异基因的人也不一定会爆发这种病症，但是他的下一代发病的可能性非常高。"

"但是，章法医，我记得刚才在医务室中看见李医生应该是会有痛的感觉的。"童小川不解地问道，"那他还是这种病的患者吗？"

"基因变异就如同一颗定时炸弹，爆炸只是时间问题，就看你的运气了。"章桐隐约感到一丝不安。

"所以，综上所述，我觉得李江、郑豪民和兰小雅的死，是凶手想给我传递的一个信息，表面上我与这些案子脱不了干系，其实他知道，根据现在的刑侦手段，很快就可以证实我是无辜的。结合尸体上所表现出来的刻意减轻受害者的痛苦来看，这些死者并不是他的真正目标，他们只不过是被利用来传递信息的载体罢了，或者说，类似于一场考验。"她继续说道，"所以我可以肯定他的真正目的，就是想让我关注到当年赵家瑞的案子，因为在他看来，赵家瑞或许是被冤枉的，甚至是顶包的也不无可能。如果我能从前面的考验中成功脱身的话，那么，我就完全有资格完成我父亲当年没有完成的工作，找出事情的真相！"

仿佛一石激起千层浪，整个会议室里又一次议论纷纷。

"在这里我要补充的是，凶手通过牙齿还给我留下了一个信息：赵家瑞的童年是在他父亲的拳脚下度过的，由此我更加肯定这是一把能打开当年案件的唯一的钥匙，所以我不能也无法放弃！"

局长沉思良久，皱眉说道："静一静，大家静一静。章法医，我们都能理解你的心情，请你接着说下去。"

章桐点点头，冲着小潘打了个手势，机器继续沙沙运转了起来，此时出现在大家面前的是王勇的尸体被人发现时的现场相片。

"首先要声明一下，我之所以会认识这个叫王勇的私家侦探，全都是因为李晓伟医生。有一次他找我，说他被跟踪了，后来抓到这个跟踪的人，就叫王勇。王勇也承认了，表示自己是受人之托，在调查李晓伟的下落和相关情况。"

童小川清了清嗓子："是的，我们刑警队经过调查确认死者王勇就是靠贩卖别人的秘密过日子，属于高危人群（此处泛指失足妇女、吸毒人员、未成年少女等容易遭受到他人侵害的一类人），所以他的出事也是意料之中的事，相关的电脑资料正在网监大队处理，很快就会有结果。"

话音未落，身旁的卢强小声嘀咕了句："老大，没那么快，整整500G的存储，双重加密，至少得三天以上啊。"

全场哄堂大笑，童小川的脸顿时涨红了，狠狠瞪了自己的副手一眼："更正一下：尽快出结果。"

"王勇的死因和前面三位的截然不同，他在被人注射了大量的镇静类药物后，人为阻断脑部供血导致了全身瘫痪，再加上第三节脊椎折断，导致中枢神经瘫痪，呼吸肌逐步坏死。此时的王勇虽然还活着，脑部清醒，但是浑身上下没有任何反应，甚至连呼吸都要加上呼吸机才可以正常进行，在这种情况下，凶手采用了拔牙等恐怖的方式，活活把他给吓死了。"

"吓死？"小九疑惑不解地问道，"难道说他的心脏供血系统出了问题？一旦心率加快就出现了'卡机'？"

章桐不由得苦笑："是的，凶手用了一个特殊的方式，切断动脉供血几分钟后，神经就出现了麻痹，心脏供血受到了严重的影响，后果就是王勇因为过度紧张和恐惧，自己把自己给活活吓死了。严格意义上来说，这是一起伤害致死案，凶手不停地折磨他。不过，虽然说他的牙齿也被人拔走了，但是极为粗糙，手脚不是很干净，和前面的三起案件相比，有点小儿科的感觉，你们看。"说着，她指着身后投影仪上的王勇口腔放大相片，牙床上几乎都是伤口，甚至还残留着一颗被硬生生掰断了的牙齿。

"这么看来，果真是有两个凶手。"张局点点头，神情严峻。

"王勇的死，看来和他所掌握的秘密有关，而他的秘密，很大程度上跟李晓伟医生有关。"童小川补充道。

"我也赞成童队的看法。"章桐瞥了一眼手中的黄色公文夹，继续说道，"帅嘉勇的死亡和王勇如出一辙，作案手段是相同的。并且，帅嘉勇的儿子，一个13岁的男孩，不断地提到牙仙，而在兰小雅死亡之前，李晓伟医生的一个病人——潘威，也曾经提到过牙仙，这个传说中的人物据说会为很多受到欺负的孩子出头，会为他们去做任何事，而交换条件，就是人的牙齿。"

"牙仙？"张局不可思议地摇摇头，"什么乱七八糟的东西？"

章桐无奈地双手一摊："是啊，刚开始我也不相信。我是从李医生的嘴里知道这件事的，他说是他的一个病人告诉他的，有一个牙仙会替孩子出头，不惜杀人。也是这个故事，把我们的视线引向了30年前的赵家瑞案件。

受李医生的委托，我调阅了相关档案，这时候我才知道赵家瑞小时候受到过家暴，而他的父亲虽然是意外而死，但是牙齿没了……"

"我明白了，凶手肯定认为当初的案子有疑点，心有不甘，为了引起大家的注意，不排除也为了报复你父亲，所以不惜栽赃陷害于你，而他真正的目的，就是想让我们去重新调查赵家瑞的案子。"局长若有所思地说道。

章桐点点头："是的，这也是我的看法，因为他栽赃陷害的手段太幼稚了，就像我前面所说的那样，现在的刑侦手段完全可以解决这个问题。这并不是他的真正目的，他想重新让我们调查赵家瑞的案子。而连环杀人凶手一般都不会轻易改变自己的作案手法，在他们看来，这就是他们的名片，一旦固定便不会轻易更改。由此，从我们技侦这方面得出的结论如下：第一，赵家瑞案件中，有两个凶手；第二，30年后的今天，六起杀人案中，也有两个凶手存在。而他们之间的唯一交点，我想，就是李晓伟医生。"

"前段日子那个死了的IT程序员潘威，也是李晓伟医生的病人，是吗？"张局看着童小川问道。

童小川点点头："是的，那家伙简直是个怪胎，根据他老婆说是对牙仙着了迷。"

散会后，章桐匆匆来到警局医务室门口，隔着门，感觉到里面静悄悄的，一点声响都没有，她微微一怔，一抬头就看到了身边站着的小潘，后者也紧锁双眉，伸手指指门："章姐，开门看看吧。"

推开房门，果不其然，病床上被褥零乱，李晓伟不知何时不见了踪影。

"人呢？"章桐转头问正好推门走进来的警局值班医师。

"被他阿奶带着保姆过来接走了，说回家休养。"值班医师愣住了，不明白到底发生了什么事。

"我真蠢！小潘，李医生他出事了！"突然回过神来的章桐顿时脸色发白，她一边向门外跑去，一边头也不回地大声叫道，"快通知童小川，李医生出事了，叫他马上带人去天坪巷 28 号 6 楼，李医生原来的家！"话音未落，章桐的身影就消失了。

值班医师呆呆地看着空荡荡的病床，又看看一边站着发愣的小潘，委屈地说道："我话还没说完呢。"

"那老太太还说什么了？"小潘皱眉问。

"她说谢谢章法医，说她终于弄明白为什么无痛症没有在李医生的身上体现出来的原因了。"值班医师笑眯眯地说道，"说实话，我还真佩服这个老太太，虽然头发花白了，居然还知道无痛症这么个冷僻的概念呢！"

小潘却目瞪口呆，突然转身跑了出去。

第十四章　MAOA 基因

一切都像在做梦！李晓伟感觉自己晕晕乎乎的，身体似在空中打转。

"你知道MAOA 基因吗？"

到底是谁在跟自己说话？声音仿佛来自另外一个世界，若有若无。眼前一片朦胧，只能隐约看到人影在晃动。出于本能，李晓伟想闭上双眼，因为越来越强烈的光线刺得他眼睛有些酸疼，但是不久他就发现自己根本动不了。不对，比那个更严重，自己浑身上下没有一个地方是能动的。

耳畔的声音还在继续，由远至近，有点熟悉，是的，李晓伟现在可以确信自己应该是在哪里听到过。

"只存在于男性体内的单胺氧化酶 A 基因变异，俗称 MAOA，我到现在才知道，而它一旦发生变异，你的无痛症基因就成了隐性，所以，你身上就体现不出来了。阿伟，看来你还真是个调皮的孩子呢，你说对不对？"

终于看清楚了是阿奶。李晓伟吃惊地张嘴想说话，他的心紧了一下，因为不只是发不出声音，就连嘴唇的正常张开闭合也似乎成了一种奢望。

还好，胸口不再疼痛了，那根让他呼吸困难的肋骨就好像从来都没有断裂过一样，这倒是让他觉得轻松了许多。

"阿奶收养了你这么多年，也不图个啥，就只希望能找到一个答案，现在看来，这30年，总算是可以松口气了。我虽然老了，但是脑子还挺好使的，只是啊，我这个正常人偏偏要在你面前装成个傻子，真累！"阿奶的脸上露出了满足的笑容。

怎么回事？李晓伟的心里一颤，他从来都不知道自己是被人收养的，从小和阿奶相依为命，他根本就没有考虑过这个问题。而他更多的，只是奇怪自己为什么没有父母而已。

阿奶帮李晓伟盖好了被子，甚至还贴心地为他垫高了一个枕头，最后，她满意地点点头，这才笑眯眯地伸手摸了一下李晓伟的额头，就像小时候那样，然后对着门口方向叫了声："好了，你进来吧！"

一阵脚步声响起，脚踩在木地板上，脚步声格外沉重，来人很快站到李晓伟的面前，弯腰凑到他的脸旁，柔声而又卑微地说道："晚上好，李医生。"熟悉的声音，熟悉的脸，李晓伟却感觉自己的脑袋就像被锤子给狠狠地敲了一顿，头嗡嗡作响，因为过于惊愕，他的双眼瞳孔猛烈收缩着。原来是你！为什么！可惜的是，他什么声音都发不出来了，就连眼珠都再也无法转动。他知道此刻自己跟个死人相比，只是多了一口呼吸而已。这是多么悲哀的一件事。

天坪巷28号6楼，阴暗的楼道里，章桐气喘吁吁地冲上六楼，这个钟点正好是家家户户挤在厨房里开始做饭的时候，但是往日热闹的六楼，此刻安静得可怕。章桐急了，用力拍打门板："有人吗？有人在家吗？快开门呐……"

半晌，对门吱呀一声，一个中年妇女探出脑袋："哎，我说姑娘，别敲了，老太太下午出远门了，和保姆一起。”

“去哪儿了你知道吗？”

“说是去看一个远房亲戚了，估计要走三个月吧。”

这个理由冠冕堂皇，章桐的脸上露出了苦笑，她确信方淑华不会再回来了，只是她不明白的是，为什么会突然采取行动绑架李晓伟，到底出了什么事？

想到李晓伟，章桐的心像被狠狠扎了一样抽痛。

法医办公室里静悄悄的，小潘在整理铁皮柜里的尸检档案，章桐则呆呆地看着电脑屏幕半天没有动静。

“我觉得不应该啊，辛辛苦苦养大的孩子，为什么要下毒手？也不知道李医生现在到底在哪里，会不会出事？都两天两夜了，还是没有一点消息。”章桐双眉紧锁。

小潘把铁皮柜关上，转身说道：“章姐，你别太往心里去了，我也相信李医生是个好人，他绝对不可能是残忍的牙仙。好人自有好福气，他会回来的。再说了，现在童队不正派人四处寻找李医生的下落吗？你就别担心了。”

正在这时，伴随着敲门声，办公室门被推开了，痕迹鉴定工程师小九笑眯眯地出现在了门口，手里晃了晃那本鉴定报告：“章姐，想撞死你朋友的人，是个男的，身高175～180厘米，体重嘛，属于中等偏瘦。”

小潘笑了，伸手接过小九手中的报告：“九爷厉害，你怎么知道得这么详细？”

小九活动了一下发酸的腰部，伸了个懒腰：“童队的手下挖地三尺终于在金钱豹KTV门口找到了那辆被遗弃的套牌小车，而这些资料都是我根据驾驶座的移动位置和监控探头中模糊的驾驶者影像大体判断出来的，所以说嘛，绝对不可能是那个矮小的方老太太。"

小潘转头问道："章姐，那老太太有子女吗？"

章桐向后靠在椅背上，长叹一声："童小川早就想到这点了，所以查过老太太的子女，包括保姆的子女都查了，结果是活着的根本就没有作案时间，也就是说，这或许就是那第二个人。但是他为什么要撞李晓伟的车呢？"

小九悠闲地在一边的椅子上坐了下来："我说章法医啊，你对付死人是挺有本事的，揣测活人的脑子里想的是什么可就不那么在行了。"

章桐苦笑："没错，小九，做法医的，处处都离不开科学证据，一是一、二是二，我一点都不担心，说实话我的思维还真没那么快！"

"其实呢，章姐，我觉得你的思维确实是有些狭隘了，一些看似正常的表面下，其实就隐藏着方向截然相反的真相也说不定呢！"小潘双手抱着胳膊斜靠在铁皮柜上，笑嘻嘻地说道，"九爷，你的意见呢？"

小九连忙摆手："我不表态，你这家伙可别找挨骂拖我下水啊。"

小潘开心地哈哈大笑，难得沉闷的法医办公室里多了一点别样的感觉，但是一边的章桐脸上仍不见笑容，她低头陷入了沉思。

夜深了，章桐独自一人拖着疲惫的步子推门走进家，脱了鞋光脚来到客厅，翻出了那个陈旧的小樟木箱子。她全然不顾双脚的凉意，打开小樟木箱，一股淡淡的薰衣草香味扑面而来，一整箱子的工作笔记按照年份排列得整整齐齐。

章桐伸手拧开客厅的落地灯，盘腿坐在地板上，开始耐心地寻找起了父亲留在这个小樟木箱中的信息。她知道，要想解开李晓伟的身世谜团，要想把凶手彻底抓捕归案，如同小潘所说的那样，自己必须揭开表面现象看本质，凶手的影子就隐藏在当年的那场噩梦中。

"你真的确定要那么做吗？"方淑华似乎有些于心不忍，她抬头看了一眼静静地躺在病床上的李晓伟，作为一个女人特有的柔软被无声地触动了，这还是第一次。

"放心吧，我不会让他死的。"他利索地给失去知觉的李晓伟绑上各种插管，挂上吊瓶，目光中闪烁着说不出的兴奋，"他死不了，我绝对不会让他死！如果他死了的话，我一切的努力都将付诸东流，我这辈子牺牲了那么多，就是为了能够找到他，你说，我又怎么可能允许自己失败呢？"

"那他，还会再醒来吗？"方老太太开始感到有些惴惴不安。

"他会的，做了那么多次实验后，你说，我还会那么蠢吗？"他粲然一笑，惨白的牙齿在夕阳中闪烁着诡异的光芒。"我一定要向他证明，我是对的！"

话音未落，窗台上两只乌鸦似乎被惊醒了一般，振翅高飞扑向远处的树林。

夕阳将最后一抹绯红洒向了天际。

凌晨，天还未亮，一夜未眠的章桐便匆匆走下了出租车，加快脚步向市局大厅走去。因为最近案子比较多，加班也就成了常事，看见章桐走进来，安保人员点点头就放行了。

她没有回自己的办公室，而是径直走向二楼的刑警队办公室。她知道，这个时候童小川肯定在。果然，整个办公室里坐满了人，但是他们几乎都累得趴在桌上呼呼大睡。眼尖的卢强看见了章桐，刚想打招呼，却被她摇头制止了。

童小川的办公桌上乱七八糟地堆满了各种卷宗和现场相片，桌角的垃圾桶里塞满了各式各样的泡面空桶，空气里弥漫着浓重的烟味和泡面的作料味，让章桐几乎喘不过气来。

看着趴在卷宗上睡得正香的童小川，章桐皱眉，一狠心便毫不犹豫地嚷嚷道："醒醒，童队，快醒醒！"童小川迷迷糊糊地咕哝了一句，便转头继续睡觉。章桐急了，伸手猛地在他的肩胛骨处拍了一巴掌，只听他"哎哟"一声顿时清醒了。

　　"章法医，你咋动手打人啊？"童小川双眼布满血丝，一脸的委屈，"我们都连轴转了好几天了，打个瞌睡也是正常的啊。"

　　"别吵吵，我怀疑季庆云没有死！"说着，章桐把手中早就准备好的工作笔记摘要放到童小川面前，"这是我父亲当初的工作笔记，我仔细查过，前面10具尸体，无论是被害手法还是抛尸地点，都是一般无二的，唯独黄晓月和季庆云的尸体，却出现了异样。"

　　一听这话，本来还有些迷迷糊糊的童小川顿时来了精神头，他揉了揉眼睛，神情也变得严峻了起来："你慢慢说。"

　　"黄晓月是赵家瑞的妻子，只不过当时因为环境特殊，再加上在赵家瑞被捕前她就已经失踪了，所以知道这个情况的人并不多。"

　　"没错，我后来派人去那个物流仓库查了档案记录，上面登记显示当时的货主是个女的，你想，名字可以造假，证件也可以造假，但是货主站在你面前，我相信性别是没有办法造假的。"童小川一边说着，一边伸手从椅背上的警服口袋里摸了老半天，终于摸出一个空香烟壳，他顿时沮丧地轻轻叹了口气，随手把香烟壳丢进了垃圾桶。

　　这一幕被章桐看见了，她不由得轻轻一笑："看来想要叫你们这帮老刑警戒烟就跟要我戒咖啡一样，是不可能的。"

　　童小川摇头苦笑："提神必备，没办法。对了，章法医，我记得李晓伟当时说到兰小雅的时候，也提到过一个女人，因为戴着口罩，所以没有认出对方来。对吗？"

　　章桐点点头："是的。这个案子里确实有个女人存在，现在看来就是收养李医生的女人，她曾经跟我说过当初一直怀疑赵家瑞是无痛症患者，却苦于没有机会证实这个观点，于是她就收养了被送到福利院的李晓伟，我猜她本想着当李晓伟的无痛症基因显现出来后就亲手把他杀了的，结果却很失望，因为李医生一直都很正常。"

"天呐，这女人真变态！"童小川愁眉苦脸地长叹一声，"我这辈子最怕的就是女人。"

章桐没去搭理童小川的抱怨，她伸手指着桌面上的笔记，继续说道："我父亲笔记上显示，他一直都怀疑季庆云头颅的可信性，因为被找到时已经严重腐烂，再加上当时没有现在这样的 DNA 技术，也就不存在比对，所以说季庆云尸体的确认完全基于她弟弟季庆海的认尸。你看这里，我父亲画了一个很大的问号。所以我认为，那个头颅不一定是季庆云的。只是奇怪的是，季庆海为什么一下就认出来了呢？"

"亲情使然？血缘关系？"

章桐摇摇头："没那么简单。记得第一次在他家见到季庆海的时候，我就注意到他的颧骨，而根据我父亲留下的工作笔记和颅骨手绘图比对下来发现，两者缺乏必要的遗传特征，所以我大胆地推论他们俩并无血缘关系，也就是说，季庆云或许没死。这样一来，再结合前面他认尸速度飞快，我想，你有必要和他谈谈了。"

"没错，这家伙！"童小川愤愤然地嘟囔，"对了，还有那个黄晓月，你的意思是说她的死和这个女人有关？"

"是的，虽然死因和被害手法与前面十个死者相同，但是让人无法理解的是，为什么赵家瑞偏偏没有供述出黄晓月的藏尸点？"

童小川恍然大悟，神情激动地说道："只有一个可能，他根本就不知道自己的老婆已经死了，只知道失踪，所以他无法指认老婆的藏尸处，不然你想想看，他难道就忍心自己的老婆在冰冷的物流仓库一放就是几十年？"

"其实呢，赵家瑞是一个感情很丰富的男人。我认识当时担任刑场值班法医的卓叔叔，他跟我说过，赵家瑞临死前哭了。"章桐若有所思地说道。

"哭了？"童小川觉得有些不可思议。

章桐点点头："是的，他哭了。据说当时是因为有个记者提到说赵家瑞应该给自己的孩子留几句话，但已经来不及了。我想，他有孩子这件事，是绝对不想让别人知道的，再加上对孩子的思念，最终就流下了眼泪。卓叔叔说他还从来都没有看到过连环杀人犯临死前哭的。要知道赵家瑞是以凶残出名的，他被捕后对自己的罪行从未进行过道歉，相反，在监狱里过得很开心，就好像最终的死刑就是自己的解脱一样。"

"可以理解李医生，有个这样的杀人犯父亲，在孩子的心里该留下多大的阴影啊。"童小川轻轻说道。

卢强对童小川来说是个可有可无的小跟班，虽然有时候反应慢了点儿，并且经常挨骂，但是关键时刻考虑事情比童小川冷静，所以一旦外出办案，童小川还是很愿意把这个晚辈带在自己身边的。

开车这件小事儿自然也就成了卢强的活儿，当他们赶到季庆海的工作单位时，已经是上午9点多了。阳光正对着童小川他们所站的位置，所以他不得不眯缝着眼朝厂区里面张望着。终于，十多分钟后，身穿灰布工作服的季庆海快步走了过来。

"谁找我？"他一边摘下纱布手套，一边没好气地咕哝了句，"我忙着呢，有什么事不能下班后再说吗？"

童小川冲着卢强努了努嘴，便认真地观察起了季庆海的脸部表情。卢强摸出工作证在季庆海面前晃了晃："我们是公安局的，这是我们领导，有些事情想请你配合调查一下。"

果不其然，季庆海的目光中闪过一丝慌张："警察？找我什么事？是不是你们抓住了那个杀害我姐姐的凶手？把他关起来了吗？"

"哎，季庆海，我们大老远地赶来可不是回答你的问题的，你不要搞错了。"童小川一脸的严肃，"你要是不愿意在这里回答问题的话，我可以免费让你搭车，去公安局回答也没关系，中午饭我请就是。对你，我们可有的是时间。"

童小川不冷不热的几句话让季庆海顿时尴尬了起来，再加上身边不远处保安室里的值班人员也投来了异样的目光，他终于搓着双手，语调变得缓和了下来："对不起对不起，警察同志，你们问吧，我什么都告诉你们，绝不隐瞒。"

"是吗？"童小川看了看卢强，两人相视一笑，"不过我必须提醒你一点，季先生，其实有些事情的真相我们已经完全掌握了，这一次只是想在你这里得到进一步证实而已，例行公事，希望你能够理解。"

"没问题的，你们尽管问吧。"季庆海嘿嘿一笑，躲开了童小川咄咄逼人的目光。

"你姐姐还活着这件事，你为什么不跟我们说实话！"童小川笑眯眯地盯着季庆海的眼睛。

"我……我……"季庆海就像活生生地吞下了一只苍蝇，脸上一阵红一阵白。他真的做梦都没有想到童小川一上来直接就戳中了他最不想让别人知道的秘密。

"你说呀，为啥呢？"童小川更高兴了，他知道此刻的季庆海一定在后悔刚才为什么不把眼前这两个貌不惊人的小警察放在眼里。"我……我……"季庆海犹豫了老半天，一声不吭，双手抱着脑袋蹲在了地上。卢强刚要上去进一步追问，却被童小川拦住了，他轻轻摇摇头。

突然，季庆海猛地站了起来，冲着童小川嚷嚷道："那人不是我杀的！那个人真的不是我杀的，你们一定要相信我，我这次真的没骗你们！"

童小川皱眉看着他："你说的是什么人？什么人不是你杀的？"

"那个头颅，那个我把她当作我姐姐头颅的人，真的不是我杀的。我也知道那人不是我姐姐，但是，但是……"

童小川火了，一把抓起他前胸的衣服，恼羞成怒地说道："但是什么？你早就已经知道真相为什么不告诉我们警方？知道什么叫做伪证吗？那可是犯罪，你明白吗？婆婆妈妈的，你到底还是不是个爷们儿，讲话就不能利索点吗？"

"童队，注意形象！"卢强在一边小声嘀咕，脑袋朝保安室的方向歪了歪，"人家正盯着我们看呢。"

果然，话音未落，身旁保安室里的两个小保安立刻站起身把门关上了。

童小川无奈地深吸一口气，耐着性子松开了手，顺便帮季庆海抚平了他胸口的衣服："抱歉，我刚才有点失控。"

"没事，没事，我……好吧，我就告诉你们。当初听说找到了我姐姐的头颅以后，我就去火葬场认尸，当然了，我不能叫我母亲去，她心脏不好，我怕她出事。我们家经济状况也不是很好，这些你们也都知道。"季庆海沮丧地低下了头，目光有些茫然，"然后呢，我刚到火葬场的时候，有一个男人给了我一张纸条，纸条上写着，只要我承认那个头颅是我姐姐的，我就可以拿到一千块钱。我想，头颅不是我姐姐的，说明人还可能活着，我认了就能拿一千块钱，也算是件好事，毕竟我们家需要钱，我上学也需要学费，我就同意了。事情经过就是这样。"

许久，大厅里静悄悄的。突然，童小川摇摇头："不对，他后来没再联系你了吗？"

"没有，真的没有，你要相信我。"

"你钱是什么时候拿到的？"

"出火葬场的时候。门卫给我的，说有人专门留下的信封。"

"你后来没再见过这个人吗？"

季庆海用力地点头："是的，我没有再见过他，警察同志，我真的没有再见过他，我连他长什么样都不知道。"

"你撒谎！"童小川冷冷地说道。

"我没有，我没有撒谎！"季庆海急了，委屈地说道，"我真的没有再见过他！后来，学校毕业后，我顶替父亲进了厂子，一直都很忙，哪有时间出去乱晃，下班就回家，我现在都50岁了连个老婆都没有。"

"你撒谎！如果你没有再见过他或者接过他的电话的话，你又怎么可能去医院找李晓伟医生闹事？"童小川的声音也变得冰冷起来，"我给过你机会了，你又撒谎！"

"李……李晓伟医生？"季庆海的身体本能地向后慢慢退缩着，目光也开始游移不定了起来。

"好吧，既然你的记性不太好，那我就来帮你回忆一下！"说着，童小川冲着身边站着的卢强点点头。卢强立刻心领神会，打开手中的平板，点开那段季庆海在医院闹事的监控视频，开始播放的刹那，听着自己几乎声嘶力竭的声音在空荡荡的大厅里回荡，季庆海顿时面如土色，急得满头大汗："赶紧关掉，赶紧关掉，求求你们，警察同志，不然的话我会被炒鱿鱼的！"

童小川轻轻一笑："没问题，那你说吧。李晓伟医生的身世，到底是谁透露给你的？当初你为了一千块钱能把别人的头颅认作你姐姐的，由此可见你对这件事的兴趣更多的是在钱上，我说的对吗？"

季庆海的脸涨得通红，他犹豫了半天，最终长叹一声："五百块钱，闹一次。"

"是谁叫你这么做的？"童小川紧追不放。

"一个女人……"季庆海唯唯诺诺地说道。

"女人？怎么又是女人，她年轻吗？还是五六十岁的年纪了？"童小川一头雾水。

"你刚才不是看到了吗？就在我旁边站着的。"季庆海伸手指了指卢强手里的平板。童小川这才恍然大悟，他一把夺过平板，打开那段监控录像，神情紧张地看了起来，半晌，他抬头看着卢强，一脸的惊愕："怎么会是她？"

"没错，就是她，警察同志，就是她，当时来找我的时候手里还抱着个孩子，所以给我的印象特别深。她在我家门口等了老半天，那天我送我老娘去医院复查，老娘脑子不太好，萎缩了。回来的时候天都黑了，她就抱着孩子坐在我家门口，一个女人家独自带孩子，真的太可怜了，警察同志，我挺同情她的。她跟我说自己也是赵家瑞案件的被害者家属，因为是个女人，所以力量不够，希望我能帮她，后来是她把李晓伟医生就是杀人犯赵家瑞的儿子这个消息告诉我的，还硬塞给我五百块钱，说事成之后再给五百，结果后来就再也没看见她了！"说到这儿，季庆海的声音里还流露出了一丝不满。

童小川突然想到了什么，头也不抬地追问道："那你见过你姐姐吗？"

"跟人间蒸发了一样，"季庆海摇摇头，"或者说跟死了没啥区别。"

回到车上，童小川示意卢强开车，自己则抱着平板坐在副驾驶座上一遍又一遍地看着那段监控录像，只不过这一次他的注意力不再集中在卖力表演的季庆海身上，而是死死地盯着缩在柱子旁边的那个熟悉的身影，半晌，心有不甘地咕哝了句："卢强，你说林玉芝这女人到底想干什么？"

卢强猛地一个刹车，童小川猝不及防，重重地磕在前挡风玻璃上，懊恼地嚷嚷道："你干吗？到底会不会开车啊！"

"对不起，头儿，我这不是突然想到些东西吗？"卢强尴尬地笑了笑，转而严肃地说道，"童队，林玉芝是死者潘威的妻子。我记得我老妈曾经跟我说过，结婚前和结婚后的女人是不一样的，结婚前是男人为她死心塌地。而结婚后，尤其是有了孩子以后，则是女人为自己的男人死心塌地，你看这个林玉芝，潘威条件又不是很好，我看过他的相片，再加上又是个神经兮兮的家伙，而林玉芝却为了他不惜未婚生子，你说一个女人甘愿为男人未婚生子，那要多大的勇气和爱才会支持她去这么做啊！"

童小川仔仔细细地上下打量了一番自己的下属，伸手摸了摸他的额头："你没发烧吧？要是我没记错的话，你小子应该还没谈恋爱，对吗？"

卢强嘿嘿一笑："是的，头儿，不过这是我老妈跟我说的金科玉律。话说回来，头儿，我可不是在浪费时间，你想想，季庆海大闹医院的时候，她老公潘威应该已经死了吧，她为什么要害李晓伟医生呢？"

这时候童小川开始对自己的这个小跟班刮目相看了，愣了半晌，看见交警正朝自己的车子走来，他赶紧伸手狠狠一拍卢强的脑袋："快开车，再吃罚单的话我这个月奖金就彻底完蛋了！"

车子开过交警身边的时候，童小川顺手把警灯往车顶上一按，同时满脸带笑伸手作揖状："公事，公事，下不为例！下不为例！"

话音未落，车子就开跑了。交警只能无奈地摇摇头，一脸的苦笑。

地下室的法医办公室里，章桐已经整整一个下午都保持着相同的姿势了，她感觉到双脚逐渐麻木，这可是不好的现象。就在这时，电话铃声响了起来，尖利而又刺耳。

她微微皱眉，在电话铃声第二次响起之前就摘下了话机，夹在脖子上，双手仍然敲击着电脑键盘，季度报告还有最后的结尾，虽然最讨厌文书工作，心里又总惦记着毫无下落的李晓伟，但是工作还得有人去做，更不用说现在办公室里就只有自己和小潘两个人是能干活的了。

电话是童小川打来的。还没等章桐开口说话，他就开始嚷嚷上了："章法医，我们马上去找林玉芝谈谈。潘威的死，麻烦你再复核一下他的尸检报告，我觉得他的死可能有问题。季庆海就是拿了林玉芝的钱后才按照她的要求去医院大厅大闹的。还有，至少可以证明当年季庆海说了谎，那个头颅不属于季庆云。"稍微停顿一下后，童小川微微带着一丝遗憾的声音又响了起来，"事实证明你父亲当初的观点是正确的，季庆云有可能并没有死，但是那个头颅到底是谁的，现在没有办法确定了。"

"等等，你说什么？潘威？那个李晓伟的妄想症病人？他死于电击这个结论是肯定的，但是……"突然，她脸上的表情僵住了。

"章法医？"

"我知道了，童队，我看了马上给你电话。"章桐心中隐约感到了一丝不安，她便尽快结束了谈话。挂断电话后，章桐一脸严肃地抬头看着小潘："马上给我潘威的尸检报告，还有，他的尸体应该还在冷库，对吗？"

小潘点点头，站起身便向门口走去，突然，他停下脚步看着章桐，皱眉犹豫道："章姐，有句话我一直憋在心里，不知道该不该说，是和这个案子有关的。"

"没事，你说吧。"

"牙仙这个故事，最早是谁说出来的，你还记得吗？"

章桐想了想，说道："是潘威。"

"他是干什么工作的？"小潘继续追问道。

"IT程序员，好像是在一家网络游戏公司工作的软件工程师，做网络编程的。"章桐微微皱眉，"你到底想说什么？"

"章姐，我前几天看了一部经典的悬疑电影，是英国女侦探小说家"阿婆"的代表作，叫《无人生还》，里面就提到说凶手其实就是那个已经死了的人，而他的死亡事件只不过是一个假象而已。我就想到了我们这个案子，这个案子我总觉得少了关键的一块拼图碎片，我记得你曾经说起过整个案子中一直提到有个神乎其神的牙仙，而且死者的牙齿也有丢失。我们也知道这个世界上其实根本就不存在什么所谓的鬼魂，神仙之类更是无稽之谈，那么，潘威为什么偏偏要刻意提到这个赵家瑞小时候的事，如果他不提的话，我相信根本就不会有人去朝这上面想，也就是因为他，我们才会把注意力集中到30年前的那个系列案件。所以，何不这样认为，假设第一个提起这件事的人就是一个布局的人的话，那就可以说得通了。他肯定是对事情的前因后果都已经非常了解了，所以他才可以牵着我们的鼻子向前走去。"小潘神情严肃地看着章桐，"所以说，章姐，如果我的推测没错的话，这个潘威，是个极端工于心计的家伙。你要小心！"

"他不是死了吗？"章桐喃喃地说道。

"我是说，如果他没死的话，如果这整个死亡事件就只是一个局的话，章姐，是不是一切都解释得通了？"小潘轻轻一笑，"别忘了，他可是一个 IT 程序工程师啊，这种人十之八九都是黑客级别的，我敢打赌，要是你叫童队现在去调查城中村旅馆、体育中心游泳馆和地铁站，他们的电脑在三个月内肯定受到过黑客攻击，一些正常的记录都被抹去了，所以才会出现所谓的从天而降的尸体！"

章桐目瞪口呆地看着小潘，震惊得半天都没有说出话来。

第十五章　基因疗法

一个人活着，到底是为了什么？

李晓伟相信自己还活着，当他看到潘威拿着一根硕大的骨髓穿刺针向自己走来的时候，他的心里便已经明白了，对方不只要折磨他，还想要他的命！

还好，他感觉不到痛苦。

法医办公室里，电脑屏幕上很快就传来了新邮件的提示音。其实不用看这封邮件就可以猜到结果了。当初在林玉芝租住的家中，她就已经注意到这个孩子有些异样，或者说有些与众不同，只是那个时候还没有意识到这点罢了，试想两岁左右的孩子又怎么可能连基本的站立都无法做到？还有他的头发，稀疏发黄，皮肤是异样的白色……大胆地推测一下，这个孩子是否也是先天性的无痛症患者？林玉芝为什么不去工作，难道说真的只是因为放不下孩子？需要带孩子？没有钱？不，只有一个解释——孩子病了！而作为母亲，她当然也就放不下！

半小时前，为了证实这个推论，章桐打遍了所有大医院有关遗传基因方面的主任医师电话，讲述这个孩子的大概年龄及样貌，包括他母亲的长相，没想到很快就得到了答案。

"这种病没法治，至少现在！"电话那头，第一医院遗传科主任斩钉截铁地说道，"我跟孩子母亲说过很多遍，但她就是不听。我也没有办法，我已经尽力了。"

"那她在您那边就医多久了？您大概对此有印象吗？"章桐问道。

"很久了，最初是和孩子父亲一起来的。时间跨度嘛，至少应该有两年了，孩子刚出生的时候就带来了，对了，孩子好像还是在我们医院的妇产科出生的。"

"他们是什么时候发现的这个病？"章桐感到有些莫名的紧张。

"怀孕第六周做产检的时候，基因筛查项目中就已经发现了，当时我征求过孩子父母是否要放弃，选择引产，但是被孩子父亲拒绝了。其实这也不意外，因为孩子父亲本身就是先天性无痛症的隐性基因携带者，而这种病人是很难有下一代的，即使有了下一代，孩子身上由隐性变为显性的可能性超过80%，所以对出生后的结果几乎是不用质疑的。"电话中，遗传科主任不无遗憾地说道，"而且，这个孩子活不长的。"

临了，遗传科主任又提到一点，这让章桐更是感到一阵不安。当她问起对方是否跟潘威夫妇讲起过一些新疗法的时候，主任不无担忧地说道："最近有一种疗法，但是还没有被临床证实，那就是通过提取拥有健康基因的人的脑脊液来进行相关的合成，最后进行中枢神经系统的基因疗法。不过目前这还只是一个构想，具体实施方面，还没有进一步的有效数据。"

章桐的心都凉了，她当然知道脑脊液所在的位置以及相关的提取方法，这也就可以解释为什么前面几具尸体的身上都有疑似做过腰椎穿刺术的痕迹。现在看来，潘威只是在不断地练习，而他真正的目标，就是李晓伟：一个健康的先天性无痛症基因携带者。

电话铃声又一次响了起来，打断了章桐的思绪，是童小川打来的。"章法医，我们已经把人带回警局了。你那边尸检结果怎么样？"

章桐定了定神，轻声说道："尸体不是潘威的，尸体血型是 O 型，孩子血型是 AB ，而孩子母亲林玉芝的血型也是 AB ，根据血型遗传规律，AB 和 O 型相结合，孩子的血型只有两种可能，除了 A 就是 B 。所以我可以肯定潘威还活着，他布了个局，而李晓伟应该就在潘威的手里。"

"明白，谢谢！"

电话挂断了，章桐的心却仍然悬着。因为她始终都无法弄明白死者不是潘威，那么死的是谁？他做这么多到底是为了什么？难道说为了救自己孩子的命就不惜一切去夺走那么多无辜的人的性命？章桐不由得双眉紧锁。

警局档案室里乱成了一锅粥，看着死气沉沉的电脑屏幕，田波一脸的沮丧，他挥挥手叫来了自己的下属："网监大队那边怎么说？"

"头儿，已经肯定确实被入侵了，网监的兄弟说了，这家伙是个标准的黑客！"下属的目光中闪烁着兴奋的光芒，"真没想到隐藏这么久才被我们发现。"

"他动了什么能查得出来吗？"田波紧张地问道。

"网监那边说了，很奇怪，根据相关轨迹查看，就一个小档案修改了一下，还加了一个特殊的幽灵码在里面，这样做的结果就是无论多少人想去查这件事，他就会第一时间知道。"

田波有点发愣："做这么多就只为了修改一个陈年旧档案？是不是吃饱了没事干啊？"虽然说事情并不是很大，但是既然是在自己地盘上发生的，一贯追求完美的田波当然心有不甘了。

下属嘿嘿一笑："我说头儿，你要是知道是哪个档案的话，你就不会这么不把它当回事了。"

"什么档案？"田波皱眉问道。

"赵家瑞的档案，网监那边的报告上说了，只动了一句话，那就是杀人狂魔赵家瑞应该留下了两个儿子，而不是一个。有关那个孩子的记录还被彻底从档案中抹去了！"

田波脸上的笑容渐渐地消失了："看来那个私家侦探的记录都是真的。"

"私家侦探？"

田波懊恼地点点头："已经被破解了，整整 500G 的资料啊。中午吃饭的时候，刑警队的文书陈波闲聊时跟我们说的，说真没想到那个私家侦探居然挖出了一条新闻：连环杀人恶魔赵家瑞有两个儿子！我们当时还不相信，不过现在想想那也在情理之中，自己是杀人犯，杀了这么多人，身败名裂不说且肯定会祸害自己的孩子，他当然不愿意公开自己有孩子这件事了。你们说那些家属会轻易放过他们吗？杀人犯的孩子，说不被周围人歧视那是骗人的！"

话音刚落，田波无意中看到章桐正站在门口，便讪讪地笑了笑："章法医，你来得正好，我正要去找你说这件事呢。"

章桐摇摇头："谢谢，我已经知道了。对了，赵家瑞的两个孩子，母亲都是黄晓月吗？"

"没错，上面填写的都是黄晓月，而且我调看了出生证，是异卵双胞胎，前后出生时间相差十分钟多一点，但第二个孩子被一个护士抱走了，之后就没有消息了。说实在的，那个私家侦探还是挺厉害的，隔了这么久的时间居然还弄到了出生证，只是可惜啊，这么早就死了。"田波长叹一声。

"抱走第二个孩子的护士就是赵家瑞杀的第七个人。"章桐冷冷地说道，"给我看看潘威的相片。"

看着相片中那个熟悉的面孔，章桐不寒而栗，那天在清明桥咖啡馆中的一幕顿时浮现在了自己的脑海里，身穿紫红色毛衣的年轻男人就是潘威，而他突然离去，紧接着就是李晓伟的车祸，这一切原来是早就安排好的。他并不想撞死李晓伟，因为面对一个身体比自己健壮的男人，潘威只有一个办法，那就是让李晓伟彻底失去反抗能力。

这么看来，他的赌注是押对了。

李晓伟这几天来真正地体会到了被关在自己身体里的感觉，简直糟糕透了！除了自己的脑子还能思考以外，他根本就无法确定这个身体是否还属于自己。他不得不随时逼着自己去思考，哪怕做简单的算术题，他害怕一旦停下来的话，就再也不会思考了。学医这么多年，职业的本能告诉李晓伟他只是被注射了大量的镇静剂罢了，因为还没有给自己上呼吸机，这也就意味着他还能够自主呼吸。但是他真的不明白，潘威这么做到底是为了什么？

直到他再一次拿着做腰椎穿刺的专用针筒出现在李晓伟的面前的时候，李晓伟的心都凉了。

"嗨！李医生，让我们开始今天的工作吧！"潘威的脸上露出了那特有的让人头皮发麻的笑容，右手同时拉开了李晓伟身上的衣服，"放心吧，不疼的哦！"

李晓伟呆呆地看着他：告诉我，你到底想干什么？

没有反应，因为在潘威的眼睛里，只有他自己，盯着针筒的目光是那么专注。李晓伟突然意识到了什么，恐惧迅速弥漫了他的全身。

潘威只是一个普通的 IT 工程师，又怎么可能会有这么高的医术？抽取脑脊液这样的事情就连一般的护士都做不来，可是眼前这个和自己相处了大半年的男人，却好像从里到外都换了一个人一样。抑或说，他根本就没有疯！

心跳加快，心脏检测仪上出现了一连串的波动，刺耳的滴滴声响起。方老太太闻声从隔壁快步走了过来："出什么事了？他的心脏怎么了？"潘威却纹丝不动，只是嘴角微微向上一扬，继续全神贯注地抽取着透明黏滑的液体："放心吧，他没事，只是稍稍有些小想法罢了。"方老太太将信将疑地看着一动不动地躺在床上的李晓伟："你说过不会让他死的，对吗？"潘威站起身，心满意足地看着手中针筒中的液体："我什么时候骗过你？"

"那警察他们，会发现我的真实身份吗？"方老太太有些担忧。

听了这话，潘威扑哧一笑，慢悠悠地走向门口："不会，你就是方淑华，方淑华就是你，而季庆云，早就死了！他们只会一无所获！"

"他们会不会对方淑华的身份起疑心？"方老太太还是不放心。

"放心吧，当年赵家瑞的案子一结，你就提前内退了，再说知道你长相的人早就死光了，这事儿了了后你就安心用她的养老金找个没人认识你的地方养老去吧。"

"他会死吗？"老太太的目光中流露出一丝复杂的情绪。

"等我提取了足够的量后，他的生死就与我无关了。"潘威狡黠地眨了眨眼，快步走出了房间。

老太太愣了半天，来到病床前坐下，看着李晓伟，长叹一声，目光温柔，幽幽然说道："不管怎么样你都要记住，阿伟，这不是你的错。我知道你听得到我说话，要怪，那就怪你的父亲吧，一切都是他造成的，你的死，只不过是为他所做出的弥补罢了。父债子还，相信我，你仍然是个好孩子！"

李晓伟的眼角默默地滚落了一滴泪珠，他心里顿时什么都明白了。

"你不是一直都想知道自己的身世吗？那我现在就告诉你吧，我怕以后就没机会了，因为我马上就要走了，晚上的飞机，远远地离开这个该死的城市。我答应过你父亲，要把你养大，现在我也终于实现了我的诺言。你父亲是谁，相信你已经知道了，你父亲不止拥有你一个孩子，你还有个兄弟。老天有眼，我后来找到了他。那时候他都已经有了自己的爱人和孩子，我想，你父亲也应该满足了。没错，他就是你的病人潘威。你们兄弟俩都很聪明，就像你父亲一样，我把你送进了医学院，你也很争气，成了一名医生，而潘威修了计算机和医学双学位。我想，你父亲还活着的话，肯定会为你们感到骄傲的。"

夕阳一点一滴地洒满了整个房间，李晓伟靠在枕头上，看着天花板，心里也渐渐地平静了下来。

"你相信一见钟情吗？"老太太陷入了回忆中，眼神闪过一丝亮光，"我见到你父亲的时候，他已经结婚了。但是我知道他过得一点都不幸福，他妻子完全不懂他的心事，他真正需要的是一个能像我这样全身心地陪在他身边的女人，永远都不离开他，包容他所有的一切并且不背叛他，因为只有这样，他才能感觉自己是一个健全的人。你肯定会问我，知不知道你父亲杀人？"说着，她轻轻一笑，"我当然知道，虽然我没亲眼见过，但是他都告诉我了，一桩桩一件件详详细细，在我见到你父亲之前，总共有十条人命，我本应该成为那第11个的，但是他跟我说了，我之所以会活下来，那都是因为命中注定我和你父亲有缘分，难道不是吗？况且，只有我才知道他为什么会杀人，因为他的病，他根本就不知道什么是痛，所以才会那么孤独，在他看来，不知道痛的人活着和死了并没有什么区别，他甚至想过就此结束自己的生命一了百了。我们第一次见面的时候，他正在用刀割他的手腕，血流了一地，但是你父亲的脸上只有平静。我救了他，帮他止血，他告诉我说还是第一次有人这么对他，他很感动，跟我讲了很多很多心里的苦闷，我就对他说，只要他愿意，我这辈子都是属于他的。

"他后来跟我说，得上这个病的人，是活不长的，不过他已经算是幸运的了，因为除了不知道痛感以外，别的，他真的什么都不缺，甚至还有两个孩子。他跟我说过，最担心的就是这两个孩子会得上和他一样的病，不过还好，你们俩都是隐性基因，但是你们的下一代，就不好说了。染色体变异成显性基因的可能性非常大。后来，直到你弟弟的孩子出生，你父亲当年最担心的事终于成了事实。"一声苦笑,她轻轻地摇了摇头,感慨道,"真是世事无常啊,你说对不对,阿伟?我当初收养你,把你抚养成人,还有找到你的弟弟,现在看来,你的出生就是天注定为了治好那个小生命的病,你的付出是很有意义的。"

真的有意义吗?先天性无痛症根本就是无药可医的啊!李晓伟愤怒地注视着她。

老太太刚要站起身,突然想起了什么,略加思索后粲然一笑:"既然都说了,那我也不用瞒着了,你父亲当年只杀了10个人,剩下的两个,包括那个生下你的女人在内,都是我干的,不过你父亲是知道的,他没怪我,也没就此离开我,处决前他是知道我会收养你们并且把你们好好养大的,所以,这应该算是一笔交易,他会扛下所有只求赎罪速死,我想就是为了保护你们兄弟俩吧。再说了,这10条命与12条命也真的不差什么了。"

听了这话,李晓伟的眼泪瞬间滑出了眼眶。

刑警队办公室里难得的热闹,章桐还没推门就听到了小孩的哭闹声。抬头看见章桐站在门口的时候,文书陈波如释重负般地长长松了口气:"总算来了个会哄孩子的了,章主任,快帮帮忙,这孩子就像个小魔鬼!"

章桐一眼就认出来了,在陈波怀中折腾个不停的正是潘威那连走路都还不会的孩子。她走上前,伸手:"来,我抱。"陈波一脸的苦笑:"都闹了半个多小时了,真庆幸我还没结婚对象。"

"你头儿呢?"

陈波伸手朝讯问室的方向一指:"在里面很久了,不过貌似没什么进展,多亏章法医你来了,不然的话我可就真的惨透了。还尿了我一身,真倒霉,我又要去换衣服了。"

章桐却好像没听到一样,径直抱着孩子推门走进了讯问室,完全不顾童小川和卢强惊讶的目光，伸手一指自己怀中已经安静下来的孩子，看着林玉芝，直截了当冷冷地说道："无痛、无汗、长期发热、智力发育迟缓、多发性骨折、关节囊松弛和免疫功能低下所引发的长期反复感染，这些症状都可以在你儿子身上找到，那么，你现在还会坚持对我说你的儿子不是先天性无痛症显性基因的携带者吗？"

林玉芝目瞪口呆。而章桐怀中的孩子见到自己的母亲后又变得烦躁不安了起来。

"你丈夫疯了，认为携带相同基因的活人能够治好你儿子的病，你知道那个人是他的亲哥哥吗？如果你再不说出他们的下落的话，李晓伟医生如果死了，你也是共犯，这样一来，你这辈子都别想再见到你的亲生儿子了！"章桐仔细地打量了一下孩子的双眼后，一字一顿地说道，"别怪我没及时提醒你，你儿子的眼睛快失明了，这是严重的并发症！"

瞬间，林玉芝心中最后一道防线被彻底击溃了，她不由得号啕大哭了起来："我说，我说，我全都告诉你们。求求你们救救我的孩子！"

章桐却只是把孩子塞到童小川的怀里，然后便头也不回地离开了讯问室。

一阵剧痛袭来，李晓伟忍不住叫出了声，突然，他的心中一阵狂喜。是的，这不是幻觉，他能够听到自己的声音了，尽管非常微弱！也就是说药力正在逐渐散去，他试着动了动自己的脚趾，果然，轻微地转动，有些麻木，但是他分明已经感觉到了。

李晓伟很清楚，因为长时间使用麻醉剂，他的身体已经对这种药物产生了一定的耐药性，原先的那些剂量将会渐渐地失去作用。记得以前听同事说起过有些病人明明注射了麻醉剂，但是在手术过程中还是会醒来，现在看来，这样的奇迹正在自己的身上发生！

在潘威给自己再次注射麻醉药物之前必须赶紧离开这个鬼地方！脑海中闪过这个名字的时候，李晓伟有一种说不出的厌恶。竟然把一个活人当作小白鼠，李晓伟忍无可忍，他一咬牙，强忍着头晕和虚弱从床上坐了起来，用力拔掉手上的监测仪的时候，他的目光落在了身旁桌上那把异常锋利闪着寒光的水果刀上。

一把锋利的小刀对于一个精通全身血管分布的全科医生来说，不亚于一把救命的防身武器。

天知道潘威究竟是怎么活过来的，还有那个死了的人到底是谁？脑子里乱成了一锅粥。此刻，李晓伟心里只有一个念头，那就是想尽办法赶紧离开这个鬼地方！

童小川和卢强走出讯问室的时候，已经是晚上十点多钟了，卢强迅速带人离开了，而孩子则趴在童小川的肩头早就沉沉地进入了梦乡。章桐一直没有走，她双手抱着胳膊靠在墙上看着童小川："童队，你打算放林玉芝走吗？"

童小川摇摇头："保护性拘留，可以48小时。"

"看来你这是摆明了要把潘威逼得狗急跳墙了。"

童小川苦笑："就怕他不上当。卢强带人去搜了，按照林玉芝提供的线索，应该会有收获。只是潘威这混蛋上不上钩就不知道了。"

"他会的，"章桐的目光停留在孩子的脸上，若有所思地说道，"这是他的一切，为了这孩子，我相信他可以做任何事。他会出现的。"

"章法医，你说潘威那家伙有什么好，这孩子的母亲竟然会对他如此死心塌地，一条道走到黑都不带回头的。"

章桐若有所思："感情这东西我也不是很懂。"

"不过说实话，这么看起来潘威这人还真是挺让人头疼的呢，李晓伟医生倒是不错，很正派。真难以相信他们俩居然是亲兄弟。"童小川长叹一声，"真是林子大了什么鸟儿都有。"

"确切地说应该是异卵双胞胎，长相都不会太相像，而且这种双胞胎长大后在基因上会表现出显著的差异，分开的时间越长，接触的环境不一样，所产生的差异就越大。"说着，章桐伸手拉开了走廊的玻璃门，一股微寒的夜风迎面而来，两人一起慢慢向楼下走去。

"DNA不就只是决定人的外表长相吗？"童小川好奇地问道，孩子依旧趴在他肩膀上呼呼大睡，而往日里脾气暴躁犹如一列火车的童小川也似乎变得温柔了许多。

章桐微微一笑："不，DNA很复杂，所包含的信息量巨大。打个比方吧，它就像一台忠实的记录仪，把你一生中所经历过的事情，包括你的想法、你的喜怒哀乐、你的习惯爱好、你所遭受的病痛以及你的外表，所有的一切都打包重新编码然后传给你的下一代。"

"那，章主任，如果父亲在世时是残忍的连环杀人犯的话，他的孩子也会遗传到暴力基因吗？"童小川冷不丁地问道。

听了这话，章桐双眉紧锁，半天才缓缓地点点头："男孩体内的单胺氧化酶基因，也就是MAOA基因，据说就是从父亲或者母亲那边所遗传的暴力基因。如果这类基因在体内发生变异的话，就会有更多的暴力倾向。不过这些都还只是理论，真正的，谁都说不清。"

说着，她抬头看着童小川："我不明白的是，为什么潘威要拔走人的牙齿？还有，另外那个人到底是谁？那个王勇的雇主真的就是方老太太或者潘威吗？方老太太和潘威之间究竟是什么关系？"

童小川呆呆地看着章桐，半晌，压低嗓门笑了起来："章法医，我看你可以改行来我们刑警队了。"

突然，章桐转身就跑："我或许有办法知道王勇生前最后一刻到底去过哪里了，或许李晓伟医生被困在那里也说不定，等下我给你电话。"童小川一怔，看着章桐匆匆离去的背影，良久，由衷地点点头："张局说的没错，这一行里你是最棒的！"

法医解剖室，章桐一边穿上一次性手术服，一边招呼小潘把王勇的尸体拉了出来，抬到中间最大的解剖台上。她打开最亮的顶灯，然后拉开盖在尸体身上的白布单。

"你还记得吗，当初解剖的时候我曾问起你在他右手臂上端 5 厘米处的那块疑似剐蹭的东西是什么？"

小潘点点头："我放大了十倍，化验结果是聚乙烯。"

"没错，聚乙烯。"章桐脸上露出了兴奋的神情，"聚乙烯可以用来做什么？"

"根据密度的不同，分别用于工程塑料、唱片、管材和电线外部包裹……"小潘隐约感觉到了什么，不由得苦笑，"章姐，难道说你有发现？可是这个剐蹭长度才 3 毫米多一点啊，我除非变成孙猴子才有戏。"

"你换个角度考虑一下！"章桐眨了眨眼睛，"用我们的分光光度计啊，昨天才到货的那个！不同的物质有不同的选择吸收，也就有不同的吸收光谱，我教过你怎么用了，还记得吗？把它放在要检验的色物质上，然后摁下按钮就行。"

小潘笑了："章姐，我就知道什么都难不倒你！"

章桐却叹了口气："要是早一点买或许早就已经抓住那个混蛋了。"

很快，连接的电脑发出了滴滴声，报告随即打印了出来。

"含有蛋白质和淀粉的成分？面粉厂的包装袋？难道说在一家面粉厂里？"小潘看着报告奇怪地问道。

"林玉芝在上官弄的住处前有一家规模不是很大的面粉厂，我记得第一次和李医生去的时候就看见过，没多少人，但是里面有开工！快，通知刑警队！马上救人！"说着，章桐脱掉工作服就往外面走。

"章姐，你去哪儿？"小潘急了，"你可不要一个人去，太危险！你要等后援！"话音未落，人影却早就已经消失了。

阴暗的楼道，摇摇晃晃的顶灯，李晓伟感觉眼前发黑、双脚发软，他不得不强打起精神向前一步步地挪动着，几天的不吃不喝全都靠着点滴维持着自己的生命，如果不是以前经常锻炼身体，自己根本就撑不下去。

或许是没有料想到他会突然醒过来，房门并没有被锁住，李晓伟顺利地走出了楼道，推开底层大门的那一刻，身后二楼的某个房间里传来了一声绝望的怒吼："不！他们不能扣留我的孩子！"

李晓伟的心顿时悬到了嗓子眼，他知道，距离被潘威发现自己逃跑的时间已经越来越近了，他必须尽可能地跑出大门去，只要有人看见自己，就有救了。

屋外一片漆黑，伸手不见五指。李晓伟跌跌撞撞地向前摸索着，终于到了一扇铁门边，外面隐约有大卡车开过的声音，相信只要再打开这扇门，自己幸存的希望就变得大了许多。他颤抖着双手去扒拉门上的滑锁。

"咔嗒。"滑锁被打开了，好顺利！李晓伟不由得暗自庆幸，可是转念一想，他又感到惴惴不安起来，因为一切都太顺利了，简直就像开自己家的门一样顺手。

就在这时，黑暗中有人猛地从背后抓住李晓伟的衣服，用力把他拖了过去。李晓伟还来不及反应，一把明晃晃的刀子就架在了他的脖子上，院子里的灯也瞬间被打开了。

熟悉的笑容，潘威的脸上只是多了一丝小小的惊讶："不错嘛，李医生，你居然能自己跑出来，麻醉剂对你都不管用了。"李晓伟浑身僵硬，太阳穴疼得炸了一般，他用尽全力大声问道："你到底想干什么？我警告你，杀人可是犯法的！"

潘威哈哈大笑，甩手就给虚弱不堪的李晓伟狠狠一巴掌，使得他连退好几步，最后瘫坐在坚硬的水泥地面上。潘威神情夸张地说道："你看见我杀人了？我杀人了吗？我很好奇你到底是哪只眼睛看见我杀人的？"

李晓伟突然呆呆地看着潘威，半天才皱眉喃喃说道："原来你没有病，你根本就没有病！"

"病？你才有病呢！我好得很！整整一年了，我一直都不敢确定是你，直到那个贪财的家伙说出了你的一切，我才终于下定了决心。"灯光下，潘威的脸因为太过于激动而显得有些扭曲变形，他缓缓蹲了下来，双眼死死地盯着李晓伟，"你是医生，你在学校的时候是全科第一名。你所有的一切我都知道，你的社交网站、你的所有微信朋友圈，哪怕你对那个女法医的爱慕，尽管你刻意掩饰，刻意做到低调，但是我也都了如指掌，只要我愿意，随时随地都可以取代你。"

李晓伟恍然大悟："天呐，难怪章桐经手的案子你会这么清楚，我怎么就偏偏忘了你是一个网络工程师！你计划这件事情到底有多久了？"

"从我知道你上了医学院开始。"潘威轻描淡写地说道，他伸出手，手中是块洁白的手帕，"擦擦吧，你嘴角流血了。"

"为什么？你应该也是受过专门的医学训练的，为什么你却要害人！你为什么不走正道！"李晓伟愤怒地看着他。

"走正道？这个世界上居然还有正道邪道一说，哈哈哈！真愚蠢！"潘威放肆地仰天大笑起来，笑声戛然而止，他的脸突然阴沉下来，"收养我的父亲是个什么东西，你不是不知道。而你就不一样了，那个女人对你真好，就像自己亲生的一样。我看你别身在福中不知福。"

"你早就认识阿奶了？"李晓伟突然感到自己的后脊梁骨直冒寒气。

"阿奶？"潘威愣了一下，随即得意地笑了起来，"你知道她的真实年龄吗？哈哈，原来这么多年你都被蒙在鼓里，不过这女人也太会演戏了。"潘威得意地笑了起来。

回想起下午阿奶临走时说的那番话，李晓伟的心顿时悬到了嗓子眼："难道她所说的都是真的？"

潘威的目光中满是轻蔑："你被一个杀人犯养大，就别装清纯了！"

李晓伟呆住了。

"你真的好可怜。"潘威摇摇头，目露同情，"我相信黄晓月这个名字你一定很熟悉吧？为了得到我们的父亲，她把黄晓月杀了，装在塑料袋里不知道丢到哪个仓库里去了。女人啊，狠心的时候可是比我们男人要厉害得多呢，那句话怎么说的来着，最毒妇人心！"说着，他长叹一声，"只是可怜父亲，两条人命，居然替她背黑锅。"

李晓伟惊得目瞪口呆，没错，那张相片，记忆中自己第一次看到的时候，阿奶就是拿着它坐在窗口……

"那个头颅，还有她提到的第二个死者，是谁？"李晓伟颤抖着嘴唇问道。

"鸠占鹊巢，这个成语我相信你并不陌生吧？她因为和赵家瑞案件专案组的一个女警察长得很像，而那个女警察不仅是孤儿还是单身，就让她替自己死了呗。警察的退休金可是很高的哦。"潘威笑笑，"话说回来，我真是佩服得五体投地，这么一个杀人犯把你养大，你居然还成了一个所谓的正派人士，我算是彻底服了！真要说谁厉害，我看她才是真正的厉害呢！"

"她……她去哪儿了？我要去报案！"李晓伟喃喃自语。

"早就走了，下午的飞机，我看你就死心吧！"李晓伟刚要开口，潘威却再也没心思和他浪费时间了，只是一把拖起毫无反抗能力的李晓伟，"走，还差最后一次，我一定要完成它，不然量不够的！"

"你到底想干什么？你想对我干什么？"李晓伟无力地挣扎着，却还是被潘威拖进了二楼的房间里，重新丢回到了床上，床边的托盘上，一支骨髓针筒早就准备好了。

"基因疗法，你明白吗？基因疗法，我说过，我一定要找到一种能彻底治好我儿子病的方法，现在我找到了。"提起自己的儿子，潘威瞬间变得异常兴奋了起来。

"你这混蛋，过量抽取中枢神经系统中的脑脊液，我会瘫痪的！"李晓伟怒吼道，声音却虚弱不堪。

"放心吧，我不会杀了你的，我检查过，你的基因是可以治好我儿子的先天性无痛症的。基因疗法的原理我相信你应该不用我过多解释了吧？至于说你有什么样的后果，就与我无关了。"潘威信心十足地挽起了袖子，笑眯眯地看着李晓伟，"你存在的价值就是为了这个使命，你明白吗？好了，还有什么问题要问我吗，我亲爱的哥哥？"

"当然有，你为什么要针对章桐？她和我们一点关系都没有，你为什么要毁了她，诬陷她是凶手？"李晓伟知道自己必须拖延时间，他相信警方肯定会来救自己。

"如果没有她的父亲，我们的父亲肯定还活得好好的。"潘威一阵冷笑，"不过我对她没兴趣，我只是想让她知道，她必须替自己父亲的所作所为付出代价！"

说到这儿，潘威轻轻叹了口气，随即伸手拿起针筒，一步步向李晓伟走来，"开始吧，我就差 10 毫升就能够完工了！"

一个黑影突然冲进了房间，李晓伟眼前一花，耳边就传来了扭打的声音、玻璃碎裂的声音，很快，声音消失了，章桐冷冷地说道："潘威，我建议你不要乱动，警察马上就到，如果你变换姿势的话，哪怕只是挪动 1 厘米的距离，肱动脉每分钟 3000 毫升的出血量就会彻底要了你的命，所以你老老实实躺着才是最明智的！不为别人，为了你那宝贝儿子你都得活着，懂吗？"听了这话，潘威的目光中流露出绝望与痛苦，他重重地叹了口气。

远处，警笛声响起。

章桐长长地出了口气，转身面对李晓伟，柔声说道："很抱歉，我来晚了。"李晓伟却已经晕了过去。

窗外阳光灿烂。李晓伟睁开双眼的时候，正好看到站在窗口的章桐的背影。"谢谢你救了我，章法医。"李晓伟感激地说道。

"放心吧，潘威不会杀了你，只不过是利用你给他儿子治病罢了。"章桐轻轻叹了口气，转身靠在飘窗台上，眉宇之间充满了疲惫。

李晓伟不由得苦笑："我也是学医的，章法医，你不用哄我开心，我都懂。在他眼里，我和一只小白鼠没啥区别。"

"他和你是兄弟，这是无法改变的事实，我相信到最后一刻，他是会良心发现的。"话虽这么说，但是章桐知道，自己的话听上去是软弱无力的。

"不过还是谢谢你。"李晓伟咬着嘴唇哑声说道，"不管怎么说，都要感谢你，如果没有你的话，我都不知道我是不是还活着。对了，那孩子，林玉芝和潘威的孩子，有救吗？"

章桐苦笑："先天性无痛症是没有救的，至少目前是这样，再过十年二十年的话，我就不知道了。林玉芝带着孩子离开了安平，她说了，会好好把孩子养大，会尽力让他活着的日子每一天都快快乐乐。我相信她会做到。"

"那，潘威呢？我想去看看他。"李晓伟忐忑不安地说道，毕竟是自己的亲兄弟。

"过几天吧，童队会派人来接你去看守所。"

"那个，章法医，王勇是不是潘威杀的？"想起那个只为了钱不惜一切的小私家侦探，李晓伟的心里突然有了一种说不出的怜悯。

"不，他死在季庆云的手里，潘威全都说了，她之所以要拔光王勇的牙齿，也只不过是想混淆我们的视线。"

"她为什么要杀了他？"李晓伟的好奇心又一次被激发了。

章桐想了想，轻轻叹了口气："好吧，我都告诉你。王勇确实很聪明，他发现了季庆云的秘密，并且找到了季庆云进行敲诈，拿到了钱，自然也就丢了命。"

说着，章桐长长地出了一口气，双手插在口袋里，轻轻一笑，"你也别想太多了，我们会抓住她的。好了，我该走了，过两天再来看你。你好好休息，再见！"

李晓伟一愣，随即脸上露出笑容，用力地点点头。

走出住院大楼，迎面吹来一阵刺骨的寒风，冬天了啊！章桐抬头看看天空，微微一笑便伸手拉开了越野车的车门。童小川坐在驾驶座上，他一边转动方向盘把车开出第一医院的大门，一边笑眯眯地问道："李医生恢复得怎么样了？"

"他身体素质本就不差，所以会比一般人恢复得快一点。"章桐目光注视着车窗外的行人。

"真可惜，这一次没有能够抓住季庆云，她溜得太快了。"童小川愤愤然说道，"真没想到她居然会死心塌地地为赵家瑞这个杀人犯做事，还不惜为他杀人！"

"我记得在心理学上有一种说法，就是被绑架的人反过来爱上了绑架她的人，并且甘愿为他做任何事，我想，季庆云应该是爱上了赵家瑞吧。"章桐重重地叹了口气，稍稍活动了下有些发酸的肩膀。

"而只有找到这个女人，方淑华和黄晓月被害案才能结案。"

童小川突然想到了什么，看了章桐一眼："我说，章法医，你的副手小潘，很厉害啊，是不是侦探小说看多了？"

章桐扑哧一笑，摇摇头："你是说黑客那件事？他啊，是个侦探迷，脑子确实很聪明，也善于分析，说实话他跟着我，确实是屈才了。我以前也提过很多次，让他单干或者推荐他去省里，但是他拒绝了，说不会离开法医处。"

"案子破了，我也轻松了许多。"童小川说道，"对了，你知道吗，网监大队把旅馆和体育中心的电脑硬盘全都扫了一遍，真的是被黑客入侵了，彻底洗掉了案发当晚的监控资料，于是呢，尸体也就诡异地从天而降了。也真是的，这个潘威明摆着就是个天才，精通计算机和生物工程医学，我就是不懂他为什么不好好地享受自己的人生呢？"

听了这话，章桐不由得陷入了沉思，她真的没办法回答这个问题，就像小潘所说的那样，死人的心事是很容易读懂的，但是活人的心，却如同雾里看花。章桐知道，自己这辈子都无法真正看懂一个活人的内心！

一个月后，在童小川的帮助下，李晓伟终于又一次和自己的同胞兄弟潘威在探视房间里见面了。在等待狱警把潘威带来的时候，李晓伟把随身带来的公文包放在了桌角的地板上。

房间并不大，50平方米左右，给人的感觉却很空旷，水泥地面，白色的瓷砖墙，靠墙的上方是房间里的照明来源——一个普通的白色灯管。房间里的摆设就只有一张固定在地面上的沉重的桌子和隔着桌子摆放的两张同样固定住的铁椅子。就像潘威和李晓伟，一奶同胞的手足，却永远都无法走上相同的人生轨迹。每次想起，李晓伟的心中就都会有一种隐隐的刺痛，没错，该是做个了断的时候了。

一进房间，潘威就轻蔑地注视着李晓伟："来看我笑话，对吗？"李晓伟摇摇头："不，我来看你有三个目的。"

"说说看，我很有兴趣。"潘威跷着二郎腿，悠闲地伸了个懒腰，"在这里的日子过得无聊得很呢。"

李晓伟微微一笑，没有生气，他知道看似若无其事的潘威其实只是想彻底把自己激怒罢了，所以他绝对不能给对方如愿的机会，便只是轻轻摇摇头："第一，因为我们是兄弟，所以我来看你，不过仅此一次，以后我相信不会再有人来看你，你将孤独地死去。不过你放心，我会替你收尸，因为我毕竟是你的兄弟。"

果然，潘威脸上的笑容变得僵硬了，他最害怕"孤独"两个字，但他只是下意识地咬了咬嘴唇，然后强装镇定，不动声色地看着李晓伟。

"第二，你想知道当年赵家瑞父亲的尸体上为什么会没有牙齿吗？"李晓伟轻轻点点头，然后从容地继续说道，"让我来告诉你为什么吧，因为呢，当时赵家瑞母亲的老家有个古老的传说，那就是拔光一个人的牙齿能让他乖乖下地狱，所以，你会很失望，因为真相是这个世界上根本就不存在什么牙仙，而正因为恨透了自己丈夫的残忍家暴，也为了不让他再继续伤害自己的孩子，所以，本性善良的她最终选择亲手杀死了自己的丈夫，然后一颗一颗用心地拔光了他的牙齿……"

"你胡说！"潘威崩溃了，他猛地跳了起来，双手用力拍在桌面上，死死地瞪着李晓伟，"你胡说！"

李晓伟双手抱着胳膊，上下打量着对方，无奈地叹了口气："我没有胡说，赵家瑞的母亲叫李月，是个传统的女性，没有上过一天学，是个淳朴的农村妇女。"

"她……她不是失踪了吗？"潘威呆呆地坐回到了椅子上，目光茫然。

李晓伟苦笑道："她回老家乡下后跳河自杀了，不过因为当时交通不便和信息闭塞，再加上家里人因为家丑不愿意外扬，所以就草草地安葬了事，也没有报死亡。后来是她儿时的闺密在临死前把这个秘密说了出来，你现在要听她的录音吗？"说着，他弯腰拿起了自己的公文包，从里面掏出了一个小型录音机，然后轻轻放在了桌面上，摁下播放键。

时间缓慢地向前移动着，老人的嗓音虽然沙哑，讲述的东西却听得一清二楚。潘威不由得愣住了，他惊愕地张大了嘴，半天都没有回过神来。李晓伟关掉录音机，无奈地说道："我知道你很失望，潘威，因为牙仙的存在是你唯一的梦想和寄托，但是事实证明这只是一个传说而已。"

一滴眼泪无声地滚落下来，潘威脸上骄傲的神情彻底消失了，目光也落到了桌面上，喃喃地说道："那第三呢？"

李晓伟却并不急着回答这个问题，只是认真地看着潘威的眼睛，半晌，微微皱眉："我刚开始的时候实在是无法理解你这么一个冷血的杀手，为什么会那么爱自己的儿子，甚至为了挽救他的生命而不惜牺牲自己的手足。现在看来真正的原因其实是在你的脑海中，他归根结底也只不过是你的替代品而已，就像你杀害的那些无辜的人一样，都只是你的一次次实验，你用人的生命进行实验来达到你拯救自己的真正目的，对吗？如果你儿子的病情能够得到缓解的话，那么你就可以理所当然地在自己身上实施相同的治疗方案了，这也是为什么你根本就不打算让我继续活下去的原因，因为在你眼中，这个世界上就只有你自己才是最重要的。"

潘威笑了："你的想象力真丰富！"

"不，我该说你的想象力丰富才对，难道不是吗？你身边的所有人都是为了你而存在，就像收养你的父亲和你的哥哥潘军，他们的生与死无足轻重，极度自恋的你是典型的反社会型人格障碍，而不是妄想症。所以我只能说，对你，在过去的一年时间里，我是真的看走眼了。"李晓伟长叹一声，感到了深深的绝望。

一阵清脆的掌声打破了房间里的寂静，潘威微微一笑，眉宇间甚是得意："不错不错，李医生，显然你还是挺聪明的，这么快就看出来了，而且还很有敬业精神嘛。你以后还会来看我吗？"

李晓伟果断地摇头。

走出探视室，李晓伟抬头看到等在门口的童小川，便尴尬地清了清嗓子迎了上去："真抱歉，让你等了这么久。"

"说什么话呢，我们章法医亲自嘱咐的事，我是肯定要做到的。怎么样，顺利吗？"童小川掐灭了手中的烟头，顺手把它丢进了垃圾桶。两人并肩慢慢向外走去。

李晓伟苦笑一声："还行吧。"

童小川伸手拉开车门："怎么样，我现在送尊敬的李医生去哪儿？"

李晓伟无奈地长叹一声，弯腰上车坐在副驾驶座上，神情尴尬："回学院宿舍吧，这地方我再也不想来了。"

童小川瞥了他一眼，笑了："放下就好。"

半年后，长桥市传来消息，网上追逃的杀人嫌犯季庆云落网。

食堂里，童小川问面对面坐着的章桐："这个季庆云与方淑华年龄相差那么大，为什么李医生居然没看出来，还管她叫'阿奶'？叫'阿姨'还差不多。"

章桐放下筷子，想了想，认真地点点头："从女人的直觉角度来讲，我们亚洲人对于女性的年龄判断很容易被头发的颜色误导，如果你再突出一下自己的动作姿态，年长几岁完全没问题，更何况与方淑华亲近的人基本都已经过世了，这才被季庆云钻了空子。至于说'阿奶'，被称呼的一方并不一定非得要七老八十，我楼下的邻居才48岁，就被人家这么称呼了，因为辈分在那儿放着，人听上去也觉得亲切，你说是不是？"

童小川听了，尴尬地清了清嗓子，不再说话了。